U0060291

台 灣
大河小說家
作品論

歐宗智◎著

目次

第四輯：邱家洪

附錄：《台灣大風雲》敘事大要

【自序】
台灣文學的歷史長流

　　所謂「大河小說」，由字面觀之，當有巨大、深遠之意，台灣文壇耆老葉石濤以Roman-fleuve為「大河小說」的語源，[1]他說：

> 凡是夠得上稱為「大河小說」（Roman-fleuve）的長篇小說必須以整個人類的命運為其小說的觀點。要是作者缺乏一己的世界觀和獨特的思想，對於人類的理想主義傾向茫然無動於衷，那麼這種小說就只是一連串故事的連續，充其量也不過是動人心弦的暢銷讀物而已。[2]

　　這是針對作品的主題思想和作家的素養所下的界說，也就是

---

1 「Roman-fleuve」是法文，Roman意指小說，fleuve則是向大海奔流的河。而法文Roman-fleuve最早的意思只是用來形容長度滔滔不絕的故事，並沒有特定文類成規的概念。到了19世紀之後，Roman-fleuve才被拿來對應指稱英文中的Saga Novel或德文裡的Sagaroman。以上參閱楊照〈歷史大河中的悲情——論台灣的「大河小說」〉，見邵玉銘等編《四十年來中國文學》（台北：聯合文學，1995年6月初版），頁177。

2 葉石濤〈鍾肇政論〉，《台灣鄉土作家論集》（台北：遠景，1979年3月初版），頁148。

說，作家必須將其對人類命運思想的觀點傾注於作品之中，方能
成就其為大河小說。

首開台灣大河小說先河的鍾肇政，以「內涵」來界定大河小
說，他說：

> 大河小說可分：一、以個人生命史為主，二、以若干世代的
> 家族史為主，三、以一個集團的行動為主等三種類型，內涵
> 則或首重個人精神之發展與時代演變遞嬗的關係，或以集團
> 行動與時代精神之互動為探討之中心。[3]

除了依照小說人物之間的關係，分為個人、家族和集團三類
之外，重點在於強調其與時代的互動，當然「時代」乃是不可或
缺的要素。大體而言，以台灣史為主體的大河小說，頗能反映台
灣自清治、日治、國民政府遷台以來，人民與統治者之間的互動
關係，有著一貫的主題，即是「台灣人對統治者與周遭環境無窮
無盡的反抗」。[4]無論如何，大河小說以時代的巨輪當背景，等同
於時代還原的小說，非常值得仔細研究。

觀夫台灣小說發展史，大河小說之出現，代表台灣小說進入
嶄新境地，也為台灣文學史立下新的里程碑。從六〇年代，鍾肇
政（1925-）撰寫《台灣人三部曲》開始，接著有李喬（1934-）《寒夜

---

3 鍾肇政〈簡談大河小說·祝福時報百萬小說獎〉，《中國時報》，1994年6月13
　日，39版。

4 參閱楊照〈歷史大河中的悲情——論台灣的「大河小說」〉，見邵玉銘等編
　《四十年來中國文學》（台北：聯合文學，1995年6月初版），頁184。

三部曲》、東方白（1938-）《浪淘沙》等，以接力賽方式，分別完成其大河巨著，已然蔚爲台灣文學的勝景。國家台灣文學館注意到此一文學現象，特於二〇〇六年秋舉辦「台灣大河小說家作品學術研討會」，對台灣大河小說的發展與表現，進行全面性的探討，書寫台灣文學史極重要的一章。

「台灣大河小說家作品學術研討會」舉辦之時，台灣最新大河小說——邱家洪（1933-）《台灣大風雲》甫出版問世，未克躬逢其盛，於會中列入討論，誠美中不足也。實則《台灣大風雲》堂堂五大冊，約一百八十五萬字，比前述三部大河小說的字數更多，[5]規模更龐大，而且一氣呵成，乃台灣文學一大異數。茲整理近年來以鍾肇政、李喬、東方白、邱家洪等大河小說家作品爲對象之論文二十四篇，合爲《台灣大河小說家作品論》一書，當別有特色與價值。由於學界對鍾肇政、李喬作品之討論較多，是以本書僅收錄有關者七篇，而一般針對東方白作品之討論者較少，故本書多收錄之，計八篇。至於邱家洪，雖然早年發表過文藝小說，[6]唯俟其《台灣大風雲》出版方引起文壇矚目，且目前學界對於邱家洪作品之評論與研究，尚付之闕如；加以在這追求「輕薄短小」的時代，如此之超級長篇對讀者而言，無疑是極

---

5 經較精準之統計，《台灣人三部曲》約85萬字，《寒夜三部曲》約95萬字，《浪淘沙》約130萬字，《台灣大風雲》約185萬字。前衛出版社書訊則謂《台灣大風雲》字數超過200萬字。

6 邱家洪，台灣彰化人，1933年生，19歲開始寫作，24歲出版第一本長篇文藝小說《落英》，爲當時能以中文寫作的少數台灣籍青年之一。以上見陳恆嘉〈邱家洪是誰？〉，前衛出版社書訊「台灣大風雲特集」。

大挑戰，則透過本書所收錄之《台灣大風雲》論文九篇及其「敘事大要」，讀者或許比較容易了解、掌握該鉅著的諸多小說元素吧！

　　台灣大河小說因賦予「台灣史爲敘述主體」的重要屬性，承繼本土文學論述的傳統，向來被視爲「本土認同的重要象徵與符碼」。[7]而自鍾肇政《台灣人三部曲》、李喬《寒夜三部曲》起，直到東方白《浪淘沙》、邱家洪《台灣大風雲》，一路走來，已形成台灣文學的歷史長流，對台灣文學史來說，可謂深具意義。本論文集之出版，一方面是向以上台灣大河小說家的卓越貢獻表示敬意，一方面也邀請更多讀者，放慢生活步伐，靜下心來，走進台灣大河小說家的文學世界，一起建構台灣文學更壯闊、美麗的遠景。

---

7 參閱王淑雯《大河小說與族群認同──以「台灣人三部曲」、「寒夜三部曲」、「浪淘沙」爲焦點的分析》，台灣大學社會學研究所碩士論文(1993年)，頁10。

鍾肇政

▶▶▶

塑造台灣女性勇敢熱情的形象
——鍾肇政三部曲小說中的銀妹與奔妹

一、鍾肇政文學的靈魂

　　鍾肇政的《濁流三部曲》與《台灣人三部曲》[1]均為超過八十萬字的重量級小說，締造了台灣大河小說的開拓紀錄，前者分為「濁流」、「江山萬里」及「流雲」三部，於民國五十年至民國五十二年間寫成，以台灣終戰前後的三、四年為時代背景，自傳性質濃厚；後者分為「沉淪」、「滄溟行」和「插天山之歌」三部，起筆於民國五十三年間，至民國六十四年才全文脫稿，以台灣被日本殖民統治的五十年做背景，成為戰後新生代台灣人認識台灣歷史的啟蒙書，台灣文壇耆老葉石濤對《台灣人三部曲》頗多讚揚：

　　　雖然第三部還帶有一點自傳的味道，不過整體說來，它根據

1《濁流三部曲》於1980年3月、《台灣人三部曲》於1980年10月先後由台北遠景
　出版公司完整重印。

台灣淪日五十年間歷史的發展，寫來客觀而理性，就其深度而言毫不愧為世界性的作品。[2]

《濁流三部曲》與《台灣人三部曲》雖是歷史小說，然鍾肇政於小說中呈現了亂世兒女的愛戀與掙扎，使大時代與兒女之情的情節主線交互發展，高潮迭起，提高可讀性，全篇小說取得了平衡的效果，誠屬不易。尤其《台灣人三部曲》第三部「插天山之歌」，就歷史材料的架構而言雖然脆弱，但文學評論家彭瑞金卻認為這裡面的女性寫得最成功。[3]是以「插天山之歌」也可以視為作者替主角陸志驤所譜的一首酣暢甜美的戀歌，十分引人入勝。而「插天山之歌」的女主角奔妹，以及《濁流三部曲》第三部「流雲」的女主角銀妹，在鍾肇政用心刻劃下，莫不栩栩如生，塑造出勇敢、熱情的可愛形象，此應是作者內心渴慕的台灣女性的代表吧！李喬即指出，她們乃是鍾肇政筆下最使人動心的女性、男主角理想的妻子，而我們也在銀妹和奔妹身上看到鍾肇政文學的靈魂。[4]

二、極具個性的山村女子

鍾肇政使用許多筆墨去描寫銀妹和奔妹，她們都是山村女

---

2 見〈台灣文學的里程碑——鍾肇政「台灣人三部曲」對談紀錄〉，《台灣文藝》第75期（1982年2月）。

3 同前註。

4 見〈女性的追尋——鍾肇政的女性塑像研究〉，收入《台灣文學造型》(高雄市：派色文化，1992年7月)。

子，乍看外表並不出色，但細細端詳則頗爲美麗，而且極具個性，跟尋常的鄉下女子大不相同。

首先看《濁流三部曲》第三部「流雲」的銀妹，她臉頰髒髒的，上身總是穿著寬大的舊軍服，掩住了身體的曲線，下身則爲半長不短的黑色台灣褲，還打赤腳，非但其貌不揚，甚且還有些野性與怪誕。然而進一步接觸之後，男主角陸志龍發現，銀妹奇異地豐滿、白皙，可以說比一般公認的三洽水美女「完妹」更具魅力，充滿強烈的韻味，有著超越美醜的一種發自個性的魅力。村中許多的年輕人想望著她，她卻不愛搭理。面對異性時，她毫不害臊，當男主角陸志龍看她、睨她時，她不在乎，敢讓視線定定地停在他的臉上，直到他不好意思起來，先把視線移開，這不免令陸志龍大爲驚奇。

《台灣人三部曲》第三部「插天山之歌」的奔妹亦復如此，初看似乎平庸，綁兩條髮辮，有張留下污漬的、泛紅的臉，平坦的胸，以及掩去腰肢曲線的臃腫、寬鬆的衣褲。但當她稍作整理之後，一切都變了，她把兩條髮辮放下來，男主角陸志驤看到，這半野的女孩，那平坦的胸部實則隱藏著豐美的起伏，而且她的臉蛋輪廓分明，眼睛圓亮，她原來是一個動人的女孩！奔妹雖是不折不扣的深山女孩，不過細心觀察，便知她的談吐、氣質與大多數的深山女孩不同。難怪山村的年輕小伙子們，她沒有一個看得上眼。

三、堅強、勤勞、勇敢、熱情的英雌

堅強、勤勞、勇敢、熱情，以及不輸男子的英雌氣概，也都

是鍾肇政筆下銀妹與奔妹的共同特色。

「流雲」的銀妹做事很在行，平時除家務、田事外，還要放牛，白天差不多沒有片刻的空閒，晚上更要備妥一大擔青菜，以便在天明時趕到街路去賣，好貼補家用。「插天山之歌」的奔妹也不遑多讓，她幹活勤快，可說是九曲坑最好的女孩；她經常由早忙到晚，看來卻好像永不疲倦，也從不埋怨，當她身懷六甲，已挺著大肚子了，仍然堅持下田一起工作。銀妹和奔妹確是具備了傳統客家女性吃苦耐勞的特性。

銀妹和奔妹都很強悍，能做任何一個男子所做的事，並且遠遠強過書中的男主角。「流雲」的陸志龍就坦承自己卑鄙、懦弱、膽小，銀妹則比他所想的更偉大、更勇敢。至於「插天山之歌」的奔妹，不但救起差一點跌落崖下的陸志驤，還冒險陪他逃亡，赤著腳翻山越嶺，走了許多滿地荊棘的山林小路，保護陸志驤脫離險境。由於陸志驤是書生，肩不能挑，所以他甚至想像著奔妹生產後的情狀：大男人的他留在家裡抱孩子，而堅強的奔妹卻挑起一個大擔子，在山路上趕忙行走。這種女強男弱的對比，的確饒富趣味。

她們有著不輸男子的英雌氣概，私下卻也熱情洋溢。像放牛的銀妹，發現在樹下看書的陸志龍迷迷糊糊地睡著了，她會頑皮地拿著手裏的繩子去撩陸志龍的額角，把他鬧醒；奔妹則熱情地由老家走幾個小時的山路，攜帶事先處理好了的閹雞，來到躲藏在偏遠山區的陸志驤住處，充分表達內心的愛意。儘管女強男弱，鍾肇政筆下的銀妹和奔妹仍是溫柔、體貼、感性的。《濁流三部曲》第三部「流雲」裡，陸志龍與銀妹於深夜訂情的一幕，

最能展現銀妹柔情似水的一面。陸志龍送蕃薯粄到溪邊給銀妹吃了之後，離開時，陸志龍一不小心，木屐竟踩進田中，他後來站在水流裡，銀妹就迅速蹲下來替他洗濯那隻泥腳，她手掌上的暖意清晰地印在他腳上的皮膚，這沒法形容的神妙感覺終於令陸志龍整個失去了自己，把家世、學歷等條件遠比銀妹好的小學同窗「徐秋香」、好友林盛光的堂妹「完妹」全都摒除在外。《台灣人三部曲》第三部「插天山之歌」的奔妹，看到陸志驤雙手因劈柴而起了水泡，她立即摘取幾片樹葉塞進嘴裡嚼碎，再把嚼碎的葉子吐在指尖，敷在陸志驤起水泡的手上，輕輕地揉，這樣的溫柔毫無疑問立即擄獲了陸志驤的心。又，鄰居阿萬仔的女兒阿蘭因為延誤送醫而病死了，奔妹為之傷心不已，陸志驤被她的深情所感動，於是應允奔妹，願為小阿蘭樹立墓碑。這時，陸志驤很自然地就把未婚妻月雯給拋諸腦後了。

　　透過種種細節的安排與描寫，銀妹與奔妹既強悍又溫柔、既勇敢又熱情的形象自是栩栩如生矣。

四、不向命運低頭的反抗意志與魄力

　　鍾肇政在塑造銀妹與奔妹的形象時，特別強化她們與眾不同的特色，令人印象深刻。

　　比如說，銀妹天不怕，地不怕，不把男人放在眼裡。傳聞中，她常於深夜到屋前不遠處的溪裡沐浴，尤其增添不尋常的神秘感。而「插天山之歌」的奔妹更加特別，她每次打好柴或做完工，就在山中瘋了一般地練習喊口號，原來她是青年團八角寮中

隊的中隊長，她向來指揮全局，口號響亮有力，每次校閱時，郡下幾百個青年之中，她是風頭最健的一個，這也吸引著「無力」的陸志驤，偷偷來到三角湧親眼觀看奔妹如何在大校閱中神氣地指揮所屬的三個小隊。

此外，她們與一般女子的不同，乃在敢於反抗命運。「流雲」的銀妹身世悲慘，是苦命的養女、童養媳，從小承擔沉重的家務、農事，一天到晚像隻螞蟻般地操作著，肩負全家生計，偏偏未婚夫蕃仔是個白痴，到了十八歲，養父打算「送作堆」，她不答應，給養父葉富仔打得半死，卻始終抵死不肯。愛上陸志龍後，為顧慮他的家庭、身分、前途，她根本不敢奢望與之結成連理。最後，她只好答應與蕃仔成婚，以免被賣作妓女，接著就離家出走，前去東部花蓮尋找親生父母。換言之，銀妹有不屈的靈魂，也有不向命運低頭的反抗意志與魄力。

而「插天山之歌」的奔妹，她母親死了，下有二妹二弟（大妹自小就給了別人家），乖巧的她毅然接下家裡生活的重擔，不但代替母親做一家的主婦，而且把弟妹們照顧得十分周到。由於家世的關係，又沒讀過多少書，她即使看不上村中的青年，卻也似乎註定要在山中埋沒一生。但，奔妹終究不甘於命運的左右，她勇於追求愛情，當陸志驤躲避日本鷹犬的追緝而躲到新柑坪投靠「抗日分子」張凌雲老先生，她藉機冒著生命危險去探望陸志驤，全心全意的照顧他，甚至為陸志驤留下子嗣，延續陸家反抗強權的生命，同時也改變了自己的一生，此外，陸志驤在奔妹產後，被「陰魂不散」的桂木警部囚禁一夜隨即因終戰而釋放了，這樣的安排充滿台灣重獲新生的象徵意義，真是神來之筆！

五、女性自覺意識不足

　　在鍾肇政筆下，銀妹與奔妹沒有亮麗的外表，她們是實實在在的山村女子，然誠如王慧芬於《台灣客籍作家長篇小說中人物的文化認同》所言，鍾肇政塑造的理想女性，「有著生命的韌性，也同樣在男人背後成為支柱，甚至像個母親保護守護著家與家人，只要接近她，就會覺得心安與平靜」，[5]這正是鍾肇政心目中的客家女性特質。但我們也不得不指出，她們可說是所謂的「永恆的女性」（eternal feminine），[6]就是只要做一個好妻子、好母親，要順從、聽話，是個提供性事和生產下一代的幫手、工具。相較於男性，她們是十分欠缺自主意識的。

　　銀妹與奔妹家世不好，所受教育不多，內心自卑，總覺矮人一截，配不上讀過彰化青年師範學校的陸志龍或是到日本內地工業大學留學的陸志驤。即使他們曾被她們取笑膽小或是不堪勞動，唯只因他們讀書較多，是所謂的「知識份子」，在山村之中便顯得高人一等，於是她們幾乎無條件地、一面倒地對他們產生好感，甚至以「盲目」來形容亦不為過。事實上，與銀妹和奔妹相較而明顯軟弱的陸志龍或陸志驤，偶爾也會滋生自卑感，然而他們卻一直存有士大夫的陳腐觀念，像嚮往「晴耕雨讀」生活的陸志龍就一再自問：她會牛一樣地工作，你的『晴耕雨讀』豈不

---

5 王慧芬《台灣客籍作家長篇小說中人物的文化認同》，東海大學中文研究所碩士論文（1999年），頁170。

6 參閱簡瑛瑛〈女性主義的文學表現〉，《聯合文學》第48期（1988年10月），頁12。

是正需要一條牛嗎？

等到她們以身相許，原先的「堅強」特質竟然消失了，她們已經沒有了「自我」。「流雲」中，銀妹的手帕交六妹告訴陸志龍，銀妹為了不拖累他的將來，甘心離開他，犧牲自己，偏偏私下常常以淚洗面；「插天山之歌」裡，奔妹愛上陸志驤之後，曾哭著對他說，就算是被他騙了也會很高興。後來，奔妹的鄰友完妹轉告陸志驤：「我提起了你，她就哭了。我真沒想到她那樣的女孩子也會哭。」[7]原來奔妹除了母親死時哭了以外，從來也不哭的。所以說，奔妹在愛上陸志驤後，整個變了，而且變得那麼徹底、那麼「小女人」，怎不令人意外！

至於文化認同方面，陸志龍期待著早日脫離「四腳仔」（日本人）的控制，不必再忍受異族的統治，陸志驤更進一步參加了地下抗日組織而遭到通緝；銀妹與奔妹則完全沒有自覺，甚或無知。比如，奔妹深受「皇民化」影響，以擔任戰時青年團中隊長為榮，當陸志驤告訴她：「我們不是日本人，祇是被日本人管的。」[8]奔妹覺得這思想太奇異了。經過陸志驤說明，奔妹明白了，馬上讚嘆陸志驤是「了不起的人」。

以上種種顯示，銀妹與奔妹同質性頗高，她們固然勤奮、堅強、勇敢，充滿了熱情與活力，但多侷限於家庭中的表現，一般而言，她們仍缺乏思想，女性自覺意識也無疑是不足的。當然，這也可能是男性威權社會下的某種投射吧！

---

7 《台灣人三部曲》，頁993。
8 《台灣人三部曲》，頁936。

六、女性追尋的一種完成

　　論者批評，《台灣人三部曲》第三部「插天山之歌」帶有太多
《濁流三部曲》第三部「流雲」的影子，且缺乏心理層面的探討，
而思想性的貧乏以及史實的避重就輕，使得全書缺少足夠的深
度，也不足以展現太平洋戰爭末期，台灣在艱難困苦中，孕育新
希望的複雜形貌；[9]《濁流三部曲》第三部「流雲」又因自傳性過於
濃厚，而且缺乏客觀性，只寫個人經驗中的瑣事，缺乏成為偉大
作品的條件。[10]二者可以說皆有其不足之處，尤其未曾以主要女
性為觀點人物，極少直接描寫女性的內心狀態，但我們也不可否
認，鍾肇政以其細膩的文學之筆，創造了代表客家女性典型的銀
妹與奔妹，塑造出台灣女性勇敢熱情的形象，更是對於女性追尋
的一種完成，換句話說，她們不但拯救了「百無一用是書生」的
陸志龍和陸志驤，同時也帶給「流雲」及「插天山之歌」以生命與
靈魂，提昇了《濁流三部曲》與《台灣人三部曲》的文學價值，在
在值得喜愛台灣文學的讀者所重視。

---

9 林瑞明語，〈戰爭的變調──論鍾肇政的「插天山之歌」〉，《台灣文藝》第77
　期(1982年10月)。
10 葉石濤語，見〈台灣文學的里程碑──鍾肇政「台灣人三部曲」對談紀錄〉，
　《台灣文藝》第75期(1982年2月)。

《八角塔下》的異族愛戀

一、自傳色彩濃厚

　　生活經驗跨越日治時代與台灣光復的本省籍作家，作品中常會出現有著民族差異與文化隔閡的日本女性角色，而且與台灣籍男主角發生異族愛戀的情節，本省籍戰後第一代作家鍾肇政的小說即為明顯的例子，這些日本女性往往是「美麗與憂愁」的化身，混合著戀慕與感傷的距離美感，此種「期待」與「絕望」交錯的矛盾情結，成為這些作品的主調，諸如知名的《濁流三部曲》和《台灣人三部曲》。另外，與《濁流三部曲》同樣自傳色彩濃厚的長篇小說《八角塔下》，[11]亦有台日異族愛戀的呈現，值得進一步探究之。

　　繼《濁流》之後，《八角塔下》於一九六四年春下筆，到一九六七年四月完成，鍾肇政以自己十四歲至十九歲就讀私立淡水中學的生活經驗為藍本，描述台灣在日治時代皇民化運動下，青年學子對家國、民族的認同轉折，以及對於性的懵懂欲解。全

---

11 鍾肇政《八角塔下》(台北：草根，1998年新版)。

書共三十八章，自二十六章起，「我」（陸志龍）於升四年級之前的暑假，返鄉認識了岩本靜子，並且愛上了她。因爲「我」心裡十分明白，自己是本島人，又是私立學校學生，而她是內地人，一個官立女學校學生，加上女方父母的當然反對，此一「絕望之愛」的情結也就無法解開，兩人初開的情竇只好淒涼地結束。

二、自卑心態顯露無遺

岩本靜子溫柔、聖潔、清純而動人，鍾肇政如此形容：「那垂在胸前的兩條辮子，比他父親的衣褲還要黑，那臉兒和脖子白得像天上的雲……」[12]、「顯示出了一個皇國女性的端淑與禮節。」（頁301）、「我覺得她真好看，尤其那微露的白白的一排牙齒。」（頁339）

陸志龍可以說才看一眼就愛上她了。其中，釣魚時巧遇靜子，陸志龍用樟腦油爲她擦拭被蚊蚋叮咬的手臂、小腿，有以下精彩的描寫：「我嗅到從她身上發出的一種幽香，它鑽進我的腦門，也滲入我的體腔內。我幾乎眩暈起來。而那掌心上的感覺，更使我的心顫動不已。噢，這一切真是太神奇了。」（頁341）、「我真沒想到女人會那麼香……我沒料想到她的皮膚是那樣地凝滑。它那麼白，那麼細嫩，我覺得手掌都溶化了。」（頁342）、總之，靜子之美，令在焦思裡的他念念不忘，「經常那麼熱切地想念她，她那醉人的體香、凝滑的肌膚，還有那在強烈陽光下發

---

12 《八角塔下》，頁262。以下原著引文逕於文末註明頁碼。

著微微金光的細細的汗毛，甚至她不經意的一顰一笑一言一語都使我心弦震顫。」（頁345）

在陸志龍眼中，靜子的美是諸如阿純、彩雲、阿緞等本土女性所難以相比的。

可是，岩本靜子高人一等的日本人身分，讓陸志龍非常自卑，書中對此之描述甚多，例如他走到她的住處附近，期望能偶然地碰上她，心裡卻又對此感到絕望：「暑假過了一半，我就死了這個念頭了。我常常告訴自己人家是新竹高女呵，你只是個淡中仔的學生，配嗎？她還是內地人，反正沒有希望的。」（頁270）、「我十分明白，想她是沒用的，她是內地人，一個官立女學校學生，這與本島人又是一個私立中學學生，恰成了正比，好比各在一個星球上，我又該憑什麼妄想呢？」（頁278）、「我只能猜想，她是看不起我這個本島人而又是一所三流中學的學生了。我那樣的想念她，渴慕她，看來這是可笑的單相思了。多疑，多慮，多懊悔，我就是這樣一個人。」（頁307）、「我仍然有一種自卑感，不時地都告誡自己不要去想她，想也是徒勞。」（頁335）

特別是靜子竟然同意到陸家小坐，陸志龍大感意外，百般擔心靜子因此瞧不起他：「我有些懊悔提出了這樣的邀請，可是要取消也不行了，只得啟步，她也跟我並肩邁開了步子。長裙底下露出雪白的『足袋』（一種日式襪子），黑的那麼黑，白的又那麼白，再下面是鏤空繡花木屐，踏在泥地上發出清脆的聲音。我感到她差不多與我一般高，那竟予我一種微妙的壓迫感。家人都不懂內地人那一套榻榻米上的禮節的，也許她會因此看不起我，

而且家裡也太髒了，我竟在懊悔之外還有點害怕出醜起來。」
（頁304-305）

　　後來當陸志龍獲悉日本警察課長正在服役的兒子，官拜少尉，要與岩本靜子相親，陸志龍自卑的心態再度顯露無遺：「一個少尉，不可一世的，筆挺的衣褲、戰鬥帽、大刀、長統皮鞋……比較起來，我是這麼渺小，比一隻螞蟻強不了多少。能憑什麼跟他競爭呢？如果我是一隻螞蟻，那麼他是一隻大公雞了，我還不夠他一啄。」（頁373）

三、少年心理深刻呈現

　　既愛又自卑，陸志龍內心掙扎不已，誠如黃靖雅所言，是「想像的莽夫，行動的侏儒」，[13]鍾肇政對於男主角如此這般的心理描寫，十分深刻，如：「嗯，我確乎不如她，她太大方了，太鎮靜了，而我卻一再地那麼無措地讓臉兒紅了。真該死，真要命，簡直是個窩囊廢。」（頁261）又如「我們是智識青年……我們應該是有好多話可以談的……只可惜我還沒有這個勇氣與膽量」（頁269-270）。當他違心地婉拒與靜子同坐台車，自己馬上懊悔萬分：「但是就祇這麼一個差錯，她的吝於再邀一句，我之不能早一句接受，於是我們就這樣分手了。我看著她的背影，我在懊悔，我在痛恨自己，我真想把我自己狠狠地揍一頓。」（頁275）陸志龍只會一個人空想，乃至意淫：「她坐下去了，身子斜向前

---

13 黃靖雅《鍾肇政小說研究》，東吳大學中研所碩士論文(1994年)，頁111。

方,把那動人的側臉留給我,讓我肆意而貪婪地用我的視線來愛撫,擁抱。」（頁302）

不過,關於陸志龍的心理刻劃,可說十分生動,毋怪乎李喬稱讚《八角塔下》是國內唯一深刻的少年心理小說。[14]

等到陸志龍克服內心的自卑,也獲得岩本靜子的心,[15]不再有身分不同的威壓感,他高興萬分:「我有愛人了。她是個溫柔多情而美麗的女性,我苦念她整整兩年,終於開了一朵美麗的愛之花朵。……我要拼命讀書,贏取榮冠,做為對佳人的深情的報答。」（頁365）

靜子更表白要嫁給陸志龍,因為他是「第一個進入我心中的人」。（頁375）偏偏女方父親岩本巡查大加阻攔、破壞,要警察課長跟中學聯絡,設法抓陸志龍把柄,藉以打擊他,使他抬不起頭來,間接地阻礙他與靜子的相愛,於是故意弄出「吸菸事件」,迫使陸志龍難以順利畢業升學。至於靜子,明白說出心聲之後,也感受到父親那無法承受的精神壓力,她在寫給陸志龍的信中,透露內心的無奈,如:「因父親不許武雄去看你……我被逼得沒法了,祇好說我愛你,你也愛我,我一定要嫁給你。他震怒了,幾乎要殺死我……我感到莫名的害怕,也許我命中注定了是個不幸的女人。」（頁378）又如:「我們的事好像大家都知道了,每個人對我的眼光都和以前不同。我真沒法形容那種眼光,是好奇

---

14 李喬〈女性的追尋──鍾肇政的女性塑像研究〉,收錄於《台灣文學造型》（高雄:派色,1992年7月初版）,頁217。

15 由於《八角塔下》採陸志龍的敘事觀點,是以讀者無法獲悉靜子愛戀台灣男子的內心狀態,只能靠對話或是觀點人物的反應、情節的交代來表達。

的，輕蔑的，也有摻著一些同情的。……我不能為父親犧牲自己。我是不孝的女兒呵……」（頁379）

於是陸志龍與岩本靜子的異族愛戀，註定畫下休止符。而這也凸顯日本皇民化運動所強調的「內台融合」，亦即「選擇內地人為結婚對象，男的，娶內地人女性，女的，嫁給內地人」（頁385），其實，這根本說一套做一套，徒增被殖民者內心的創痛罷了。

最後，陸父安慰陸志龍和同窗李耀，說：「你們要知道，你們不是大日本帝國臣民，你們是大漢民族的一分子，你們的血管裡流著的是漢民族的血。」（頁392）「你們將來還是有作為的，為了我們的民族而努力奮鬥，這才是你們的使命。」（頁392）替離開中學之後不知何去何從的陸志龍和李耀，指出未來希望之所在。陸志龍也告訴自己：「是的，我要活下去，堅強地，並且為我們的民族，為我們苦難中的祖國奮鬥下去。我深信我必然會有那樣的機會盡我做為漢民族一分子的責任的。」（頁392-393）試圖從痛苦的感情泥淖中脫身而出。

四、絕望的愛戀與宿命的必然

作家創作離不開個人經驗，其作品或多或少有著作者個人的影子之外，自然也是當代民眾生活與心理的某種反映。而日治時代的台灣人，面對「高人一等」的日本人，不可避免會產生一種既自卑又不屑的微妙心理，期望在「異族愛戀」的情節中，讓始終居處弱勢的男性能夠藉由與日本女子的交往，翻轉現實情境，

取得阿Q式的、自以爲是的精神勝利，獲得長期壓抑下的心理補
償，藉以紓解內在積存的苦悶。只是，其結果註定是絕望的愛
戀與宿命的必然。學者林瑞明指出，此種絕望的愛乃是日治時
期台灣人的「集體潛意識」(collective unconsciousness)。[16]鍾肇政《八
角塔下》的異族愛戀，則不只爲自己的黃金時代留下一首青春讚
歌，[17]無疑也爲日治時期台日的「絕望愛戀」悲劇，做一具體的呈
現。唉！這樣的時代，這樣的戀情，怎不令人喟嘆！

---

[16] 見林瑞明〈人間的條件──論鍾肇政的「滄溟行」〉，收錄於《台灣文學的
　　本土觀察》(台北：允晨文化，1996年7月初版)，頁122-139。
[17] 鍾肇政《八角塔下》後記，頁398。

本土小說中的族群情結
──以《怒濤》、《埋冤一九四七埋冤》、《浪淘沙》為例

一、台灣文學的敏感地帶

　　台灣於一八九五年割日，開始接受屈辱的殖民統治，迄一九四五年日本無條件投降，才重回祖國懷抱。光復之初，全島因掙脫異族暴虐統治而歡欣不已。詎料戰後經濟蕭條，物價飛漲，繼以國民政府接收甫始，無法即時恢復經濟秩序，民心浮動；加上接收工作有欠公平，引起不滿；陳儀政府舉措又諸多失當，招致民怨……等諸多因素，使得民眾希望徹底幻滅，終而爆發不幸的「二二八事件」，成了台灣人內心永遠的傷痛。緊接而來的白色恐怖，更令台灣人噤若寒蟬，並與外省人之間產生了不可觸碰的族群情結。直到解嚴，政府方重新面對、檢討二二八事件，朝野則進一步努力撫平這歷史的傷痕，期使我們的社會和諧、團結。

　　由於政治因素，二二八事件與族群情結先前一直是寫作的禁忌，以呈現台灣悲情歷史的大河小說，如鍾肇政《台灣人三部

曲》（1976年出齊）、李喬《寒夜三部曲》（1976年全部完成）都只寫到
台灣終戰前後就停止，竟然未提「二二八」這個波瀾重疊、對台
灣影響深遠的大事件，不免令人遺憾。後來，隨著思想的鬆綁，
對台灣歷史深具使命感的鍾肇政與李喬，又不約而同地寫出完
整描述「二二八」的長篇小說《怒濤》（1993年）、《埋冤一九四七埋
冤》（1995年），可視為《台灣人三部曲》與《寒夜三部曲》的續篇，
彌補了先前的缺憾，鍾肇政與李喬算是得償多年以來的寫作大
願。而在《台灣人三部曲》、《寒夜三部曲》之後多年才完成的東
方白大河小說《浪淘沙》（1989年），由於政治氣候已經改變，寫作
時即以相當篇幅來處理「二二八」了。

　　無論如何，台灣終戰以及不幸的二二八事件等歷史因素，使
得台灣在面對族群問題時不可避免地益形敏感。《怒濤》、《埋
冤一九四七埋冤》、《浪淘沙》[18]都碰觸到光復初期及以後的本省
外省族群情結，而其表現方式有無不同？頗值進一步去探究。

二、《怒濤》的族群情結

　　鍾肇政《怒濤》描述的重點在於二二八暴風雨前夕的情境、
心境與台灣社會當時的混亂狀態。李喬指出，作者採用了為台灣
人精神史而寫的筆法，並不特別著重那血淋淋的場面重現，而是
在捕捉那逝去的、令人哀傷的時代中，台灣年輕人的感受。[19]

18 鍾肇政《怒濤》（台北：前衛，1993年2月初版）；李喬《埋冤一九四七埋冤》（基隆：海洋台
　　灣，1995年10月初版）；東方白《浪淘沙》（台北：前衛，1990年10月台灣初版）。
19 李喬〈那時代的感受——介紹「怒濤」〉，《新觀念》月刊第106期（1997年8月），

其中主要年輕人之一的東京帝大生陸志麟，他家世好，父親是名醫兼鉅富，長兄志麒則為醫界頂尖的醫學博士。雖然陸志麟在日本求學時，曾與二位令人心動的日本女性交往，而且已達只要他願意，即可輕易占有她們的程度，但自負的他仍情願保有童貞之身，終而與之淡然分手。光復後，陸志麟返台準備轉入台北帝大，這時認識了來自大陸北京的韓萍。

韓萍的姐夫姜添興是客家人，年輕時就從台灣過去大陸，待了二十年之久，娶了北京姑娘韓怡，戰爭期間都生活在日本人支配下的北京；戰後他刻意隱去「蕃薯」的身分，一直謊說自己是廣東梅縣人，在滿洲歸客陸志鈞眼中，這位北京歸客根本是「卑怯者」──卑鄙加上懦弱，是不可饒恕的「三本足」（「三隻腳」）、漢奸或「半山仔」。陸家於大陸從事「地下工作」的陸維楨，因姜添興伸出援手才得以回到甫重歸祖國的台灣。是以姜添興成了陸家祭祖兼親族聚會的賓客，其後姜家邀宴，陸志麟乃認識姜添興的漂亮小姨子韓萍，「命運的惡作劇」於焉展開。

當時台灣剛終戰，來自大陸的人往往流露著勝利者高高在上的姿態，相對的，台灣人則不免自覺謙卑，一方面討好他們一方面內心又頗覺不是滋味，這種心理十分微妙而具有普遍性。「高貴」的韓萍平時淡妝素抹，多半是一襲合身的旗袍，接受日本教育的陸志麟覺得她美得玲瓏而且也難以捉摸。她與日本或台灣女性最大的不同是──大方、開放、積極。一開始韓萍就主動接近家世好、學歷佳、身高體大的陸志麟，即使兩人語言不通，經常

頁108。

得依賴漢字或英文溝通，兩人還是在大家並不看好下成爲情侶。不久，韓萍懷孕，兩人自然就結婚了。

事實上，台灣在族群婚姻方面，的確男女有別，陸志麟可以娶北京姑娘，此如同李喬所謂：

> 當兩個優劣不同的族群（民族）間發生男女交涉時，……如果出自劣勢族群的作家筆下的男女關係，必然是那優勢族群的聰慧美女，無條件地愛上劣勢族群的男性……。[20]

但與陸志麟同輩的陸秀雲，即使對熱烈追求她的大陸中尉軍官存有好感，終因嫁給長山人，在她們陸家是一項禁忌，絕對不能違犯，乃不得不敬而遠之。至於鄉裡某位連長娶了出身風塵的女子，即被批評爲：「雞母珠仔配到一個豬哥牯。」[21]意謂低賤與低賤配成對。由此亦可看出台灣人面對不同族群時的奇特心態。

婚後，韓萍與公婆同住，「不同質的分子」韓萍打破慣例，不輪值下廚，一切由女傭代勞，她仍然當她的「小姐」兼「少奶奶」。陸家幾代以來從未有過這樣有主見的媳婦，只是公婆未表異議，順從著她，甚至在隱約間有著「屈從」的味道。陸志麟發覺，父親對待日本人，幾乎就是那個樣子。更令陸志麟耿耿於懷的是，他甩脫習用的日語，盡可能抽出時間苦學祖國的語言，韓萍卻從未表現過要學本土語言的意態，也因此，她和公公婆婆幾

---

20 見李喬〈女性的追尋——鍾肇政的女性塑像研究〉，收錄於《台灣文學造型》
　　（高雄：派色文化，1992年7月初版），頁211～271。

21 《怒濤》，頁212。

乎無話可談。這婚姻的種種矛盾，便這樣不斷地苦惱著陸志麟。

到了爆發二二八事件，陸志麟與韓萍二人之間的磨擦加劇，因彼此立場南轅北轍，一認為來自大陸的政府及政軍人員的做法野蠻；一認為台灣人皇民化、奴化太深，激烈排斥祖國，就是造反。互相爭執不下，兩人有了格格不入的遺憾，進而演變成無法填補的鴻溝。陸志麟這才驚覺，「原來，他從未進入過她的心中，進去的只是身體而已……」[22]他懷疑，「這樁婚姻，難道是錯誤的嗎？難道註定要破滅的嗎？」[23]此時懷著身孕的韓萍卻不顧姐姐韓怡勸阻，執意回北京，陸志麟完全無能為力。結果，韓萍回到北京後，胎兒未能保住。陸志麟與韓萍這段婚姻，果真成了「命運的惡作劇」。至於陸志麟與韓萍所懷的胎兒之未能保住，似乎具有代表不同族群結合之後的象徵意義。由此看來，鍾肇政對於彼時的族群問題是悲觀的。

三、《埋冤一九四七埋冤》的族群寬容

李喬以「呈現二二八的全景，並釋放其意義」為宗旨，多達七十多萬字的巨著《埋冤一九四七埋冤》，女主角葉貞子本是台大醫五學生，為民國三十六年三月九日軍憲攻擊中山堂事件中唯一倖存者，然而她當時不但遭到大陸軍憲強暴，從此失去愛與被愛的能力，陷入慘事魔障而無法自拔，更糟的是，她因而懷孕，

22《怒濤》，頁337。

23《怒濤》，頁343。

墮胎不成又求死無門，一度精神失常，直到避居花蓮，產下那由邪魔惡獸的種子所分化發育而又得其血肉滋養的「浦實」，[24]對於這個「孽種」，貞子既恨又愛，母子倆便是處在如此矛盾、緊張的關係之中。葉貞子帶著浦實，在眾目歧視之下，辛苦地生存下來。貞子自覺罪惡，已無法再接受愛情，註定要寂寞一生，而她為了日子繼續過下去，乃調整自己，拒絕憂傷，全心全意邁進，於是她學標準國語，穿旗袍，改名為「葉貞華」，她要告別、切斷一切舊的、原有的，告別台灣查某、客家女子而成為外省人、大陸女子、中國女老師，把自己創造成全新的存在，做一個現實人間的強者。是以她對動作、模樣、神態百分之百本土味，滿嘴福佬腔客家調「台灣國語」的浦實更加不滿，一再引起彼此的不快、衝突。事實上，貞子發現，她即使「中國化」到被誤認為外省人，終究還是未完全被認同，於是她深深感到做為被殖民者的悲哀。

不過，貞子並不排斥與不同族群的異性交往。在花蓮女中任教時，貞子和該校外省籍國文老師朗吉文挺談得來，一度興起思慕之情，只不過一旦落實到身心合一的情愛，因為強暴的陰影始終無法祛除，那思慕之構成便淡散了。是以貞子在情愛方面，備覺空虛，這樣的遭遇怎不教人同情？

所幸浦實在幾乎沒人疼愛、母親也愛得怪怪的狀況下，近乎「本能」地成長，反而很實在地把根紮在自己的土地上，而且在課業方面很有出息，順利考取建國中學，為自己和自卑的母親一

---

24 浦實，日語發音為「烏拉密」，即是怨、恨。

吐怨氣。浦實並不認爲，那個「惡魔」和他有什麼關係；他是世上另一個新的獨立的生命。浦實更一語點醒曾經失去自我的母親，不要自己也認定自己有罪、羞恥、見不得人，是什麼就是什麼，不要躲，何必弄得那麼不自然呢？又說：「我們是受害者，受害者要被取笑嗎？受害者有罪嗎？」[25] 當貞子、浦實母子取得諒解，把對方抱緊，歡喜、激動、滿足，我們看見貞子、浦實自此走出了心裡的陰影，所謂「幸福」並非遙不可及呀！

被暗喻爲「台灣」的葉貞子，不滿時政之餘，甚至思考著台灣的前途，雖一度迷惑於身分認同，卻終因兒子浦實的剖析而找回自我，重新認同這一片哺育我們的土地，更可貴的是，葉貞子心胸開闊，懂得包容，當兒子浦實問，阿山是否就表示壞人？貞子告訴浦實：「……是有壞人，但不是全部；……說什麼，和是不是壞人沒有關係。講客家話、福佬話的也一樣，有好有壞……」[26] 讀來怎不感動、深思？

葉貞子的遭遇如此之悲慘，但李喬透過葉貞子的思想轉變，呈現了對族群問題的寬容態度與情操，就此而言，相較於鍾肇政，李喬可以說是進步的。

四、《浪淘沙》重視理解其他民族的思想與感情

東方白以史詩的氣魄寫百年來台灣三個家族三代人的人事滄

25《埋冤一九四七埋冤》下冊，頁637。
26《埋冤一九四七埋冤》下冊，頁370。

桑與悲歡離合的大河小說《浪淘沙》，處處彰顯著跨越國籍、種族的人本關懷，但其中關於本省人與外省人的通婚，場景是在中國大陸，而結果並不好；至於所寫本省人與外省人的相知相惜，則讓人印象深刻。

三個家族之一的周家，住台北萬華，經營木器行的周福生，其子周台生本是藥局生，後赴老家福州發展，娶周福生的師傅姚遠之女姚倩為妻，生子周明德，由祖父周福生帶回台北扶養長大，周台生夫婦則移民菲律賓馬尼拉開設五金行，又生二子周明圓、三子周明勇。周明德於中學畢業後到菲律賓與父母及弟弟團圓，然因彼此隔閡，相處並不愉快。由於菲國反日，深受戰爭威脅，被視為「日本人」的周台生全家乃乘船歸返中國，周明德再由福州轉回台灣，然三子周明勇卻在馬尼拉碼頭臨時跳船，留在菲國，後來日本入侵菲國，周明勇即參加菲國「斥候軍」，戰敗被俘，其後脫逃加入游擊隊，自此行蹤不明。

二子周明圓回到大陸，先入上海聖約翰大學讀書，畢業後因日本投降，就隨「中國接收委員會」來台，認識長兄周明德在成功中學教英文的同事高千慧，不料母親姚倩以前跟婆婆謝甜不和，就認為台灣女人都不好，堅決反對周明圓跟台灣女子結婚，還另外為周明圓物色一個師範學校畢業的福州女子唐伶，照片中的她身穿旗袍，身姿婀娜，笑靨迎人，恍若上海的電影明星，由不得人心動神迷。於是周明圓順從母親，回福州與唐伶訂婚。不久周明圓赴美留學，隨即大陸變色。取得碩士學位，周明圓決然回大陸與唐伶完婚，在大學教書。文革時，周明圓因是台灣人，當過國民政府官員，又曾赴美留學，這都成了文化大革命的現成

罪名，慘遭批鬥，下放勞改，直到「四人幫」倒台，才得以恢復舊職回北京大學任教。勞改前，唐伶還活著，十年後回來，唐伶早已因憂鬱症去世。其實，周明圓和唐伶婚後感情一直不好，她嬌生慣養，脾氣又強，二人當然合不來，加上不能生育，感情就更冷了，不但怒目相向，而且經常吵架。周明圓非常後悔，曾向母親姚倩埋怨，姚倩無言以對，暗暗哭泣流淚。本省人與外省人的結合，不能說誰對或誰錯，但是彼此沒有什麼感情，像這樣的結局又怎不教人喟嘆？

長子周明德回台灣後，先是在中學教書，繼而被日本殖民政府徵召受訓，加入新竹航空隊，其後調到廣州，所駕駛的戰鬥轟炸機在重慶上空被中國空軍的戰鬥機截擊，墜落在重慶上游的「白沙」附近，周明德因是台灣人，遭日本人強迫當兵，乃被中國民兵視為「同胞」而免去牢獄之苦，同行的「遠山明」即使有良心、反對戰爭，然因為是日本人就飽嚐苦頭了，最後更自殺身亡。周明德不禁大嘆：「公正何在？」[27]此次被俘，周明德得以結識白沙民兵副總隊長黎立，兩人因為都有著濃厚的人道精神而成了好友。

日本宣布無條件投降，周明德由昆明輾轉回到台灣，重執教鞭。台灣終戰後，民怨日增，有人痛恨、大罵唐山人野蠻，周明德則認為，唐山人有上等的有下等的，在台灣所看到的唐山人偏偏都是下等的，萬不可以偏概全，誤以為所有唐山人都不好。爆發「二二八事件」後，周明德看見三個學生圍毆一個大陸打扮的

27《浪淘沙》，頁1726。

唐山人，主張凡事要是非分明的周明德立即阻止他們，教訓道：「怎麼可以不分皂白，只因為他是唐山人就動手打他？」[28]

多年以後，周明德在溫州街遇見以前白沙民兵副總隊長黎立，黎立曾經教書、種植果樹，如今則改行賣豆漿。他每日清晨起來教拳，教完了賣豆漿，下午和晚上空閒時，讀書和著述，十年如一日，從不間斷，生活恬淡，與世無爭。這樣的老友，令周明德衷心讚嘆，他們之間根本不存在所謂的族群問題。

五、族群的啟示

有關台灣終戰初期及以後的本省外省族群情結，鍾肇政《怒濤》的態度較為保留，對外省人的勾繪幾乎完全是負面的，書中找不出族群和諧的例子；李喬《埋冤一九四七埋冤》，著力描述族群間的激烈衝突，令人怵目驚心，但最終是以極寬容的角度來看待族群融合的問題；至於東方白《浪淘沙》，誠如林鎮山所言：「《浪淘沙》在論斷風情世事的時候，已經超越了人為的界線，例如種族、國籍。」[29]則以最為開放、樂觀的襟懷來處理本省外省族群問題，並且跨越國籍、種族，賦予人本關懷，東方白藉由書中人物周明德表達這樣的心聲：「世上只有善人與惡人之分，豈有國籍種族之別。」[30]人類並不全然都有偏見，這個世界

---

28 《浪淘沙》，頁1917。

29 林鎮山〈人本主義的吶喊──試論東方白的《浪淘沙》〉，附錄於《浪淘沙》，頁2062。

30 《浪淘沙》，頁1932。

也並非全黑或者全白。《浪淘沙》全文所流露的人道主義精神，明白提醒我們，要重視理解其他民族的思想與感情，對照之下，本省外省族群問題顯得多餘可笑，這應會帶給所有居住在台灣的各個族群極大的啓示吧！

李喬

▶▶▶

複雜多面的人性思考
——《寒夜三部曲》的漢奸文化與異國情誼

一、台灣人最多漢奸

　　日治時代的台灣人民被日本殖民政府視爲次等國民，不論在政治、經濟、教育……各方面都備受不平等對待，內心莫不充塞著被壓抑的苦悶。直到民權運動領袖林獻堂等，才以籌組「文化協會」的方式反對殖民統治、爭取政治及社會改革，乃至發展出「農民組合」活動，指導農民保護土地、爲土地而奮鬥。然而這種有別於早期零星、整體的武裝抗日，在思想、文化、經濟、法律上的抵抗，仍舊難逃被殖民統治者打壓的命運。李喬的大河小說《寒夜三部曲》第二部《荒村》即是以此爲背景，抖開這一幕澎湃昂揚的抵抗熱潮，可謂驚心動魄，令人震撼。其中除了描寫四腳仔（日本統治者）的凶惡，更表達對三腳仔（漢奸）的厭惡。值得我們深思的是，爲什麼《寒夜三部曲》的英雄人物劉阿漢會說：「台灣人最多漢奸！」[1]

---

1 李喬《寒夜三部曲・孤燈》(台北：遠景，1981年2月初版)，頁122。

然而在《寒夜三部曲》第二部《荒村》、第三部《孤燈》，李喬筆下也出現了劉阿漢父子可以視之為「朋友」的日本警官及軍人，相對於向無好感的「三腳仔」，此亦有可供我們進一步探討之處。

二、諷刺皇民思想中毒之深

　　二次大戰期間，直到中國全面抗日，日本殖民政府才開始改變對台政策，總督府擔心台灣人民的立場，乃積極進行急速高壓的「皇民化運動」，強迫台灣人做日本國民，為日本政府效忠，當然總督府也採行某些「配套」措施，以「改日本姓名」為例，像《寒夜三部曲》蕃仔林劉家的二位頭家，就都是改了姓名的「皇民」，門楣上懸掛「國語家庭」的木牌，依法可配給到一些白糖和鹹魚等優待品，這在物質匱乏的時期，一般人為求生存，此似為不得不然的無奈。

　　不過，長期下來，皇民思想便根深柢固了。比如大湖郡世家望族謝庄長，前三代靠賣樟腦起家，有「御用商人」之稱，其日語好到除了日本仔，沒有任何人能聽得出那是出自本島人之口，他更決定讓養子「時祥」接受完整的日本教育，變成十足的日本人，最重要的是，須送去日本內地讀書，娶一位「日本嬤」，屆時說日語，穿和服，睡的又是東瀛女人，將來再生十個日本仔，那謝庄長便有十個日本孫子了，這是皇民謝庄長一生最大的夢想，怎不可悲！此外，劉家么子明基亡命菲律賓呂宋島時，遇見已瘦得不成人形的少年兵，這些頂多二十來歲的年輕人，此時此

刻竟仍念念不忘「大日本軍人」如何如何，寧願餓死於山區，或給野獸所吞食，也不甘心向敵人投降，彼等皇民思想中毒之深，簡直匪夷所思！作者李喬「諷刺」之意，極其明顯。

三、嚴厲批判三腳仔

對於日治時代，幫著統治者來壓迫自己人的三腳仔，李喬深惡痛絕，其批判更是不遺餘力。

《寒夜三部曲》第二部《荒村》，三腳仔的代表人物是巡查鍾益紅和李勝丁，劉阿漢與他們鬥法二十年，可說是「宿世冤家」。鍾益紅和李勝丁大言不慚，像他們這種絕對貫徹命令，絕對完成使命的警官，全天下都難找哪！這種三腳仔令劉阿漢痛心疾首，不禁大罵：「台灣人最多漢奸！」[2]偏偏那些告密、監視、捕捉、拷打台灣人的，都是台灣人自己，怎不令人憤怒、悲哀！李喬透過劉阿漢及林華木於台灣農民組合召開第一回全島大會時，批評這些漢奸走狗：「任他怎麼神氣，三腳仔就是三腳仔，怎麼裝，也不會成四腳仔。」[3]所以三腳仔最可恨，也最可憐，這應是飽受壓迫的台灣人普遍的心聲。

在第三部《孤燈》中，最典型的三腳仔莫過於徵調海外的劉明基的班長──改名「野澤三郎」的黃火盛，他不要同行的台灣人叫他本名，他作威作福，言行卑劣，只要犯下小小差錯，便難

---

2 同前註。
3 《寒夜三部曲・荒村》，頁405。

逃其毆打。李喬經由劉明基的冷眼觀察，把扮演著日本人走狗角色的這種「反種」台灣人，毫不客氣地予以批判。劉明基認為，野澤既非日本人也非台灣人，笑他是三隻腳，不是飛禽也不是走獸，根本是雜種！劉明基指出，三腳仔的地位是以台灣人的血淚慢慢堆砌起來的，他也感嘆，漢奸走狗這種事情就是免不了，而且這種羞恥，普遍存在，以往如此，現在亦是，假如台灣人不能覺悟，不能從根本上痛改，將來必然還是這樣。

於菲律賓呂宋島逃亡的末期，被眾人唾棄的野澤，為了求生，不願落單，死纏在劉明基身邊，這時已受傷而變成聾子的野澤，終於承認自己是台灣人，謙恭、求恕，反而把明基當作長官似的，但明基早就把他看透，認為野澤是漢奸本性，雖表演十分後悔的樣子，萬一能活著回到台灣，只要一有機會，為了名利，必又露出漢奸的嘴臉。《寒夜三部曲》對於三腳仔的批判，在台灣現代小說中應是無出其右的。

四、對比呈現人性複雜面貌

李喬對三腳仔絕無好感，盧翁美珍指出，李喬運用三腳仔加以反襯，另從反面人物對比主角，效果並不遜於用正面人物，因為三腳仔卑劣可鄙的行為所帶來的嘲謔效果，足以把主角的深沉性格及高貴人性完全引出。[4] 倒是在《寒夜三部曲》第二部《荒

---

4 盧翁美珍《神秘鱒魚的返鄉夢——李喬「寒夜三部曲」人物透析》(台北：萬卷樓，2006年1月初版)，頁275。

村》和第三部《孤燈》裡卻有表現人道精神的日本人，與三腳仔的無情無義形成強烈對比，令人印象深刻。

例如州警務部的課長片山一郎，在劉阿漢堅決參加「農組支部」而被帶往大湖警察課「關心」時，與片山重逢，三十年前於屯兵營，阿漢曾裝病，逃避當時的警官片山推荐去任巡查補，片山並未因此懷恨在心，如今反而把已經五十七歲的劉阿漢看成「老朋友」，不要阿漢稱他為「大人」，希望以朋友之誼來勸阻劉阿漢。雖然阿漢並未接納，仍決定參加農民組合活動，一心為農民利益而拚鬥，片山依然交代三腳仔鍾益紅，絕不可施以「體刑」，要給阿漢自由決定。結果這是劉阿漢生平第一次「順利」走出警察衙門。這時劉阿漢心想，片山這個日本人真是奇怪的傢伙，如果彼此不是敵對，如果片山不是日本人，更重要的，不是統治者的話，也許兩人真的可以成為朋友。

又如彭家長子人傑的長孫永輝，在呂宋島逃亡時，勞務團的小隊長山田，原本奉命把逃亡的台灣兵都殺死的，但經永輝請求，放大家一條生路，山田以及其他日籍兵也認為，台灣兵已經盡力，如再下毒手，則必天理不容，然在放走彭永輝等人之後，山田、津口、大瀧這些日本兵為了向部隊長交代，竟引爆手榴彈自盡。彭永輝面對這樣難得的、充滿人道精神的日本人，不禁獻上衷心的祝福。

此外劉阿漢的么子劉明基也遇到一位好日本人——隊長增田正一，當局勢惡劣，不可挽回，增田乃取下自己的階級領章，鄭重宣布：「現在起，我不是汝們的隊長了；一起逃或者各自逃，

悉聽自己決定。」[5]增田也體諒所屬，允許丟棄武器以便逃亡，這讓明基感動得想要緊握增田的手，甚至於擁抱一下。明基想，長久以來，增田這個人，實在看不出絲毫一般日本人的氣味，他真是個獨特的日本人，或者說，這才是真正的日本人？明基進一步反省，這是不是太高估了大和民族？如果這才是真正的日本人，那麼是什麼因素形成時下的那種「日本人」呢？

李喬透過這些異國情誼，為讀者留下一個個人性思考的空間。為什麼台灣人最多漢奸？為什麼台灣人一當上甲長、保正或是巡查之類的小職位，就一定要表現得那樣惡形惡狀？是名位使人如此？或者不只是名位的誘惑而已？為什麼有凶暴的日本統治者？又為什麼有充滿人道關懷、令人欽敬的日本人呢？

由此看來，李喬《寒夜三部曲》對於人性的思考是全面的、深入的，他挖掘人性，讓我們看到人性的多面、複雜，《寒夜三部曲》的思想深度的確非同小可。

5《寒夜三部曲・孤燈》，頁344。

台灣女性的自我發現

——《埋冤一九四七埋冤》的葉貞子與鍾瓊玉

一、出於對台灣的大愛

　　熱愛台灣，著力於本土歷史小說創作的李喬，其九十餘萬字的巨著《寒夜三部曲》在一九八一年苦寫脫稿，又經過十三、四年時間的收集資料、採訪口述及實際寫作，李喬接續完成以「呈現二二八的全景，並釋放其意義」為宗旨，多達七十多萬字的《埋冤一九四七埋冤》[6]，若非出於對台灣這一片母土的大愛，必不可能交出這樣的「大製作」。

　　《埋冤一九四七埋冤》上冊因受歷史所囿限，頗接近報導文學，下冊則漸入佳境，展現文學之美，其中四個主要人物——林志天、鍾瓊玉、葉貞子、葉浦實，無論在思想或性格上都塑造得十分成功，為全書注入了鮮活的生命，尤其是台中「二七部隊」隊長林志天的未婚妻鍾瓊玉，以及被強暴而懷恨生下雜種的葉貞

---

6 李喬《埋冤一九四七埋冤》（基隆：海洋台灣，1995年10月初版）。

子這兩個飽受苦難的女性角色，更是有血有淚，感人肺腑，可說是李喬寫作《埋冤一九四七埋冤》的一大收穫。

二、飽受苦難的台灣女性

鍾瓊玉和葉貞子一為福佬一為客家人，一為北斗一為苗栗人，一為台中二高女畢業高材生一為台大醫學院五年級肄業生，都是知識份子及充滿熱情的理想主義者，然而她們也都是二二八受難者，艱辛地走過白色恐怖的漫漫歲月。

二二八事件後，台中「二七部隊」隊長林志天被捕判刑十五年，卻囚禁了十七年才出獄，未婚妻鍾瓊玉像守活寡一樣，把美好的青春全都浪擲在等待上，林志天不忍心讓伊枯守五千多個寂寞孤單的晨夕，入獄前原本要瓊玉自求多福，不要再以他為念，但堅強的瓊玉絕不移情，終於等到林志天恢復自由身，回瓊玉娘家所在地北斗結婚。林志天曾告訴瓊玉，他是她生命中的魔障，一輩子讓她痛苦、流淚。林志天本性正直善良，極富同情心，好打抱不平，很浮躁、無耐心、愛熱鬧，容易惹是生非，這種「很麻煩」的性格為他帶來無數麻煩，同樣的也為瓊玉帶來重重災難，瓊玉卻毫不退縮，勇敢去對抗種種壓迫、歧視，甚至將苦等志天視為「美的追求」，而以昂然怡然的姿態去面對眾人。難怪林志天覺得不可思議，認為蒼白瘦弱的瓊玉比他成熟、強大，如同一尊化育萬物的大地之母的化身。這使我們聯想起李喬《寒夜三部曲》裡的劉阿漢和燈妹，一生遭遇不平，更為天下的不平而不平，苦難一生的土地代言人──劉阿漢，正如林志天；而跟著

吃苦受罪，艱困持家，養兒育女，後來成爲村民面對災厄時的穩定力量的燈妹，就像鍾瓊玉，兩兩對照，可謂耐人尋味。

至於葉貞子，其遭遇比鍾瓊玉更加悲慘，令人浩歎。她本是台大醫五學生，爲民國三十六年三月九日軍憲攻擊中山堂事件中唯一倖存者，然而她不但遭到強暴，從此失去愛與被愛的能力，陷入慘事魔障而無法自拔，更糟的是，她因而懷孕，墮胎不成又求死無門，一度精神失常，直到避居花蓮，產下那由邪魔惡獸的種子所分化發育而又得其血肉滋養的浦實，[7]對於這個「孽種」，貞子既恨又愛，母子倆便是處在如此矛盾、緊張的關係之中。貞子帶著浦實，在眾目歧視之下，辛苦地生存下來。貞子自覺罪惡，已無法再接受愛情，註定要寂寞一生，而她爲了日子繼續過下去，乃調整自己。拒絕憂傷，全心全意邁進，於是她學標準國語，穿旗袍，改名爲「葉貞華」，她要告別、切斷一切舊的、原有的，告別台灣查某、客家女子而成爲外省人、大陸女子、中國女老師，把自己創造成全新的存在，做一個現實人間的強者。是以她對動作、模樣、神態百分之百本土味，滿嘴福佬腔客家調「台灣國語」的浦實更加不滿，一再引起彼此的不快、衝突。事實上，貞子發現，她即使「中國化」到被誤認爲外省人，終究還是未完全被認同，於是她深深感到做爲被殖民者的悲哀。

所幸浦實在幾乎沒人疼愛、母親也愛得怪怪的狀況下，近乎「本能」地成長，反而很實在地把根紮在自己的土地上，而且在課業方面很有出息，終於考取建國中學，爲自己和自卑的母親一

---

7 浦實，日語發音爲「烏拉密」，即是怨、恨。

吐怨氣。浦實並不認爲，那個「惡魔」和他有什麼關係；他是世上另一個新的獨立的生命。浦實更一語點醒曾經失去自我的母親，不要自己也認定自己有罪、羞恥、見不得人，是什麼就是什麼，不要躲，何必弄得那麼不自然呢？又說，「我們是受害者，受害者要被取笑嗎？受害者有罪嗎？」[8]當貞子、浦實母子取得諒解，把對方抱緊，歡喜、激動、滿足，我們看見貞子、浦實自此走出了心裡的陰影，所謂「幸福」並非遙不可及呀！

三、堅忍面對現實世界

鍾瓊玉和葉貞子都是極堅忍的女性，勇敢面對四周有色的眼光，二人都在工作上力爭上游，希望於現實中求取勝利，唯一遺憾的是，瓊玉最後因去綠島探監不成而投海獲救，乃予人遭逆境擊敗之感。不過，鍾瓊玉和葉貞子正值青春歲月，一個有如守活寡，一個是因遭魔吻而自己禁錮了肉體，肉體也禁錮了她自己，實則她們內心一直爲情慾的掙扎所苦，李喬對此著墨甚多，也最引人入勝。

首先，鍾瓊玉是通情達禮、有教養的女子，未婚夫林志天出事，她陪志天逃亡；志天入獄後，她不斷去探監，毫不避諱；她信守承諾，主動照料志天的母親；尤其林志天從台中監獄移監台南，瓊玉到車站會面送行時，她堂堂高女畢業，又是出身北斗世家的千金小姐，居然不顧戒護人員的催促，在公共場所以「勇

8《埋冤一九四七埋冤》下冊，頁637。

猛」的姿態，伸出雙臂緊緊抱住志天的小腿，這新女性勇於示愛的一幕，令志天刻骨銘心，也令讀者爲之動容。

雖然瓊玉堅守志天的愛，但她太寂寞了，儘管全心全力投入忙碌的工作，她仍有著青春火燄正盛的軀體與心靈，而且愛戀過、情慾過，如再萌生新的戀情，或是尋求情慾的紓洩，這一切皆屬正常、自然。加以其身邊不乏男士追求，更有實在、可靠的高女同窗好友的兄長表示，願與之盡力經營幸福家庭。可是經過幾番掙扎，瓊玉終究死心塌地守著幽囚天涯的冤家，即使被同事們指爲「怪人」也無怨無悔。唯當她在夜半時分傷心哭泣，卻不讓任何人知道。這樣的有情女子，怎不令人心疼？

瓊玉至少尚有愛人志天，比起來貞子更可憐，她不曾嚐到戀愛的滋味，頂多只有同鄉學弟郭瑞清和她似乎萌生過超乎友情之上的情愫，可惜郭瑞清在二二八不久後即不幸遇難，一身鮮血地倒在貞子懷裡斷氣，貞子戀愛的心情亦一瞬間消逝而去了。更慘的是，貞子其後遭到強暴懷孕，自此心魔揮之不去，一旦軀體被異性接觸，她身心的舊傷故創立即迸裂、劇痛，無法再去接受男人的愛。偏偏她和瓊玉一樣，軀體仍美麗動人，自己猶然不可避免地「需要」男人，這躲不掉的事實，一而再、再而三地折磨著她，直到她發現青春漸老，不免又爲此驚慌失措。

幾番掙扎，貞子一度試著接受若瑟國校同事——主任訓導楊武雄的愛，楊武雄的純情、深情打動她的心，震碎那長久以來的冰霜鐵壁，二人心靈互通，彼此傾慕，然正因楊武雄的情太純、人太好，反緊緊牽引著她「自慚形穢」的心象心影，使她自認已沒資格愛他。不過，武雄堅持到底，永不放棄，所以貞子終於嚐

到愛情的滋味，接受了武雄的求婚。不料新婚旅行初夜，貞子即因無法克服心障，竟以母語客家話大喊「救命」而昏死過去。事後貞子不忍以惡魔攫劫的身心去「侮辱」心愛又可敬的武雄，於是姻緣中止，她和武雄也都辭職，各自離開，留下了一生的遺憾。

在花蓮女中任教時，貞子和該校國文老師朗吉文也談得來，曾興起思慕之情，只不過一旦落實到身心合一的情愛，那思慕之構成就淡散了。是以貞子在情愛方面，備覺空虛，一如「乾涸的溪川，岸旁盡是纍纍泛白的石塊；荒渡無人，鳥絕風止」。[9]李喬的妙筆形容，令人咀嚼回味。

四、走出傳統女性形象窠臼

一般而言，男作家作品的女性角色常是文化和社會嚴緊圍限下塑造出來的產物，其表現出來的形象，每每就是所謂「永恆的女性」，[10]亦即只要做一個好妻子、好母親，平時順從、聽話，乃至是個提供性事和生產下一代的幫手、工具，她們往往具有母性特色而無女性自覺；這當然也可以說是時代、社會的現實反映。但李喬《埋冤一九四七埋冤》所塑造的二位重要女性角色——鍾瓊玉和葉貞子，相較於「永恆的女性」，顯然深富女性自主意識，她們都是知識份子，具濃厚的理想主義色彩，因而敢挺

9《埋冤一九四七埋冤》下冊，頁526。

10 參閱簡瑛瑛〈女性主義的文學表現〉，《聯合文學》第48期(1988年10月)，頁12。

身反抗現實的不合理，即使面對悲慘的遭遇，一樣發揮堅韌的個性，不肯屈服於外在的種種壓力，尤其傳統女性角色在情慾上率皆保守、壓抑，鍾瓊玉和葉貞子則不全然諱言孤寂女性此一方面的需要及遭逢的困擾，鍾瓊玉更不顧世俗，公然向未婚夫示愛，確是敢愛敢恨的新女性，頗令人有耳目一新的感受。

思想方面，鍾瓊玉因林志天的關係，不斷被有關單位約談，使得其他本想跟她結交的學校同事，個個驚慌撤退，從此「拒絕往來」，她不甘心地詰問：「思想犯的女人就該接受這種待遇？」[11]進而尋求超脫處境的圍限，亦即被拋置在非人的境況而活得自在、自然，她雖曾因「跨海尋夫」不成而投海，然此無異是對橫暴現實的最大抗議。至於被暗喻為「台灣」的葉貞子，不滿時政之餘，甚至思考著台灣的前途，雖一度迷惑於身分認同，卻終因兒子浦實的剖析而找回自我，重新認同這一片哺育我們的土地，更可貴的是，葉貞子心胸開闊，懂得包容，當兒子浦實問，阿山是否就表示壞人？貞子告訴浦實：「……是有壞人，但不是全部；……說什麼，和是不是壞人沒有關係。講客家話、福佬話的也一樣，有好有壞……」[12]讀來怎不感動、深思？

由鍾瓊玉和葉貞子的個性、思想來看，她們已走出傳統女性形象的窠臼，可視為自我發現的台灣女性，我們由此也肯定，李喬是尊重女性、善於處理女性角色的傑出作家。

11《埋冤一九四七埋冤》下冊，頁499。
12《埋冤一九四七埋冤》下冊，頁370。

小說哲學的建構

──《藍彩霞的春天》的象徵意義與反抗意識

一、荒謬的雛妓悲史

《藍彩霞的春天》[13]是台灣第一部正面全程描述雛妓的長篇小說，約十五萬字，於尚未解嚴的一九八五年完成，剛出版時，有人視爲太黃，還一度以「內容不妥」而遭到查禁，卻又旋即解禁。這是部備受爭議的文學作品，作者李喬自己則說，這是他一部重要的長篇小說。

書中的悲情姐妹花藍彩霞與藍彩雲，一個十六歲，一個十五歲，母親車禍去世，父親藍金財嫖光母親的賠命錢，不久「後母」鳩佔鵲巢，而專在「販仔厝」當水泥匠討生活的父親遇到不景氣，失業又跌傷，形同殘廢，家庭生計斷絕，只好把女兒彩霞與彩雲賣給人口販子，使她們淪爲私娼，開始如同「棄兒」的悲慘命運。姐姐藍彩霞從拒絕到無奈的認命，到放棄抵抗，亦即

---

13 李喬《藍彩霞的春天》(五千年出版社初版，台北：遠景，1997年7月重印)。

植物性地接受妓女生活,再逐漸從血淚交織的體驗中萌發新的人生觀——「否定一切,仇視一切」。到最後,藍彩霞自我超越,醒覺到:只有自己才能夠救自己,一直不肯爭、不去反抗,怎麼知道怎麼爭?於是藍彩霞從天真的少女到妓女、到挺立世間的「人」,在凌虐她的、凶狠的龜公——莊青桂父子暴逞獸慾的夜裡,她克服恐懼,趁其不備,持尖頭鋼刀把他們像殺豬一樣地刺死,換來受難姐妹們的自由以及自己的無期徒刑。這是一部「荒謬」的雛妓悲史,讀來令人心頭淌血,深思再三。

有心的讀者不難看出,李喬透過《藍彩霞的春天》的周詳設計,建構了他的「小說哲學」,值得大家深入去品味。

二、象徵意義別具用心

首先是「象徵」,這向來是李喬小說很重要的表現方法,他常透過局部或整體的象徵來表達其思想,建構其小說哲學。如李喬最重要也最具份量的大河小說《寒夜三部曲》,土地代言人劉阿漢的妻子燈妹,在征調到南洋當兵的么兒明基心目中,她是偉大的、永恆的,更是故鄉、土地的象徵;李喬在《寒夜三部曲》自序裡說:《寒夜三部曲》實際上稱作「母親的故事」也無不可,不過這裡所指的母親,不袛是生我肉身的「女人」而已……大地、母親、生命(子嗣)三者正形成了存在界連環無間的象徵。此外,李喬延續《寒夜三部曲》的另一大河小說《埋冤一九四七埋冤》,其中遭軍憲強暴懷孕卻又墮胎不成、求死無門的台大醫五女學生葉貞子,乃是台灣島的象徵;至於葉貞子生下的「孽種」

浦實，他不以為自己有罪、羞恥、見不得人，自認是世上另一個新的獨立生命，他無疑是「新台灣人」的象徵。這莫不都使得小說本身具有更加飽滿的意涵。

而《藍彩霞的春天》的象徵意義也非常豐富，評論家彭瑞金指出，「妓女」一方面是妥協性格的化身，表示人之易於向貧窮、飢餓、欲望、暴力屈服，隨遇而安的性格，註定要備受欺負、剝削；另一方面，「妓女」不只是侷限在小角落裡的一群弱女子，更是「人的性格的區分、身分地位的標記，『藍彩霞』不是別人，就是你、我，就是命運受制於人者的代稱」。[14]令女兒賣身以求苟活的藍金財，象徵無能的統治者；暴虐無恥的人口販子莊青桂父子，象徵可恨的侵略者；當然，把「藍彩霞」解讀為近代屢經不同政權統治的台灣島之象徵，亦未嘗不可。相信以上都是李喬有心安排的結果。

三、反抗意識強烈

其次，反抗意識乃是《藍彩霞的春天》另一引人矚目的焦點。李喬曾於《新文化》雜誌發表〈反抗是最高美德〉，主張：惡不會自滅，得救必須靠自己，自己不救沒人救你，任何受難者不行動的理由都是懦弱的藉口；至於反抗的手段，則沒有任何限制。李喬在小說中也不斷透過各種人物，為此一抽象理論作戲劇化表演，如《寒夜三部曲》的劉阿漢與其三子劉明鼎即是。有著

---

14 彭瑞金〈打開天窗說亮話〉，《藍彩霞的春天》書序，頁7。

硬頸精神的劉阿漢，一生孜孜不休於偉大而又渺茫的、爭自由、爭生存尊嚴的理想，勇敢地去對抗殖民統治者，與巡查們周旋到底，並且告訴始終不支持他參與反對運動的妻子燈妹：「不爭，什麼都得不到；爭，還有一點希望。」[15]此外，三子劉明鼎是劉家第二代中資質最優的一個，受父親的影響也最大，他痛恨台灣人無法擺脫殖民地百姓的悲哀，為了消滅人間的不平不義，他願與之偕亡，同歸於盡，最後他果然跟父親劉阿漢一樣，都為反抗殖民暴虐統治而犧牲了性命。這樣的堅持與犧牲，確是很偉大的。

到了較《寒夜三部曲》晚四年完成的《藍彩霞的春天》，書中的反抗意識更加明顯。藍彩霞以十七之齡，被訓練成騷蕩妖豔而冷靜銳利的賣春女，午夜夢迴之時雖每每悔恨萬分，吞聲幽泣，但她漸漸懂得嘲笑客人，玩弄客人，甚至於巧妙地，在不影響生意的範圍內，羞辱嫖客，因而從中獲得一些滿足，心裡不會不安，也不受羞恥感所困擾。而山花王阿珠認為，嘴是用來吃飯的，紅玫瑰歌舞團老闆朱飛揚竟強要把陽具塞到她嘴裡，她覺得髒，心一橫，狠狠咬下去，把朱老闆那禍根咬得半斷未斷，鮮血如注，緊急送醫，這讓備受欺凌的姐妹們都感覺出了一口悶氣，心裡舒服極了。逃家受騙的國中應屆畢業生楊敏慧則完全不肯屈服，被流氓控制行動之後，索性從五樓摔落到前面的大馬路上當場死亡，以此來對抗。又，為醫治父病而賣身的啞巴孫淑美，當她喪父之後就不再接客，結果遭到酷刑毆打、五花大綁、禁食、

15《寒夜三部曲・荒村》，頁305。

關在廁所，最後她趁大家忙亂之際，以一絲不掛的赤裸之身逃出
妓女戶，無懼地走上街，面對天下人，因而脫離了魔掌。楊敏慧
和孫淑美強烈的反抗手段，大大刺激了日漸認命、麻木的藍彩
霞。

　　藍彩霞漸漸有了較明確的醒覺，當她在「出勤」之餘「認到」
不少客串接客的「姐妹」，她會想：「我們是被逼失身，這些人
呢？」[16]她於是認定那些「以不同理由」賣春的人，是賣肉體，也
售靈魂；但她和妹妹不是，她們的「靈魂」也許被污染了，卻從
未被出賣過。藍彩霞更領會到，「自己不憐惜自己，誰憐惜？不
自救，誰救妳？」[17]再不站起來反抗，消滅壞人，將永遠做個受
剝削賣靈肉的妓女！永遠是弱者、受害者。她想通了！一切靠自
己，該付出就付出，唯有靠自己的力量，才能從下流卑賤裡掙脫
出來，走出一條向上的大路。終於，藍彩霞為了看著妹妹走上幸
福之路，她犧牲自己，殺死了十惡不赦的人口販子──莊青桂父
子，結果被判處無期徒刑，悲壯地付出慘痛的代價。然而透過反
抗，藍彩霞也似乎掙來了春天，即使她的春天是在鐵窗裡面。

四、建構獨特的小說哲學

　　由於象徵意義與反抗意識，《藍彩霞的春天》不再只是描寫
雛妓悲史的小說，它具有豐富的內容、思想的深度，李喬更藉此

16《藍彩霞的春天》，頁235。
17《藍彩霞的春天》，頁237。

建構屬於自己特色的小說哲學，確立其小說大師的崇高地位。

　　李喬非常「努力」地使《藍彩霞的春天》貼近台灣的社會現實，增加其說服力，但無可否認，其象徵意義與反抗意識的呈現，斧鑿之痕不時可見，會否失之太露太直接？而且有些地方甚至於寫得像「論文」不像小說，未免可議！所謂「說出是破壞，暗示才是創造」，不是嗎？

禁忌、荒誕、意識流與象徵

——《李喬短篇小說精選集》特色

一、呈現成熟多元面貌

以大河小說《寒夜三部曲》望重文壇的李喬，在逾四十年的寫作歲月中，其實有近半時間投注在短篇之上，評論家彭瑞金認爲李喬的短篇最爲文學，其中有著一個作家對文學最初、最眞誠、最熱切的投注。二〇〇〇年，苗栗縣文化局出版李喬短篇小說全集，共十一巨冊，超過二百萬字，旨在集藏文化財，並非一般讀者所能親炙。所幸李喬特從二百萬字中挑出約十五、六萬字，另以《李喬短篇小說精選集》[18]問世，確是有助流通的作法。

《李喬短篇小說精選集》的十一篇作品，選自一九七〇年到一九九九年，創作時程長達三十年，內容跨越了台灣不同時期，應可大致呈現李喬思想及寫作技巧成熟以後短篇小說的多樣面貌，關心台灣本土文學發展的人士實不宜錯過。

---

18 李喬《李喬短篇小說精選集》(台北：聯經，2000年11月初版)。

二、勇於探觸禁忌與刻意荒誕不經

綜觀《李喬短篇小說精選集》，誠如作者於自序所言，「有意顛覆一下讀者的口味」。雖然各篇內容「不好玩」，但也不至於像李喬說的「難看」。整體而言，李喬堅持自己一貫的創作理念，絕不媚俗，有其獨具的風格特色，而且走出了自己的一條路來。

李喬短篇小說最大的特色，以內容言，乃是勇於探觸「禁忌」；就表現手法言，則是刻意荒誕不經，以及善用「意識流」與「象徵」。

精選集裡，〈小說〉、〈泰姆山記〉以二二八事件爲背景，〈回家的方式〉說的是叛亂案冤獄，〈「死胎」與我〉呈現本省外省族群問題，〈孽龍記〉由中國的一胎化政策，進而嚴厲批判所謂的「大中國情結」，〈耶穌的眼淚〉則影射台灣高層政治人物，〈玉門地獄〉直接赤裸裸地以瘋狂的性愛爲主題，以上題材都可說是當時創作的禁忌，眾多作者往往三緘其口，不敢觸及，李喬卻毫無所懼，有大半以上的作品完成於解嚴之前，甘冒政府當局之大不韙，眞是勇氣可嘉！我們不禁要向堅持創作良心的小說家致上崇高的敬意。

李喬筆下這一個個衝突強烈的故事，以及極端虛幻的、超現實的情節，不免令人聯想起捷克小說家——卡夫卡。〈人球〉裡家庭、事業皆告失敗，被妻子罵爲「沒用的東西」的中年小職員，一心逃避這個令他飽受挫折的世界，結果他回到胎兒時期，成了一個怪異的肉球；〈修羅祭〉的黑狗「洛辛」被憤怒的鄰居打

死後，曾經認養狗兒的「我」，懷念牠的方式竟是吃下「洛辛」的肉；〈昨日水蛭〉的解剖學教授施道憐，半夜到墳場挖屍，與號稱「水蛭主人」的紫衣人正面衝突；〈恐男症〉的會計小姐楊世芬，任職信用合作社，因結婚懷孕，被民營金融機構「女性婚後不得任職」的惡劣制度逼退，在飽受男性威權壓力之下，落得心理失常，變成只要看見木棍、竹條、筷子、手電筒、日光燈管……等，立即會想起男人那話兒；〈「死胎」與我〉的外省本省夫婦結婚後，連續生出四個死胎，卻找不出原因何在；〈玉門地獄〉裡瘋狂做愛的男女，有的在最高潮的時候暴斃床上，沉溺於肉慾的鍾格若醫師最後在狂烈做愛時，因麗娜集中凝結復仇意志，使他的「男根」斷在女陰之中；〈回家的方式〉有家歸不得的山東人于世賓，幽囚綠島多年之後，挖築了一間「洞屋」，在遙遠的異鄉把自己給活埋了。這些人這些事都有別於常態，教人匪夷所思！在在顯現李喬短篇小說精選集荒誕不經的特質。

三、善用意識流及象徵手法

情節的荒誕，當然是李喬的刻意安排，他同時也充分運用「意識流」與「象徵」來推展情節，豐富小說的內涵，拓展思考的空間。

〈人球〉的靳之生在夢與現實之間自說自話；〈昨日水蛭〉的解剖學教授施道憐，深夜酒後在墳地跟水蛭的主人對峙，猶如在夢中；〈小說〉裡逃避警方追捕而躲藏在偏僻山村牛舍的異議份子曾淵旺，不時做著白日夢，乃至一個人自言自語；〈恐男症〉

的楊世芬更深陷於可恥、骯髒的心理病態之中；〈泰姆山記〉投靠原住民友人，躲到深山的余石基，尋找傳說中「會走動」的泰姆山的過程，以及臨死前的囈語，彷彿進入混沌一團的狀態；〈孽龍記〉中苦心構思小說的劉士土教授，它那別有所指的屠龍的夢境；〈回家的方式〉的于世賓自埋之前的心理狀態……等等，對心理學頗有研究的李喬，大量的以意識流手法來呈現小說人物的內在世界，可謂相當出色、成功。

最值得注意的，那就是本書種種令人深思的「象徵」了。〈修羅祭〉的黑狗「洛辛」，象徵性格強烈、我行我素的人，註定要備受打擊，嚐盡人間的辛酸；〈昨日水蛭〉越砸越多的水蛭，象徵擺脫不了的過往醜史；〈恐男症〉那「淡紅淡褐色，閃著鈍光，傲岸粗壯，霸氣十足的——男人性器」，象徵大男人威權專制的沙文主義；〈泰姆山記〉的泰姆山，象徵大地之母、一切生命的源頭；〈孽龍記〉騰躍空中的巨大金龍，象徵傳統中國專制無理的制度，無異是對「龍的傳人」的一大嘲諷；〈「死胎」與我〉的死胎，象徵不同背景的人強迫結合的後果。這種種象徵往往涉及敏感的政治因素，「神經衰弱的讀者」看了恐怕會坐立難安；當然，關注台灣歷史文化的讀者則會大呼過癮吧！

四、文字深具力道

由於《李喬短篇小說精選集》都是李喬成熟期之後的作品，讀者可以明顯看出作者清晰、一貫的創作意圖，同時欣賞到李喬頗有「力道」的文字運用，實為酣暢老練、粗中帶細。如〈小

說〉中參加反政府遊行而遭到追緝的曾淵旺，認為「罪是一種沒來由的氣味，是常見色彩，是一陣不定方向的冷風，也像那頑強討厭的白蟻」；（頁86）〈孽龍記〉裡劉士土教授如此形容退休後的生活——「這是生命之河，歷過潺潺山泉，急灘深澤，再經漩渦浪波，之後將注入大海之前的寬闊而緩緩移動的一段」；（頁173）〈「死胎」與我〉對比外省妻子與本省丈夫的生活差異，李喬這樣寫道：「一個是講究生活品味，一個注重實際實用；一個愛骨董古畫、品茗吟詩、神馳故國河山、陶醉於細緻文化的醇醪；一個喜歡摸魚捉蝦、仙草茶楊桃汁、欣賞野台歌仔戲、忘情在鄉情泥土的芳香」；（頁211）〈玉門地獄〉裡瘋狂做愛的場面，李喬如此描述：「鍾格若如四肢被截的豹子，在伊身上肆虐衝突頂撞；幾番陰陽顛覆，換盡奇姿怪勢，最後麗娜被壓在下面，格若以瘋馬野豬之姿盡情馳騁……」（頁246）小說家李喬駕馭文字的功力，由此可見一斑。

五、幾點商榷

當然，《李喬短篇小說精選集》也不是沒有缺點，博學的李喬為營造小說的情境，堆砌了不少醫學、心理學的常識、術語，所謂過猶不及，難免有賣弄之嫌。而十一篇作品中，字數多達二萬字的〈孽龍記〉也是最長的一篇，前半寫中共一胎化政策下，農夫溺死女兒的悲慘故事，後半則以更多的篇幅描述「屠龍」的夢境，小說結構前後斷裂，風馬牛不相及，顯得突兀！即使是為了凸顯「暴政的不人道」，但有無需要花費這麼多的筆墨，的確

值得商榷。最近期發表的〈耶穌的眼淚〉，以寓言的形式反映台灣的政治發展，其中政治人物姓名悉以諧音代之，雖然有趣，然失之太露，一如文字遊戲，應是全書文學性較低的一篇。

此外〈小說〉、〈泰姆山記〉與〈回家的方式〉，小說中的土地代言人劉阿漢、「三腳仔」警部補李勝丁及鍾益紅、回不了山東老家的于世賓……等人物，以及躲避警方追緝、挖「洞屋」自埋……等等情節，均似曾相識，原來這些在長篇小說《寒夜三部曲》和《埋冤一九四七埋冤》裡重複出現過了，是以我們不免起疑，此乃作者有意安排或係小說家創造力減弱之故？

東方白

▶▶▶

《浪淘沙》
主要人物結構及其身分認同

提要

東方白《浪淘沙》主要人物結構建立於丘雅信、江東蘭、周明德的「福佬／客家人／福州人」三角對應關係上，三位主角都具有人道精神和宗教情懷的共同特色，而作者透過種種情節的巧妙安排，讓這三個主要角色由於台灣複雜的歷史因素，受到不同的政權統治，無可避免地陷入「身分認同」的歷史矛盾與掙扎，進而凸顯其象徵意義。《浪淘沙》的主要人物，可說是東方白體現台灣作家長期以來本土意識和抵抗精神之強有力的藝術符號。

關鍵詞：東方白、《浪淘沙》、人物結構、身分認同

壹、前言

　　東方白大河小說《浪淘沙》[1]外部時間從一八九五年日軍登陸北台灣「澳底」，寫到二十世紀八〇年代，空間則跨越台灣、日本、中國大陸、菲律賓、新加坡、馬來西亞、緬甸、美國、加拿大，全書三巨冊，約一百三十七萬字，是名副其實的小說巨構，也是李喬所謂「借重歷史素材的可能性和可信性，重點放在『虛構』的經營上；主題偏於歷史事件的個人解釋，或表達個人的觀念」的「歷史素材小說」，[2]有意把歷史的大架構釋放於無形，然其人物結構，突出了歷史所造成「身分認同」的矛盾與掙扎之主題意涵，在在令人深思。《浪淘沙》的主要人物結構，建立於丘雅信、江東蘭、周明德的「福佬／客家人／福州人」三角對應關係上，這三個主要角色各具台灣在地族群代表性，[3]人物之結構化十分明顯，而經由表層的人物結構，當可揭示《浪淘沙》關於身分認同的內在象徵意義。

　　《浪淘沙》在情節安排上特別注意其完整性，常常是抓住一個主人翁，使故事以此主人翁為中心順序逐步展開，線索主次分明，

---

1 《浪淘沙》（全套三冊，台北：前衛、美國：台灣出版社，1990年10月初版），本論文引文採用2005年5月修訂新排版之版本。

2 李喬〈文學與歷史的兩難〉，《台灣文學造型》（高雄市：派色文化，1992年7月初版），頁198。

3 游玉楓亦指出：「《浪淘沙》裡巧妙的族群分佈，透過不同族群的特質，東方白也試圖勾畫台灣族群融合的藍圖。」見游玉楓《東方白「浪淘沙」研究》，中興大學中國文學研究所碩士論文（2003年），頁92。

情節有頭有尾，使小說敘事結構序列完整，成為一個充滿生命的有機體，發揮感人的力量。《浪淘沙》主要是敘述福佬丘雅信、客家人江東蘭、福州人周明德等三個家族的故事，背景是如巨浪奔騰滔天的大時代，看似三者各自獨立，互不相干，實則東方白思維清晰，運用以下線索，巧妙地將以上三個小說主人翁牽連在一起，結合成一個脈絡分明的系統，使整部小說的敘事結構變得豐富、集中、緊密、嚴謹而完整，產生引人入勝的戲劇力量。

㈠首先，丘雅信「淡水女學」畢業後至日本學醫，於船上初遇同樣赴日留學的江東蘭，又在園遊會與江東蘭重逢，結識江東蘭早稻田大學同學林仲秋、彭英；學成返台，派往台中屯仔腳醫療所服務，結識尤牧師及其雙胞胎女兒妙妙、娟娟；後經詹渭水醫師作媒，與彭英結婚，江東蘭夫婦、尤牧師夫婦、淡水女學校長金姑娘皆出席婚禮。

㈡其次，周明德入新竹中學，其英文老師以及班導即江東蘭；周明德自菲律賓回到台灣，經江東蘭、丘雅信牽線，與前述之尤妙妙結婚。

㈢再者，周明德與江東蘭妻兄陳新曾為開南中學同事，跟江東蘭一直保持聯繫，當江東蘭赴美在職進修，途經溫哥華，乃由周明德負責接待，並安排拜訪丘雅信以及金姑娘。江東蘭、周明德、丘雅信、金姑娘於多年後重逢，相約第二年中秋一起返鄉過節，這可以說是人生「平衡－不平衡－平衡」週期的寫照。[4]這樣

---

4 依法國結構主義者托鐸多夫（Tzvetan Todorov）所言：「具體而微的完整情節，包括從平衡狀態到達平衡狀態的過程。理想的敘述以一穩定的情景開始，這情景被某種力量動搖，於是產生了不平衡的狀態；更由於另一反方向力量的作用，該

的結尾，可謂不落俗套、餘味無窮。

藉由丘雅信與江東蘭、江東蘭與周明德的交會，以及三個家族之互相交錯，情節生動而曲折，形成《浪淘沙》的整體敘事結構，其構思不可謂不精巧縝密，足見東方白對於小說敘事結構經營之匠心獨運。

貳、《浪淘沙》主要人物結構分析

一、福佬丘雅信

人物是小說的生命，人物塑造成功的話，即使讀者對故事情節已經記憶不清，但書中那些以鮮明色彩與獨特個性打動、感染讀者的小說人物，卻依然活躍在我們的腦海中。是以趙滋蕃說：「如何寫『活』人物，原是小說家筆下見高低的關鍵。」[5]馬振方亦云：「看一部小說成功與否，首先是看人物寫得怎麼樣。而人物形象的成功與否，主要是看兩個方面：其一，是否逼真，活生生；其二，是否富于意蘊，即典型性。」[6]《浪淘沙》主要人物，莫不令讀者留下深刻印象，其中丘雅信是台灣第一個留日女醫

平衡狀態得以重建。第二度平衡與第一度平衡類似，但絕非相同。」換言之，敘述的發展至少需要經過一個週期，到達另一個圓滿或欠缺的情景，也就是由不平衡到平衡，或者反是。此近似布雷蒙(Claude Bremond)的「敘述邏輯」，以上參閱張漢良〈唐傳奇「南陽士人」的結構分析〉，收入周英雄、鄭樹森合編《結構主義的理論與實踐》(台北：黎明，1980年3月初版)，頁108-109。

5 趙滋蕃《文學原理》(台北：東大，1988年3月初版)第1部卷4第2章「談人物刻畫」，頁243。

6 馬振方《小說藝術論稿》(北京：北京大學出版社，1991年2月第一版)，頁50。

生，[7]一生充滿傳奇性，也是日治時代台灣女性的奇葩，東方白對其著墨較江東蘭、周明德爲多，角色塑造出色、成功，顯得有骨有肉，栩栩如生，人物結構十分完整。

（一）歷史因素造成坎坷命運

丘雅信出生於台灣割讓日本之後五年，在台北萬華長大，她擁有不少的「台灣第一」，包括：淡水女學第一屆畢業、第一個到日本「東京女子醫科大學」深造、學成返台第一個開設婦產醫院、第一個創立助產學校。丈夫彭英也留日，早稻田大學法律系畢業，跟江東蘭同校，和丘雅信結婚後，因反日而逃到中國大陸，自此未再返台，丘雅信於是遭「特高」監視，醫院和助產學校都面臨關閉，只好先安排兒女至日本，自己則好不容易才來到美國、加拿大進修醫學。不幸珍珠港事變爆發，使她回不了台灣，還被當成日本人，飽受種族歧視之苦。「離鄉／返鄉」的故事情節，成了小說的主線。俟二次大戰結束，溫哥華的中國領事認爲她身分特殊，仍不能算是中國人，拒發護照給她。直至丘雅信覓得保證人，方輾轉由美國返抵台灣，然此時丈夫彭英已病逝中國大陸。豈料未久遇上二二八事件，她因曾去「文化協會」演講，在當時肅殺的政治氛圍下，恐有安全顧慮，怕被國民政府騷擾，就接受了友人關馬西牧師的建議，形式上嫁給溫哥華牧師吉卜生，改入外籍，但後來還是因爲英國與中共建交，慘遭國民政府當局驅逐出

---

7 丘雅信人物原型即蔡阿信。參閱《眞與美》(全套6冊，台北：前衛，2001年4月初版) 第5
　冊，頁137-154。

境，只好赴加拿大投靠吉卜生，弄假成眞，終其一生。

　　無疑的，丘雅信一生的遭遇，正是「台灣」殖民地歷史的象徵，同時凸顯了日治時期台灣女性知識分子掙脫時代枷鎖的不凡勇氣，不輕易向命運屈服，乃是女性主義的十足代表性人物，毋怪乎鍾肇政讚嘆：「這位矮小瘦弱的女醫生在高大的洋人之間那麼正氣凜然，那麼傲岸不屈，表現出台灣查某的（也正是所有台灣人的）高潔與尊嚴，令人擊節，也令人讚嘆。」[8]

（二）充滿仁愛襟懷

　　東方白刻劃丘雅信行醫濟世的慈愛天性以及對生命的關懷與尊重，最是不遺餘力。丘雅信在東京「聖瑪格麗特女學」唸大學預科時，女學校長德姑娘說，人不能「身在福中不知福」，帶她們實地去看東京貧民窟，請她們觀賞法國雨果著名小說《悲慘世界》改編的電影；讀大學時，丘雅信體認到：「人道」是全然的關心，是沒有分別的愛。[9]此後，無論她在台灣或者其他地方，不管是台灣人、大陸人、日本人、美國人、加拿大人……，都是她虔誠奉獻的對象。丘雅信開設「清信醫院」，生產的收費端視病人的家庭經濟狀況而定，赤貧者則一文不收，甚至有位農婦剖腹生產，出院時，未付一分錢，丘雅信非但不以爲意，反而贈送嬰兒用品，結果三個月後，這對夫婦抱著白皙健康的嬰兒，帶來許多農產品向丘雅信道謝，這是多麼溫馨的一幕！

---

8 鍾肇政〈含淚的歡呼——聞東方白巨著「浪淘沙」完成書感〉，附錄於《浪淘沙》上冊，頁23。
9《浪淘沙》，頁549。

珍珠港事變後，困在加拿大的丘雅信，至專門囚禁日本人的「石落坑集中營」任駐營醫生，她的醫術好，助產佳，還教大家如何保健，讓日本人佩服得五體投地，她尚且放下身段，去女澡堂跟日本婦女一起洗澡，更使得集中營的日本人愛她如母，敬她如神。丘雅信無私的人道形象，可謂栩栩如生，鐫印在讀者心中。雖然二次大戰後，溫哥華的中國領事不承認丘雅信是中國人，百般刁難，拒發護照給她，使她遲遲無法返台；二二八事件時，她也曾遭大陸兵搶奪手提包，但她並不因此對外省人存有偏見。回到清信醫院，當另一位被台灣學生追殺的大陸兵向她求助，她毫不考慮地為他掩護，救了他一命。

在人物結構上，東方白藉由種種故事細節來凸顯丘雅信開放、寬容、謙卑、仁愛的襟懷，確是不問性別、年齡、種族、地域、國籍的。東方白透過一生充滿傳奇色彩的丘雅信，明白傳達了他身為作家的人道主義信念。

（三）秉持基督教信仰

丘雅信的生父林之乾在台北萬華主持教會，母親許秀英也是虔誠的基督教徒，丘雅信從小就在宗教氣氛濃厚的家庭中長大，中學就讀淡水女學，以及到日本「東京女子醫科大學」深造之前所讀的預科「聖瑪格麗特女學」，都是教會學校，耳濡目染之下，丘雅信自是深具宗教意識。東方白透過丘雅信，著力呈現基督教的博愛精神，甚至以七、八頁的篇幅來凸顯西方宗教的無私，激發其普濟大眾的決心。[10]

10《浪淘沙》，頁549-556。

太平洋戰爭爆發之前，丘雅信去美國、加拿大進修醫學，返台時，途經溫哥華，於「西點長老教堂」參加星期日禮拜，以及在顏家參加「家庭聖誕禮拜」，加上多年後，加拿大丈夫吉卜生牧師的「追悼會」，東方白以二十餘頁的篇幅，鉅細靡遺地敘寫宗教儀式、講解經文及聖歌等等，極力將宗教氣氛烘托出來，期使讀者身歷其境。[11]尤其，西點長老教堂牧師於獲悉日本偷襲珍珠港，美日正式宣戰後，所說的一段祈禱文最是令人動容：

> 噢，天父，請用你的慈悲看待我們並寬恕我們，我們並不值得你的祝福與保佑，因為我們並不依你的教訓去愛我們的鄰人，去愛我們的仇敵，我們只循著我們的自私與貪婪，從事無窮無盡的搏鬥與戰爭。噢，崇高而全知的上帝，願你賜給所有統治者智慧，以了解戰爭的無益與殘酷，讓他們明白和平才是他們百姓之福。[12]

這種種宗教情懷內化為丘雅信的性格，可說是貫穿全書的精神主軸，不斷地洗滌讀者心靈，提昇哲學的境界。

二、客家人江東蘭

《浪淘沙》人物之中，著墨較多者包括各具族群代表性的福佬丘雅信、客家人江東蘭、福州人周明德，以及周明德那樣直率真

---

11 見《浪淘沙》，頁1104-1113、1130-1136、1868-1872。
12《浪淘沙》，頁1111。以下凡引用《浪淘沙》原文，逕於引文之後註記頁碼，不另詳註。

的祖父周福生，[13]其中江東蘭的部份，其人物原型即張棟蘭，跟
丘雅信和周明德一樣，皆為根據真人真事所寫，真實性極高。[14]

（一）具戰爭經驗的台灣知識分子

江東蘭是日治時代台灣知識分子，新竹波羅汶的客家人，其
妻為萬華福佬人，他自「台中中學」畢業，到日本「早稻田大學」
英文系留學，回台灣當了戰前「新竹中學」英文老師，二次世界
大戰期間被徵調為日軍通譯，轉戰南洋各地，所述皆相當細膩，
但台灣光復以來，他先後出任新竹縣政府教育科長三個月、新竹
市立中學校長十二年、台灣師大教授八年，這段生命歷程長達
二十年以上，全書卻只以二頁多的篇幅，簡簡單單地敘述帶過，
至於影響重大的二二八事件亦全未觸及，東方白只是便宜行事，
安排江東蘭躲到鄉間，是以就整部小說人物結構言，難免予人頭
重腳輕、虎頭蛇尾之感。

其生平最值一提的是，太平洋戰爭期間，江東蘭不同於一般
台灣人在日本軍隊裡只能當普通軍伕或下級士兵，他是以中尉
軍官身分與日本指揮官平起平坐，再加上國族認同的矛盾複雜
心理，使得江東蘭的殖民經驗深具特殊性，於台灣文學中尤顯珍
貴。鍾肇政指出，有關第二次世界大戰的台灣兵經驗，除陳千武
《獵女犯》系列作品是根據親身經歷外，《浪淘沙》江東蘭的戰地
經驗也是有所本的，在呈現上，逼真而動人心魄，令人擊節；至

---

13 東方白謂，周福生也是《浪淘沙》之中最受人歡迎最叫人喜愛的喜劇性人物。
   見東方白文學自傳《真與美》（全套六冊，台北：前衛，2001年4月初版）第5冊，頁154。
14 參閱東方白〈命定──「浪淘沙」誕生的掌故〉，《浪淘沙》書序。

於像李喬《寒夜三部曲》第三部〈孤燈〉和其《高山組曲》第二部〈戰火〉均靠蒐集資料或採訪所得，是以在眞實度方面，與《浪淘沙》相較便自嘆弗如了。[15]無論如何，江東蘭做為台灣客家族群代表人物，毫無疑問為《浪淘沙》注入了鮮活的生命，而且與福佬丘雅信、福州人周明德鼎足而立，有著族群三角形的、鮮明的對應關係，形成深具象徵意義的人物結構。

（二）行善無國界

江東蘭的人道主義精神，主要是藉由任教新竹中學以及徵調至南洋服役所發生的種種事件來呈現，諸如任教新竹中學時，日本學生與台灣學生打架，江東蘭並不體罰他們，只是嚴屬地訓誡，對他們講「人類應該互愛」的道理；於南洋服役時，他善待戰俘，戰俘也視他為朋友；他手下的泰雅族傳令兵松武郎因被俘釋回而遭賜死，當他休假返台，特將松武郎臨死之前所託的兩顆珍珠親送其甫新婚即離別的夫人，他深怕松武郎夫人無法承受悲傷，還忍心瞞著松武郎死亡的事實。

此外，江東蘭與緬甸集中營的上司——長谷川大佐談話頗投機，長谷川大佐雖然始終反對戰爭，卻在軍國主義父親的強勢主導下不得不從軍，且被迫成為殺人的劊子手，其內心「戰爭／和平」的矛盾、掙扎，眞切而傳神。平時長谷川的靜坐參禪，應是心中矛盾又找不到出口的一種自我尋求心境平和的方式。戰後，

---

15 參閱鍾肇政〈滾滾大河天上來——序東方白「浪淘沙」〉，收錄《浪淘沙》下冊，頁2047。

刑滿出獄的長谷川大佐剃髮出家,此一人生變化蘊含強烈的興味,長谷川終於眞正找到生命救贖的途徑以及精神的寄託,這也可以說是人道精神的具體實踐。當江東蘭再次見到長谷川,憶起長谷川大佐曾奉命殺了九個俘虜卻又違命救了九個俘虜的往事,他發現,儘管行善不一定得善報,但世上仍然有人行善不輟,他百思不得其解,直到後來才由疑惑轉而省悟:「原來行善就是它本身的目的,行善之際當事人既已得助人之樂,也便是它的果,又何必再去求事後的善報呢?」(頁1954)可見江東蘭確是一位不折不扣的、慈悲寬容的人道主義者。

(三)流露佛教思想

就跟李喬《寒夜三部曲》之闡釋佛教思想一樣,[16]基督教和佛教的內涵,在東方白的心靈裡面,都是永遠存在的,東方白在信仰基督教的丘雅信之外,也著力描寫信仰禪佛的江東蘭,激盪著東、西方文化的衝擊。

小時候,狗兒「小鐵拐」病死了,江東蘭和兒時玩伴水生等一起爲小鐵拐愼重其事地舉行葬禮,替牠立墓碑、唸「往生

16《寒夜三部曲》可以說是透過「燈妹」這個角色貫穿三部曲,而且把他對佛理的了解與體會,很生動地展現出來,吳錦發就指出了:「李喬一直在探討生命的問題,我發覺他有一點宿命論的傾向,他把許多對生命的探討都弄到佛學裏去。」〔許振江、鄭炯明記錄〈李喬「寒夜三部曲」討論會〉,《文學界》第4集(1982年10月),頁23。〕在第二部曲《荒村》,劉阿漢與三子劉明鼎含恨斷魂,小說逐漸藉以深入接觸佛教思想;到了第三部曲《孤燈》,再經由戰爭的殘酷無情、山村的非人生活,直至燈妹的離開世間,結束多舛的一生,凸顯全書悲憫的宗教情懷,可謂步步開展,有跡可尋,讀者當能接受這樣的呈現方式。

咒」，已預示江東蘭在佛教方面的慧根。江東蘭長大後，赴日深造，但不久因病休學，由神戶商科大學回到故鄉靜養。他相信佛教的教義和基督教的教義一樣，應是簡易明瞭，人人可解的。就在這段期間，他開始涉獵「金剛經」、「阿彌陀經」……等佛教經典，認識到佛教的眞面目，東方白還透過江東蘭，中譯了「偈詩」和「業的概念」等。[17]再次赴日，學成歸國後，受聘到新竹中學教英文，這期間，江東蘭因不願改爲日本姓名，備受鬼木校長壓迫，所幸他從禪書中尋得生命的轉機。後來被征調到南洋服役，結識每天禪修打坐的上司長谷川大佐，兩人之間便有了關於禪宗「公案」的對話。當他獲知女兒與父親病逝的消息，他特於新加坡的「觀音禪寺」，請師父爲他們誦經超渡，事後師父替他開示，說「娑婆世界由心造」，著實令人沉思。

　　戰後多年，江東蘭赴美在職進修，途經東瀛，與他在新竹中學任教期間一度相戀的秋子重逢，二人同遊奈良「東大寺」，走出由世界各國人士獻金整修的「大佛殿」，江東蘭意味深長地對秋子說：「我看世界最崇高的情操都是不分國界的，比如宗教就是。」（頁1950）過境加拿大時，原新竹中學學生周明德引介他與四處巡迴指導參禪、普渡世衆的西洋禪師「熹微」見面，熹微禪師有關自己由參加各種宗教到最後變成無神論者而又出家的一席話，[18]令江東蘭感動得無以復加。這在在顯示，東方白對於佛理的確興趣濃厚，研究頗爲深入，而且藉由江東蘭的言行呈現出

17《浪淘沙》，頁474-476。
18《浪淘沙》，頁1964-1967。

來。這般的佛教情懷，讓人獲得種種人生啓示，同時也增加了
《浪淘沙》的深度和廣度。

三、福州人周明德

《浪淘沙》中，周明德的人物原型即陳銘德，[19]東方白更於文學
自傳《眞與美》特別指出，《浪淘沙》裡周明德及其祖父周福生的種
種人生插曲，正是台灣人「正直不阿」的本土性格之最佳表現。[20]

（一）特殊的人生際遇

周明德的祖父周福生是福州人，小時候隨人來萬華學做木
匠，長大了，娶台灣女子謝甜爲妻，於台灣割讓日本的次年生了
兒子周台生，周台生成年後，回福州娶當地女子姚倩，所產下的
頭一個孩子，便是周明德。因周台生夫婦計劃前往南洋做生意，
祖父周福生便趕到福州把這長孫帶回台灣，自小將他扶養長大。
周明德個性堅強正直，遭受日本同學欺負，他不退縮，勇於挺身
反抗；接受新兵訓練時，對於鬼塚隊長非理性的施暴，也不妥協
屈從。

由於久別思親，中學甫畢業，周明德隨即告別祖父母，隻身
赴菲律賓馬尼拉跟父母團圓，但萬萬沒料到，父母已把全部鍾愛
給了他們親自扶養的兩個弟弟明圓、明勇，是以對明德的感情相
對的淡薄，這令明德心灰意冷，原先的夢想爲之破滅。時值太

19《眞與美》第5冊，頁149-154。
20 同前註，頁153。

平洋戰爭爆發前夕，東南亞局勢緊張，菲國人民反日情緒高漲，周台生因是「日僑」身分，為免遭不測，乃舉家遷回福州，唯么兒明勇竟跳船留在菲律賓參加抗日游擊隊。周明德抵達中國大陸再轉往基隆，回到台灣，他恍然大悟，原來，台灣才是他真正的家，而養育他的祖父母也才是他真正的父母。透過「中國／台灣」、「父母／祖父母」、「兄／弟」的對立或並列關係，周明德確立了自己的價值與想法，找到了未來的人生方向。

不久，由於周明德在菲國學到純正發音的英語，使他有機會成為中學英文老師，又因江東蘭與丘雅信的關係，以及他們的居中牽線，[21]周明德娶基督教牧師之女尤妙妙為妻。婚後，被日本空軍徵調，編入新竹航空隊，所駕駛的戰鬥轟炸機於四川白沙墜落而被俘，因係被日本人強迫徵兵之故，幸運獲釋，參加了「紅十字會」滇緬公路救護隊。日本宣布無條件投降半年後，周明德由昆明輾轉回到台灣，重執教鞭，歷經二二八事件，險些遇難。其後由成功中學轉往台北醫學院任教英文，又經多年，赴溫哥華探視移民加拿大的兒子、媳婦，並且因緣際會，成了當地日本與越南移民的英文教師，過著豐富、充實的日子。

（二）助人為樂

代表福州人的周明德，他得到祖父周福生的遺傳，也充滿了人道精神。重慶遭受空襲，引起大火，別人冷眼旁觀，他卻奮不

21 江東蘭是周明德就讀新竹中學時的英文老師暨班導。而丘雅信與江東蘭同為留日，其夫彭英跟江東蘭熟識，皆為「早稻田大學」校友。

顧身地衝進火窟，將昏迷的孩子抱出來。台灣光復後，民眾原先的希望破滅，怨恨日增，有人大罵唐山人野蠻，周明德則認為，萬萬不可以偏概全，誤以為所有唐山人都不好。二二八事件期間，周明德看見三個學生圍毆一個大陸打扮的唐山人，主張凡事要是非分明的周明德立即阻止他們，教訓道：「怎麼可以不分皂白，只因為他是中國人就動手打他？」（頁1884）他遇過欺凌弱小的日本學生、冷酷無情的日本軍人，也結交到古道熱腸的日本同事；他看過殺人不眨眼的大陸隊長，也碰見兔唇微跛卻善良救難的大陸士兵，所以周明德更加相信，世上只有善人與惡人之分，沒有國籍種族之別。

典型的小說人物莫不包含作家對生活的理解、思考的真知灼見，並且從正面或反面來體現作家的人生理想。小說家李喬自云：「作者之於長篇小說，與其說在『說故事』，不如說，是借情節故事來表達其理念，借人物『完成』其理想。」[22]東方白也說：「我的小說的主題是愛、諒解、寬恕，絕不寫仇恨、殘酷、暴戾等等。」[23]如上所述，周明德正是熱愛生命的利他主義和理想主義者，有著普遍的人道關懷，深信世上自有公理，他無疑為東方白創作理念的代言人。

（三）虔信「百合一教」

周明德跟丘雅信一樣是基督教徒，其妻尤妙妙乃「淡水長老

---

22 李喬《小說入門》（台北：時報文化，1986年3月初版），頁74。
23 鍾肇政、東方白合著，張良澤編《台灣文學兩地書》（台北：前衛，1993年2月台灣版），頁17。

教會」牧師之女，他甚至還成為教會長老。但他也跟自己在新竹中學的班導師江東蘭一樣，相信佛道。當江東蘭到加拿大溫哥華找他，他特為江東蘭引見美國禪師「熹微」，「熹微」秉信尼采的名言：「宗教、藝術、以及哲學，都是人類捏造的幻象，而被做為戰勝自己及其同類的武器加以運用。」（頁1965）加上親眼看見日本侵華時中國人的悲慘受害，使之領悟佛教的第一聖諦：「人生原是一片苦海！」（頁1967）在美國禪師「熹微」的禪堂參禪完畢，平時也上教堂做禮拜的周明德，非但心裡不覺矛盾，反而笑得開朗，以「百合一教（Bahaism）」[24]的教冊內容告訴「滿心疑惑」的江東蘭，耶穌基督、釋迦牟尼、穆罕默德都是來自同一個父親的兄弟。[25]又說：「總之，我現在已經到達天人合一萬物和諧的境界，我讀聖經歡喜、讀佛經歡喜、讀可蘭經也歡喜，我現在無論走進基督教堂、佛教禪堂、回教清真寺，都感到同樣的喜悅與安寧。」（頁1970）由上可知，周明德所謂的「百合一教」，自然也是尋求人生意義、提升人生境界的東方白所認同的，這樣的宗教情懷充滿著四海一家、世界大同的博愛精神。

---

24 「百合一教」於1844年創始於波斯，由教主Bob所創，倡「四海一家」、「世界和平」，主張上帝只有一位，只因異時異地，才派了不同的先知來這世界。其教義與世界三大宗教——佛教、基督教、回教——相較，大為逕庭，起初被視為異端，然終被一般知識分子接受而在世界各地傳播開來。詳見《真與美》第4冊，頁199-201。

25 東方白曾說：「看到基督教、回教、佛教……互相攻擊，十分矛盾，十分痛苦。第一次聽到『百合一教』說：『神只有一位，只因人殊而異相。』心裡放下一顆石頭，十分快樂！」見《真與美》第6冊，頁269。

參、《浪淘沙》主要人物的身分認同

　　由《浪淘沙》主要人物結構觀之，丘雅信、江東蘭、周明德三位主角的人道精神表現，充分顯示東方白將「人道精神」此一內涵語碼深化的用心，其將善美的人性高度理想化，表現了作者的人格理想和生活追求。此外，東方白亦以「丘雅信／江東蘭／周明德」、「福佬／客家人／福州人」的三角形對應關係來建構其「基督教／佛教／百合一教」的宗教系統，通過主要人物的性格塑造，表現「善」的內涵，顯示崇高的道德力量，並且將多元思想意蘊融於一體，形成深刻的意義結構，使小說本身有了更高的藝術表現。但更值得重視的是，《浪淘沙》既以台灣多舛的歷史為背景，東方白對於「被殖民者／殖民者」的對立、受壓迫者對於壓迫者的抵抗意識，以及台灣人身分認同的矛盾，自是有所著墨，不但形成衝突，也使小說充滿張力。《浪淘沙》裏，丘雅信、江東蘭、周明德等主要人物飽受國家或身分認同的內心掙扎與煎熬，東方白藉此凸顯台灣人於「認同」上所面臨的困境，這是《浪淘沙》主要人物結構的共同象徵意義之所在。

一、丘雅信身分認同的多元呈現

　　東方白筆下的丘雅信，充分顯現人物性格塑造的豐富性，她膽小愛哭又別具過人膽識，是聰明、機智、專業、好學的女性，充滿人道關懷的理念且力行實踐，這樣的台灣奇女子，無所不在的政治卻影響她的一生，無可抗拒的歷史則造成她命運的坎坷。雖然學業、事業有成，但她沒有浪漫的愛情和幸福的婚姻，尤

其歷史演變所帶來的身分認同問題，每每造成心理衝突，一再困擾著她。她出生於日治時代的台灣，國籍是日本，身上流的卻是華人的血液；在日本人眼中，被視爲非屬內地的、次一等的本島人；來到中國大陸，則變成不屬於中國的日籍台灣人；爲逃避日本政府的壓迫，到了美洲，又一律被看作侵略他國的日本人；日本戰敗投降，因曾任日本人集中營的醫生而遭拒發中國護照，歷盡千辛萬苦才回到台灣。

儘管如此，丘雅信有著堅強的抵抗意識，決不屈服於不公不義的現實。身爲新時代女性，她挺身抗拒男性威權社會強加於女性身上的桎梏，獨排眾議，出國學醫，返台後與男醫生並肩工作，不讓鬚眉。丈夫彭英參加反日組織而逃往中國大陸，日本刑警對丘雅信屢屢施壓，丘雅信一本初衷，繼續行醫，向其他受苦者伸出援手，直到忍無可忍，依然不放棄抵抗日本殖民政府，毅然選擇關閉醫院，前往美國進修。當美日宣戰，丘雅信回台不成，滯留加拿大，面對異國人士的種族歧視，她據理力爭，抵抗到底，終於贏得加拿大法官、醫院同事和眞正愛好和平人士的尊敬，得以在加拿大行醫。日本戰敗，丘雅信急於從溫哥華返鄉，卻遭到當地中國領事百般刁難，[26]丘雅信一樣不屈不撓，發揮抵

---

26 台灣人於日本戰敗投降後，仍被中國人視爲不同族群而予以歧視，如吳濁流自述小說《無花果》、《台灣連翹》及鍾理和〈白薯的悲哀〉皆有所著墨。（以上參閱歐宗智〈吳濁流身分認同的心靈轉折——合讀「無花果」與「台灣連翹」〉，《台灣文學評論》第6卷第3期，2006年7月，頁21-27）又，有台灣兵親身經歷的陳千武，在其短篇小說集《獵女犯》日文版譯序說道：「……以戰敗兵的身分，處於比殖民統治更苛酷的獨裁政權下，受中國統治者方面指責爲曾是日本傀儡的怨恨而過生活，並無怨言，但卻是幽憤沉重的體驗……」以上引自工藤茂〈論陳千武短

抗精神，總算克服困難回抵台灣，成為代表本土意識的典型。

日本無條件投降，丘雅信返台展開新生活，其後為了反抗國民政府的白色恐怖統治，她在名義上嫁給加拿大籍的吉卜生牧師，後來由於中華民國與英國斷交，迫使她意外離開台灣，於異地終其一生，顯示大歷史造成個人命運的荒謬無常。綜觀其生命進程，可說是抵抗意識的具體呈現。李喬推崇東方白之塑造丘雅信此一角色，說：「將台灣女性之原型寫出來。其一生頗有象徵意味，象徵台灣人在這樣困苦的環境如何存在。」[27]丘雅信坎坷、不幸的一生，適足以凸顯台灣人找尋「身分認同」的悲哀命運，丘雅信確是台灣小說中深具歷史象徵意義的角色。

二、江東蘭國族認同的矛盾與抗拒

如同丘雅信，江東蘭出生於日治時期，其父江龍志自小即教導他，自己是台灣人，不是日本人；臨終遺言更是：「等東蘭回來，叫其別忘，我的人本姓姓『羅』，『禮義廉恥，國之四維』的『四維羅』！」[28]可見其家族的抵抗意識根深柢固。即便時勢使然，江東蘭從小接受日本教育，由公學校、台中中學至日本的早稻田大學，其間遇到不少友善的日本師長或友人，如台中中學

篇集「獵女犯」〉（桓夫譯），《台灣文學評論》第6卷第3期，2006年7月，頁6。由此不難得知戰後台灣人不幸的感受。

27 引自台灣文藝編輯部整理〈「浪淘沙」文學座談會記要〉，《台灣文藝》第123期（1991年2月），頁9。

28《浪淘沙》，頁1706。客家話「其」意即「他」；「我的人」意即「我們」。江東蘭其父江龍志於日本據台之前的姓名是「羅希典」。

的英文老師千葉先生、音樂老師美空先生、早稻田大學「英國詩選」教授木谷博士、新竹中學同事伊田、松下、大平，乃至緬甸集中營的指揮官長谷川大佐……等，而且江東蘭也能欣賞日本傳統文化之美，[29]可是殖民政治的差別待遇在在讓他飽受歧視，內心受傷，積蓄著無限反抗的能量，逼使他無法接受日本是自己的國家，不願改成日本姓名。

被徵調為日軍通譯，完全情非得已。南洋日軍為了殺雞儆猴而濫殺華人，矢野中佐說：「凡是支那人，不管是在本土還是在海外，都是我們的敵人，抓到敵人就砍他頭有何不可？誰叫他是支那人？他生為支那人就是他的罪。」(頁1227)這聽在流著華人血液的江東蘭耳裡，怎不矛盾！他只能無言以對。馬來西亞的華僑以為他是日本人，他連忙澄清，自己是被日本政府強迫當兵的台灣人，而非濫殺無辜的日本人。華僑警告他，許多華人去山裡參加游擊隊，雙方遭遇時，一樣會將他當做日本兵。江東蘭感嘆不已，說這是「命運」。[30]緬甸女子雪美旦那的父親遭日軍殺害，

---

29 如「俳句」、民間傳奇故事或幸男夫人的撫琴獻唱，皆為書中日本傳統文化之美的表徵。

30 《浪淘沙》，頁1233。陳千武〈原台灣特別志願兵的回憶〉亦謂：「我是志願來的嗎？是，確實我寫過志願書。在佩刀的警察和兵役官來家訪問的那一天，我寫過，我蓋過章。如果，我不寫志願書，他們就稱我非國民。事實，我本非他們的國民。但他們強迫要登錄，我是他們的國民，是根據李鴻章賣給他們的奴隸契約的。因此，我違背了他們時，他們可以任意指責我是非國民，而把我埋沒掉。不但我的存在，生死之權，在他們的掌握裏，所有殖民地的土民的命運，都是如此。」以上轉引自工藤茂〈論陳千武短篇集「獵女犯」〉(桓夫譯)，《台灣文學評論》第6卷第3期(2006年7月)，頁7。

江東蘭告訴她:「我不是日本人,我是台灣人,像你一樣,被他們日本人強迫來這裡當翻譯官。」(頁1376)這是掙脫不掉的身分悲哀。也因為這樣,他同情英澳戰虜,跟他們談天說笑,當然戰俘們也未把他當外人來看待。由拒絕與否定對殖民國家的認同,我們清楚看見了江東蘭的本土意識和抵抗精神。

江東蘭就這麼處於國族認同的複雜、矛盾心理之中,反映出人物尋找自我所面臨的掙扎,相信這也是日治時代台灣人內在的共相吧!東方白《浪淘沙》藉由情節的安排,表現出江東蘭的抵抗精神,以及激發對於「身分認同」之反省,讀者正是透過這種種的對立矛盾,一步一步明白作家呈顯主題的深細用心。

三、周家身分認同的錯亂

周明德身世崎嶇曲折,有著特殊、複雜的人生際遇,其三兄弟的一生可以說代表了台灣人的悲慘命運,不但與丘雅信、江東蘭形成「福州人/福佬/客家人」之族群三角形組合,其與明圓、明勇三兄弟聚合又分離,形成「台灣/中國大陸/菲律賓」的另一個三元化關係,可謂饒富象徵意涵。

周福生與周明德為《浪淘沙》福州人的族群代表。祖父周福生在台灣割讓給日本之後,一直不願做日本國民,先是不剪辮子,還想出新點子,向清朝領事館申請護照,改做留在台灣的中國僑民。雖然周福生木工手藝精良,卻不屑於去做圓山「台灣神社」的高薪工匠,他以店忙為由,拒絕管區菊池巡佐的一再邀請。終其一生,周福生都拒學日語。而周明德出生於福州,母親是大陸人,但他自小由居住萬華的祖父母扶養長大,感覺上他對

日本並沒有祖父那般排斥，直到就讀新竹中學，親身體驗到日本人對台灣人的種族歧視，更因為與日本同學打架，遭到退學處分，當然打從心底不認同日本了。當他中學畢業，至馬尼拉找尋親生父母，菲國海關官員竟以他不是「純正」的日本人，只不過是日本籍的「台灣人」為由，百般刁難。這使得周明德深切感受到，做為本島「台灣人」既不被日本人平等看待又被外國人所歧視的雙重悲哀，進而不滿現實，積累怨懟，轉化為抵抗意識。

周明德的么弟明勇生於菲律賓長於菲律賓，唸的是華僑中文學校，他同情中國，反對日本的侵略暴行，積極參加反日遊行與演講，偏偏因為父親的特殊身分，所以他是在菲國的日本大使館申報出生，歸屬日本籍，這相對於其反日行為，豈不矛盾！太平洋戰爭爆發前夕，周明德回台，婚後被徵調為日本兵，變成要與祖父、母親的祖國軍隊作戰，真是情何以堪。可惜東方白於小說中，並未針對此一國族身分認同的矛盾心理狀態加以著墨。其後墜機被俘，周明德因是「台灣人」而被中國民兵釋放；俟日本無條件投降，恢復「中國人」身分，在二二八事件期間，卻又莫名其妙遭祖國軍隊屠殺，險些命喪黃泉。這種種身分認同的「錯亂」，深沉、複雜而矛盾，豈不耐人尋味！

多年後，周明德赴加拿大探親，其間曾回中國大陸與父母、大弟周明圓重聚。周家三兄弟原本於太平洋大戰爆發前夕悵然離散，各奔西東。么弟明勇臨時跳船，留在從出生一直到長大成人的菲律賓，從事地下游擊活動，反抗日軍，戰後下落不明，生死未卜，大家寧可相信他是跟當地女子結婚，隱居在深山叢林之中。大弟明圓於上海聖約翰大學畢業，後至美國加州大學留學取

得學位，基於強烈的「愛國心」，他冒著極大風險返回中國，卻於「文化大革命」時遭共產黨批鬥，下放勞改十年，迨平反恢復北京大學教職，其妻大陸女子唐伶早已病故，怎不喟嘆！兄弟久別重逢，盡釋前嫌，明圓語重心長地說：「世上最該後悔的是後悔本身……人總要學習往前看……」（頁1979）當他們一起登上萬里長城山巔的烽火臺，不免感慨萬千。登機前，兩兄弟情不自禁地擁抱在一起，然後毅然分開，揮手而別，這一幕充滿著戲劇張力，令人爲之動容。在台灣意識日益強烈的今日，誠如陳芳明所言：「像周家是台灣民主國時移民到台灣延嗣子孫，戰事一來，家人四散，有的到菲律賓，有的留在台灣，有的回大陸，同一家族親兄弟在不同環境長大，有不同感情，書中安排戰後，兩人見面擁抱再分開，這是一個很大的象徵。」[31]對於台灣海峽兩岸未來如何發展，東方白透過周明德兄弟的人生際遇，凸顯身分認同的矛盾及其「分／合」的象徵意義，巧妙地帶給我們饒富深思的空間，同時也開拓了意義結構的縱深。

四、《浪淘沙》人物身分認同的建構

文化研究論者Kobena Mercer以黑人認同爲例指出：「……身分不是找到的，而是建構得來的，身分不是天生自然般地等著被發現，而是透過政治對立、文化鬥爭建構出來的。」[32]如上所

---

31 引自台灣文藝編輯部整理〈「浪淘沙」文學座談會記要〉，《台灣文藝》第123期（1991年2月），頁12。
32 轉引自邱貴芬〈是後殖民，不是後現代──再談台灣身分／認同政治〉，《中外文學》第275期（1995年4月），頁143。

述，觀諸台灣血跡斑斑的歷史，與清朝、日本乃至於後來國民政
府之間的抗爭，何嘗不是透過政治對立、文化鬥爭，建構出較
爲明確的台灣人身分認同。儘管有論者認爲，身分認同並非東
方白《浪淘沙》所欲強調的主題，說東方白連政治小說都主張應
該「描寫政治下恆古貫今的人性」，[33]怎麼會在作品中強調國籍之
分？況且，詳細記載《浪淘沙》寫作經過的《眞與美》及《台灣文
學兩地書》兩書，東方白絲毫沒有提到藉《浪淘沙》凸顯身分認
同主題的意圖。[34]然而，小說描寫永恆的人性與凸顯身分認同的
主題，二者並不衝突，由《浪淘沙》之中丘雅信、江東蘭、周明
德在「認同」上所面臨的尷尬困境，亦即台灣人在毫無自由選擇
之下，不得不承受矛盾的認同，此不難看出，東方白希冀透過
「動盪」的歷史經驗，爲台灣人尋找國家認同的強烈企圖，讓小
說人物在重重的認同矛盾中，發現及建構以台灣土地爲根的身分
認同，而這也呼應了長期以來台灣苦悶大眾的心聲。

關於後殖民主義，其所側重的是「分析新形勢下的帝國主義
文化侵略、宗主國與殖民地的關係、第三世界菁英知識分子的文
化角色和政治參與、關於種族／文化／歷史的『他者』的表述，
揭露西方形而上學話語的侷限性」，[35]是以殖民者文化與被殖民
者文化必然存在著對立關係。而針對一再「被殖民」，相對於日

33 東方白致鍾肇政函，見《台灣文學兩地書》(鍾肇政、東方白合著，張良澤編，台北：前衛，1993年2月初版)，頁157。

34 董學奇《從「眞與美」探究「浪淘沙」的創作理念與實踐》，嘉義大學中國文學系碩士論文(2005年)，頁85。

35 張京媛編《後殖民理論與文化認同》(台北：麥田，1995年7月初版)編者前言，頁14。

本、中國，台灣長久以來被迫造成邊緣化，失去了自身的主體性，東方白有鑑於此，清楚地透過丘雅信、江東蘭和周明德等主要人物的身分認同和抵抗意識來表達強烈批判，堪稱另一形式的、有力的後殖民論述。

當然，《浪淘沙》更值得稱許的是，東方白不只是藉由「弱勢」的台灣人族群，論述台灣的殖民史觀，全書結束之前，作者有意安排丘雅信、江東蘭、周明德、金姑娘於多年後重逢，相約第二年中秋一起返鄉過節，回到小說故事的初始地，也就是甲午戰後日軍登陸的台北縣澳底，象徵著台灣各族群在外浪掏洗之後，不只是「回歸」，還進一步跨越族群，終於融合爲一。此一世界大同思想，使得整部小說的境界更爲開闊、提升。

肆、結語

東方白以各具族群代表性的丘雅信、江東蘭、周明德，構築《浪淘沙》的主要人物結構，其「福佬／客家人／福州人」三元對立的組合關係，形成深具象徵意義的結構系統，而且他們都是眞有其人，確有其事，其人物原型分別是蔡阿信、張棟蘭、陳銘德。馬振方謂：「可信的情節未必感人；感人至深的情節卻必須可信。眞實性乃是藝術情節諸多條件的首要條件，是作品價值和力量的生命基礎。」[36]東方白以眞實故事爲藍本，力求逼眞，但不排斥藝術虛構，他發揮小說家的才能，以豐富的想像力，穿針

---

36 馬振方《小說藝術論稿》(北京：北京大學出版社，1991年2月第1版)，頁112-113。

引線，提煉情節，取得「眞實與虛構」的統一，使人物結構成爲有意義的整體。綜觀《浪淘沙》主要人物之塑造，丘雅信是反映台灣歷史際遇的奇女子，江東蘭爲具有戰爭經驗的台灣知識分子，周明德則展現台灣人正直不阿的本土性格，莫不讓人印象深刻。毫無疑問，《浪淘沙》主要人物形象生動，較諸主題結構的呈現，有過之而無不及。東方白別具一格的藝術視角，既體現作者的人格理想，諸如寬容的人道精神與崇高的宗教情懷，也傳達出作者藝術風格的追求。

　　李瑞騰論「台灣文學」時指出，因爲台灣歷史的影響，諸如甲午戰敗、乙未割台，逐漸強化台灣文學的抗爭色彩，而日治時代台灣文學也扮演著對抗統治者及其殖民文化的鮮明角色，記錄台灣人的悲苦。[37]是以台灣文學內在的本土意識或抵抗精神，乃是其意義結構根本的一環。諸如吳濁流自述小說《無花果》與《台灣連翹》，[38]娓娓道來做爲台灣人身分認同的心靈轉折，長期以來被國族意識所困擾的台灣人對此必然心有戚戚焉。[39]《浪淘

---

37 參閱李瑞騰〈什麼是「台灣文學」〉，《中華日報・中華副刊》，1988年3月10日，收錄於李瑞騰《台灣文學風貌》（台北：三民，1991年5月初版），頁9-11。

38 吳濁流《無花果》（台北：草根，1995年7月初版）、《台灣連翹》（台北：草根，1995年7月初版）。

39 其實，吳濁流跟許多人一樣，期待著台灣會更好，台灣光復那一天，他說：「我私自下個願望：從今以後，一定要建設成比日治時代還要美的台灣，成爲一個三民主義的模範省。這不僅是我一個人的理想，也是全台灣的民衆，六百萬島民的熱望。」（《無花果》頁149）甚至於在228事件後不久，儘管對祖國十分失望，吳濁流卻在《黎明前的台灣》寫道：「說什麼外省人啦，本省人啦，做愚蠢的爭吵時，世界文化一點兒也不等我們，照原來的快速度前進著。……努力建設身心寬裕而自由的台灣就是住在台灣的人的任務，

沙》也有著「殖民／被殖民」、「壓迫／受壓迫」、「認同／不認同」等多層次的、相互交叉又彼此重疊的對立，反抗過去殖民和威權統治的支配與壓迫，對於台灣主體性的建立有所助力。東方白經由丘雅信、江東蘭、周明德等三個主要角色的塑造，運用種種情節的巧妙安排，讓他們由於台灣複雜的歷史因素，經過不同

從這一點說來，是不分外省人或本省人的。」（見《無花果》，頁210-211）可見他是以愛台灣為核心價值，對族群平等還是抱持著理想與希望，值得我們深思再三。但台灣人對於所謂「祖國」的真正想法，海峽對岸應多加重視，如台灣最新大河小說《台灣大風雲》作家邱家洪於〈自序〉以「虎去狼來」形容台灣之歷經不同政權統治，寫道：「外來強權雖然對台灣野心勃勃，卻不瞭解台灣獨特的本土文化，以及存在已久、根深蒂固的『台灣意識』，不是使用武力所能征服，亦非任何手段可能同化，它們往往作了錯誤的判斷，肇致衝突不斷。」（邱家洪《台灣大風雲》，台北：前衛，2006年7月初版，共5大冊，約200萬字，以上引自第1冊，頁1-2）再如台灣第一位理學博士劉盛烈（1912-）於2000年台灣首次政黨輪替時，以89高齡投書報紙，發表了〈祖國，可否疼我一次？〉，說：「祖國，祖國，我愛你，你卻一次又一次，再三不愛我、傷害我，甚至不惜置我於死地。遠祖不如近祖，我想來台第一代祖先以下、歷代先人才是真正疼愛我的。在台二千三百萬人只有團結疼愛自己一條路。」（林忠勝編著《劉盛烈回憶錄──我與台大七十年》，台北：前衛，2005年4月初版，頁216）代表了絕大多數台灣大眾的心聲，也可以說呼應了吳濁流的想法。即連父母來自中國大陸，1952年出生、成長於台灣的作家龍應台亦為文指出：「在日本統治下期待回歸祖國的台灣人，作夢也沒想到，從殖民解脫之後得到的並不是自由和尊嚴，而是另一種形式的高壓統治。……被日本統治了五十年的台灣人所第一眼看到的『祖國』，是一個頗為不堪的形象。……緊接而來的高壓統治，更令所有對『祖國』的期待破滅。……台灣人從來不覺得自己要『脫離』中國大陸這個政權，因為他們從來就不曾屬於、從來就不曾效忠過那個政權。……若是宣稱希望了解台灣人，那麼台灣人這種深層的歷史情感和心理結構，恐怕是任何了解的基礎第一課吧。」（龍應台〈你不能不知道的台灣〉，原載2005年5月25日《中國時報》，入選《九十四年散文選》，鍾怡雯主編，台北：九歌，2006年3月初版，頁167、168、171、173。）

的政權統治，無可避免地陷入「身分認同」的歷史矛盾與掙扎，表現十分真切，換言之，透過福佬、客家人、福州人的族群經驗，參與塑造一個以台灣為主題位置的國家敘述，其小說主要人物的建構與國家認同的密切關係，展露無遺，此乃東方白自覺性的創作，載負著台灣斯土斯民對於歷史以及自身的深刻反省，而《浪淘沙》的軸心人物也都成為東方白體現台灣作家長期以來本土意識和抵抗精神之強有力的藝術符號。丘雅信、江東蘭和周明德三人被殖民的經驗多重而複雜，在在象徵台灣人坎坷的命運，增加了作品的深度，同時東方白《浪淘沙》也本著台灣知識分子的批判精神，藉著小說的推展，暴露了殖民主義的殘忍無情，以及鋪陳一連串反霸權的「後殖民論述」，破除了文化霸權的支配，試圖為確立台灣文學的主體性而努力，就台灣文化的重建而言，其成果昭然可見。[40]

---

40 《浪淘沙》正式出版後，東方白於1991年在美西演講時，曾有讀者提問，《浪淘沙》前面大部分都極具反抗思想，為何到後來竟「無聲無息」？東方白回答，歷盡滄桑、靈魂超越肉體，翱翔於宇宙太空中，反觀像沙粒那麼小的地球，豈會聽見自己少年時的反抗聲？換言之，東方白自認為《浪淘沙》不是「反抗」小說，而是描寫「人生」的小說。以上參閱鍾肇政、東方白合著，莊紫蓉、錢鴻鈞編《台灣文學兩地書（續）》（收錄於《鍾肇政全集》之34，桃園：桃園縣政府文化局，2004年11月初版），頁75。儘管東方白以「寬容」的心態來面對《浪淘沙》所有人物，不過，《浪淘沙》流露的反抗意識仍是顯而易見的。

《真與美》和《浪淘沙》對照讀趣

　　東方白最重要也最具份量的大河小說《浪淘沙》，以史詩的
氣魄，寫百年來台灣三個家族的人事滄桑與悲歡離合，值得文學
愛好者仔細去研究，而經由像實際現實生活微細化的文學自傳
《眞與美》[41]的補充敘述，我們正好可以得知其如何取材，以完成
這樣一部劃時代的鉅構。

　　《浪淘沙》的主要故事架構，來自蔡阿信、張棟蘭、陳銘德
三人[42]的眞實經歷，至於在呈現故事時代背景方面，雅信與其夫
彭英的新婚中國之行，東方白顯然是以其父早年遊歷廈門、上海
的所見所聞爲基礎。東方白幼年常去萬華，即母親認的乾媽「艋
舺阿媽」那兒，這就移花接木，成爲雅信童年的成長背景。當太
平洋戰爭末期，東方白及家人因爲「疏遷令」，搬至蘆洲居住，
在此聽到的虎姑婆之類的鬼故事，變作雅信就讀「淡水女學」時
閒聊的材料。而其岳母就讀「淡水女學」的實際經驗，使得雅信
的中學生活寫得更加逼眞。東方白小時候愛玩的遊戲「考三皇

---

41 東方白《眞與美》(台北：前衛，2001年3月出齊六大冊)，字數多達110萬字以上。
42 即小說中的三位主角：丘雅信、江東蘭、周明德。

帝」和高中時愛唱的「蘇兒菲琪之歌」等等，都轉化爲江東蘭成長的一部分。東方白建中同學傅彥眞的叔叔當日本兵的經過，即是《浪淘沙》裡周明德的日本友人「遠山明」悲慘際遇的藍本。

除此之外，《眞與美》提到，日文版的《兒童年鑑》，提供東方白書寫日本時代背景的寶貴依據，日文版的《世界地理風俗大系》24巨冊，滿足了東方白對世界知識的飢渴，更提供他遊遍全球的虛擬體驗，使《浪淘沙》跨越國界，寫來有如親歷其境。他大學時期選修的「英詩選讀」，讓他在寫緬甸的英國俘虜營時，增添了許多優美的詩歌。也因爲熱愛歌德的德文短詩〈遊子夜吟〉，東方白就把它安排在《浪淘沙》最後一章「餘音」裡，用以表達心目中那種靜謐空靈的境界。

丘雅信、江東蘭、周明德是《浪淘沙》的三個代表性人物，但東方白著墨甚多，絲毫不輸前面三位，且在人物塑造上也十分生動、成功的周福生[43]，其經歷見聞，包括二次牢獄之災、江湖郎中的奇遇……等，這些情節多出自《眞與美》裡面東方白在台北永樂市場修理鐘錶的父親，可見周福生正是東方白父親的化身。其他尚有對生命造成影響的人，東方白一一也將他們寫入《浪淘沙》之中，比如第三部第十章「天下沒有可恨之人」的前四川白沙民兵副總隊長黎立，幾乎就是《眞與美》少年篇裡教他高中國文的余和貴老師的翻版。

讀者只要有心，則將《眞與美》和《浪淘沙》兩相對照之後，每每會有發現「本尊」與「分身」的另一番樂趣；我們也由此可以

---

43 周福生爲周明德祖父。

確知，作品的產生，絕非憑空而得，它必然源自於作者的生活，
所謂「小說反映人生」之說，由此又再次獲得印證。

都云作者癡，誰解其中味？

──看《浪淘沙之誕生》

　　當我正襟危坐，翻閱東方白大河小說《浪淘沙》的創作十年日記，直至看到一九八九年十月二十二日《浪淘沙》終於完成時，那代表著十年間「嘔心瀝血」的十個大大的「！」，我彷彿也走完一趟東方白的文學苦旅，有著死去卻又活了過來的輕鬆感。

　　古今中外，作家出版日記並不稀罕，但關於一部小說的創作日記則絕無僅有，東方白《浪淘沙之誕生》就是這樣一本奇特的書。普通讀者大概不太可能去看這種沒有絲毫浪漫愛情的、流水帳般的創作日記，不過若想深入了解東方白、研究《浪淘沙》，那麼這無疑是一本不可或缺的參考書。當然，對於「偉大的讀者」來說，[44]《浪淘沙之誕生》乃是一件完全料想不到的、天上掉

---

[44]《浪淘沙》三大冊問世後，《民生報》曾刊出一篇四格漫畫「幽作家一默」，明顯是針對《浪淘沙》而來，漫畫內容是一位男作家花了十年，完成百萬字的鉅著，他問某位女士：「這是不是偉大的小說？」女士起先回答不知道，卻又幽默地加上一句：「不過，能看完你著作的，一定是偉大的讀者。」教人發出會心一笑。以上見《眞與美》（全套六冊，台北：前衛，2001年4月初版）第六冊，頁131-132。

下來的禮物，讀起來同樣感到興趣，一點也不會覺得枯燥乏味。

一、《浪淘沙》研究

　　繼鍾肇政《台灣人三部曲》、李喬《寒夜三部曲》之後，東方白傾全力寫作《浪淘沙》，將台灣文學的大河小說推向了高峰，值得文學研究者加以重視。有關《台灣人三部曲》與《寒夜三部曲》之研究論文甚夥，然《浪淘沙》自一九九○年十月結集問世以來，研究者極少，令人百思不解。據推斷，《浪淘沙》三巨冊超過二千頁，每令一般讀者望之卻步，遑論進一步予以評論、研究，加上東方白旅居加拿大，難得參與國內文藝活動，所以更不易引起文壇與讀者的注意。

　　自二○○一年底起，我開始細讀、研究《浪淘沙》，誠如葉石濤所言，《浪淘沙》是台灣人命運的史詩，[45]而《浪淘沙》「展拓時代場域」、「提升人物情愛」、「解開族群情結」與「本土語言書寫」等開創性特色，[46]充分證明其具有高度的藝術美學價值。當然，我也好奇，這樣夠份量的鉅著是如何誕生的？《浪淘沙》的一些書序和附錄的文章、東方白與鍾肇政合著的《台灣文學兩地書》，[47]以

---

45 葉石濤為《浪淘沙》撰寫之序文題名，收錄於《浪淘沙》上冊。

46 參閱歐宗智《東方白「浪淘沙」析論》，東吳大學中國文學研究所碩士論文（2004年）。

47 《台灣文學兩地書》（張良澤編，台北：前衛，1993年2月初版），是東方白與鍾肇政信簡合集，通信時間為1979年至1991年，正好涵蓋《浪淘沙》自落筆至完成的時段。

及《眞與美》[48]第六部「壯年篇」後半之「大河濫觴」、「XYZ」、「冬天的故事」、「哈雷慧星」、「Hang on, Never Give up」等篇章，固然對於《浪淘沙》之創作經過有詳細交代，但未如《浪淘沙之誕生》創作日記的鉅細靡遺，可以清清楚楚看出蠶兒吐絲的艱辛過程，以及躓頓、休息、再出發的一步一腳印，日記中甚至將當天《浪淘沙》書寫的進度，在括弧內以簡短幾個文字註明敘事內容，可謂一目了然。讀著讀著，彷彿又重新溫習了一遍《浪淘沙》的故事情節，也使我對東方白與《浪淘沙》這部台灣文學經典之作都有了更加深刻的認識。

二、《浪淘沙》創作歷程

　　經過一九七九年初以來的準備、醞釀、構思，《浪淘沙》在一九八〇年三月十六日正式落筆，直到一九八九年十月二十二日全部完成，全書約一百三十七萬字，前前後後花了將近十年時光，幾乎是台灣文學史上不可能的超級任務。其間「工作」、「寫作」同時煎熬，東方白利用上班的空檔構思、打草稿，下班回到家，往往已精疲力竭，但為了寫《浪淘沙》，「熬夜」對他來說，可謂司空見慣，儘管日記裡一再提醒自己，到了午夜十二時務必喊停，不得過勞，偏偏他卻一再拚命、破誡，有時甚至於拖到凌晨三點才罷休。如此長期下來，用腦過度，精神透支，導致睡眠不足乃至失眠，健康大損，飽受頭痛、頸痛、腰痛、脊椎痛、

---

48 東方白《眞與美》（全套六冊，台北：前衛，2001年4月初版）。

氣管炎、憂鬱病之苦，但意志堅定的他依然抱病寫作，而且於散步、游泳、做操之外，嘗試打太極拳、練瑜珈、踩腳踏車來對抗頑強的病痛。

東方白畢竟還是因病情嚴重而返台兩次，[49]不得不停下筆來。其中憂鬱病最嚴重期間，即一九八七年十月八日至一九八九年三月十八日，長達一年半都在養病，除了服藥治療、坐禪、閱讀等，《浪淘沙》的寫作幾乎毫無進展，僅僅在一九八八年生日的隔天三月二十日，快寫了二頁（東蘭把照片扔到溪谷裏），以及一九八八年六月二十七日勉強書寫二頁（東蘭在俘虜營中）。由這段期間的日記，讀者當能感受到東方白遭病所累，無法提筆為畢生理想而奮鬥的沮喪。作家為了寫作，飽受如此身心之苦痛折磨，怎不喟嘆！也不免教人聯想起「倒在血泊裏的筆耕者」[50]——鍾理和。當兒子反過來為似乎失去鬥志的父親加油打氣，說：「Papa, never give up！You told me before, and now I tell you in return。」[51]、「Pa, I love you！」[52]這感人的一幕幕，令人為之動容。到了一九八九年三月十九日，五十一歲生日這天，東方白於聚餐回家後，「發狠」寫了半頁，[53]自此《浪淘沙》的寫作，柳暗花明，突然有了轉機，猶如「兩岸猿聲啼不住，輕舟已過萬重山」，總算一鼓作氣，完成了這一劃時代的鉅著。

---

49 即1983年3月和1987年11月。

50 參閱陳火泉〈倒在血泊裏的筆耕者〉，《台灣文藝》第1卷第5期（1964年10月）。

51 見《浪淘沙之誕生》1987年12月8日所載。

52 見《浪淘沙之誕生》1988年8月23日所載。

53 見《浪淘沙之誕生》1989年3月19日所載。

　　《浪淘沙》是東方白於四十二歲至五十一歲、思想成熟、體力最巔峰的盛年階段所留下來的代表作，在此之前，欠缺足夠的寫作功力和人生歷練；在此之後，則必然無足夠的精神與體力來完成。當然，東方白若是住在台灣，難免會因人事應酬而受到干擾，恐怕也寫不了此一鉅著。所以說，《浪淘沙》的誕生，有賴眾多因素才得以促成。東方白特別在《浪淘沙》書末臚列了一長串發自內心的、感謝的名單，他說：「如果把《浪淘沙》比作一座山，以上諸君便是這山的基石，而我不過是因為造山運動偶然被推到山頂的尖石，沒有他們的承托，這座山也不可能憑空從大地矗起，而且那麼龐大又那麼高。」[54]的確，如果沒有周遭這麼多親朋好友的幫助與支持，《浪淘沙》是不可能寫成的。而其中最值得感謝的人，應當是東方白夫人CC、鍾肇政和林鎮山三位，從《浪淘沙之誕生》的字裡行間可以進一步得到印證。

　　成功的男人背後必有一位偉大的女性，而《浪淘沙》之能夠誕生，除了東方白本身的努力不懈外，其夫人CC應居首功。她無怨無悔的支持、包容，以及生活上無微不至的照料，讓東方白無後顧之憂，她也陪著丈夫走過低潮，度過最艱難的時刻，諸如東方白憂鬱症日益嚴重，曾在日記上寫道：「晚小睡後，想了下節的一些情節，與CC互相按摩趾頭，新聞時間已經到了。」[55]寥寥數語，而夫妻之相濡以沫，歷歷在目。寫作方面，鍾肇政藉由

---

54 見《浪淘沙》，頁2067。
55 見《浪淘沙之誕生》1987年9月8日所載。又，關於鄭瓊瓊陪著東方白走過《浪淘沙》寫作的艱辛過程，其〈「浪淘沙」的背後〉提供不少第一手資料，此文收錄於《浪淘沙》，頁2037-2050。

魚雁往返，不斷地給予創作動力以及適時的精神激勵，如東方白於一九八九年三月十三日收到鍾肇政於一九八九年三月二日寫來的信，東方白在日記上記載：「接鍾肇政之信，稱《浪淘沙》是台灣文學的金字塔，會不朽，心裡十分溫暖。」[56]讓一度為憂鬱症所苦的東方白得到友情的慰藉，所以東方白會跟鍾肇政說：「誰像你如此多產，有如健壯的母親？誰像你給後輩作家這麼多溫暖，有如偉大的母親？」[57]至於《浪淘沙》創作過程中，從旁提供最多實質幫助的，當非林鎮山莫屬，[58]而他的姓名在《浪淘沙之誕生》也出現得最為頻繁。林鎮山利用在大學任教的方便，迅速提供許多東方白需要的小說背景資料；當章節稿成之後，先送請林鎮山閱讀，再面對面討論得失，給予東方白修正意見。人生有此患難與共的至友，可以無憾矣。

三、《浪淘沙之誕生》的價值

《浪淘沙之誕生》最主要的價值，在於提供了第一手的、最真實的作家生活資料，大有助於《浪淘沙》的文學研究，省去了研究者找尋資料的麻煩。

再者，《浪淘沙之誕生》透露了東方白創作大河小說之秘，

---

56 信函原文見《台灣文學兩地書》，頁226-227。《台灣文學兩地書》通信時間為1979年至1991年，正好涵蓋《浪淘沙》自落筆至完成的時段。

57《台灣文學兩地書》，頁249。

58 林鎮山附錄於《浪淘沙》的〈人本主義的吶喊——試論東方白的「浪淘沙」〉一文，對協助東方白寫作《浪淘沙》的種種，亦有所說明。

相當難得。為了寫《浪淘沙》，先前要準備的功課極多，諸如訪問、錄音、做筆記、閱讀各類資料以了解小說時代與社會背景、[59]實地勘查、整理台灣諺語……等，可謂工程浩大，其用功之勤，令人讚歎。落筆後，邊寫邊讀大河名著如《紅樓夢》、《靜靜的頓河》、《戰爭與和平》等，培養寫作氣氛，並且時時提醒自己「研究作者怎麼寫，敗筆或無聊的不要學，學他寫好的地方」。[60]其他寫作的步驟，包括訂定寫作大綱，按圖索驥；先打草稿，回家後直接下筆但不重謄；每一章剛開始須先交代時空背景與人物出場，埋下伏筆，因此寫得慢，感覺最痛苦，但即使不喜歡也不得不勉為其難去寫，一整天只寫一、二行甚或交了白卷，乃是常有的事；克服開頭的難關，以下就變得順手了；一節寫完，接著研究下一節的資料，歸納內容要點，如此周而復始。《浪淘沙之誕生》對於創作的細節，記錄得十分精密，應與東方白原是理工出身有密切關聯。讀者如果想從事長篇小說寫作，則《浪淘沙之誕生》無疑具有頗實用的參考價值。

另外，創作日記中記載了東方白大量閱讀的簡短感想，俯拾皆是，褒貶兼而有之，且直抒己見，毫不隱諱，充分流露東方白獨特的文學品味，我們可以從中探知東方白的文學觀，同時這也

---

59 東方白閱讀的資料包括天文、歷史、地理、哲學、偉人傳記、監獄內幕……等，幾乎無所不包，如《資治通鑑》、《中國幫會史》、《台灣人四百年史》、《甘地傳》、《金剛經》、《禪門三柱》、《二次大戰秘史》、《台灣日僑遣返日記》、《菲律賓旅行指南》、有關日本集中營的《The Enemy that Never Was》……等。

60 見《浪淘沙之誕生》1981年1月17日所載。

是《浪淘沙之誕生》最具文學性和可讀性的部分。東方白於《浪
淘沙》創作過程中，除小說背景資料的研讀、吸收、消化外，中
外文學名著或當代文學書籍更是他閱讀的重點。即使是東方白
最欣賞的小說家托爾斯泰、契訶夫、芥川龍之介，[61]或是《紅樓
夢》，他都表達其「東方白式」的文學批評觀點。重讀托爾斯泰
《戰爭與和平》後，他的看法是：「太多歷史重複描述及討論，
讀來乏味，有事件，但沒有必然之連貫性⋯⋯。」[62]關於契訶夫
較長的小說，東方白認為不如想像那麼好，他說：「作者最好是
寫極短的短篇，一長了就顯得鬆懈無力，失去主動力。長篇是最
需要大主幹的，而他只善於細彫，叫他寫長篇正如叫彫刻家當建
築師，美則美矣，細則細矣，但平淡乏味，沒有大氣魄的建築之
美，誰還會去細看花彫⋯⋯。」[63]讀完芥川龍之介的三本短篇小
說集，他的結論為：「他只寫出五篇不朽之作而已，特別是歷史
心理小說，其他小說只重技巧的玩弄，沒有真實感與道德心。原
因是他的靈感得自閱讀而非得自自己的感受，因此，變成沒有靈
魂的蠟像，不能感動人而且沒有個性。」[64]而在方言寫作觀念上

---

61 東方白曾向鍾肇政說：「我最喜歡芥川龍之介，他的文章我仔細研究過，幾
　乎可以背下來，他與柴霍夫 (Anton P. Chekhov，譯音之故，「柴霍夫」即「契訶夫」) 兩人
　是唯一能打動我而讓我學習的。⋯⋯可惜芥、柴二氏都死得太早 (35歲、43歲而
　己)，作品雖然華麗與細膩，卻缺乏托爾斯泰晚年的智慧⋯⋯，我的志願是
　想寫出幾篇具有芥氏的華麗，柴氏的細膩，托氏的智慧的短篇小說。」東方
　白致鍾肇政書簡所言，見《台灣文學兩地書》，頁16。
62 見《浪淘沙之誕生》1979年9月23日所載。
63 見《浪淘沙之誕生》1979年2月15日所載。
64 見《浪淘沙之誕生》1979年6月28日所載。

帶給《浪淘沙》極大影響的《紅樓夢》，[65]東方白就文學論文學，不客氣地提出批評：「『寶玉』在全篇裡十分沒有意思，神話參雜其間亦十分無聊，把寫實與寓言相加在一起，十分不調和，乾脆寫實不就好了嗎？」[66]

　　台灣和大陸作家作品，東方白以世界一流的水準來衡量，欣賞者固然有，其不滿意者就更多了，例如認為前輩作家鍾理和的《笠山農場》：「這是看過的台灣人作品中最成熟優美的一篇，雖然寫的是一個小地域，但它結實而充實地把所要表達的表達……樸素無華，不在文字上鬥奇爭妍，而在內容裡下工夫，特別景色描寫，台灣作家無出其右。」[67]與他同一世代的白先勇《台北人》：「他學《紅樓夢》，無選擇地巨細描寫，有如Baroque之藝術，華麗而繁瑣，但不能深入，印象不深，學曹雪芹，卻缺少曹的深入，十分人工，處處可見斧跡，沒有自然流露一氣呵成之美。但仍不愧是短篇能手。」[68]關於黃春明的〈大餅〉：「覺得他還停留在老地方，沒有進步，只是詼諧依然，讀來有趣。」[69]

---

65 他在〈命定──「浪淘沙」誕生的掌故〉中提到：「我常常在想，《紅樓夢》的最大成功，在於曹雪芹用他的母語寫他的對話，如果強迫他用台灣的河洛話或客家話寫《紅樓夢》的對話，不必說《紅樓夢》會有今天的成就，恐怕它早已被棄置罔顧不見經傳了，……我不能讓我們一百年前的老祖母在《浪淘沙》裡說一口流利的京片子，那簡直是天大的諷刺與笑話！所以我從《浪淘沙》的第一頁起就讓台灣人說全套純正的台灣話。」以上見《浪淘沙》，頁17、18。
66 見《浪淘沙之誕生》1981年4月14日所載。
67 見《浪淘沙之誕生》1979年10月1日所載。
68 見《浪淘沙之誕生》1980年12月1日所載。
69 見《浪淘沙之誕生》1983年7月6日所載。

陳若曦《突圍》讓他十分失望，說：「讀了半本，內容平凡，文筆粗劣，已落入『消費文學』的俗套。」[70]頗有交往而大約晚了一個世代的宋澤萊，東方白讀完其《廢墟台灣》，得到的感想是：「他是一頭野馬，有很多新鮮的構想，卻無法控制自己，原野狂奔，不知所終……」[71]純粹排除私交因素。此外東方白也看了不少大陸作家作品，認為沈從文的《邊城》是一篇「十分可愛的田園鄉土小說」，[72]而白樺轟動一時的《苦戀》：「只是理念型的作品，沒有真實感，而竟然能造成震撼，可見大陸文學水準之一斑。」[73]其看法可謂「一語中的」。

　　一般而言，各家各派對文學的看法，往往見仁見智，沒有絕對一致的標準，而東方白這些膽大心細的文學意見，言簡意賅，雖談不上是嚴謹、系統的文學理論，卻譬喻生動、言人所未言，令讀者印象深刻，值得細細品味。

四、一把辛酸淚

　　曹雪芹題《紅樓夢》，詩曰：「滿紙荒唐言，一把辛酸淚；都云作者癡，誰解其中味？」《紅樓夢》寫的是君權時代剝削農民的貴族家庭的興衰史，這是人生的悲劇更是時代的悲劇，全書有其思想深度和哲學追求，然因風花雪月的頹靡描述占極大比重，

---

70 見《浪淘沙之誕生》1984年1月18日所載。
71 見《浪淘沙之誕生》1985年10月18日所載。
72 見《浪淘沙之誕生》1986年11月25日所載。
73 見《浪淘沙之誕生》1985年10月29日所載。

毋怪乎曹雪芹題曰「滿紙荒唐言」。至於《浪淘沙》，敘述三個家族的人生散聚與離合，充滿崇高的人道精神、宗教情懷，意義結構非比尋常，當然不是滿紙荒唐言，而其誕生過程之艱辛，真是「字字看來盡是血，十年辛苦不尋常」，是以拿曹雪芹《紅樓夢》題詩的其他三句來形容《浪淘沙》則十分恰當。

　　紅迷一定心想，曹雪芹若留下了《紅樓夢》日記，詳細記載創作過程的點點滴滴，讓讀者更進一步走入作家別有洞天的文學世界，徜徉其中，那該多好！可惜，這只是「白日夢」！不過，《浪淘沙之誕生》的出版，卻讓東方白迷的夢想實現了，怎不彌足珍貴！

《真美的百合》結構語碼探析

提要

　　東方白《真美的百合》，經由結構主義的分析，其結構語碼蘊含的意義，十分豐富。在動作語碼方面，焦點集中，以真美一家人為主軸，真美身居其間，穿針引線，將小說前半部與後半部連繫起來，使整篇小說毫無鬆散、游離之病。疑問語碼方面，自始至終掌握住「阿爸的一生將如何」以及「真美是否獲得幸福」之懸念，吸引著讀者。內涵語碼方面，凸顯宗教情懷、人道精神以及表達族群融合的觀點，在技巧呈現方面，因引用經文及敘述故事甚多，難免予人過於用力之感。象徵語碼方面，以阿爸本身的對立結構，建構「死／生」、「暴力／和平」之對比效果和反諷意義，層次堪稱多元。文化語碼方面，呈現基督教文化面貌、山村農民生活和經濟活動，並且靈活運用台語和俗諺，增添全篇的文化內容，值得細細咀嚼品味。

關鍵詞：東方白、《真美的百合》、台灣小說、結構主義、語碼

壹、前言

　　強調「一個人可以被打倒，但不能被征服。他解決、征服空虛的辦法是：開啓另一個更長遠的寫作計畫」的東方白，[74]其最新長篇小說《眞美的百合》自二〇〇三年七月起在《文學台灣》連載，至二〇〇五年四月結束，計十章，共約二十萬字，跟一百三十萬字的《浪淘沙》[75]、一百一十萬字以上的《眞與美》[76]，或是三十萬字的《露意湖》[77]等全席型大著相較，《眞美的百合》[78]算是十分營養的、精緻可口的鄉土套餐。本文參考法國結構主義學者羅蘭・巴特（Roland Barthes）的文學批評方法，針對《眞美的百合》的結構語碼，深入探析蘊含其間的豐富意義。[79]

---

74 林麗如〈無求於外的文學僧——專訪東方白先生〉，《文訊》第207期（2003年1月），頁86。

75 東方白《浪淘沙》(台北：前衛，1990年10月初版)，包括「浪」、「淘」、「沙」三部。於1980年3月動筆，曾經因病中輟，直至1989年10月終於脫稿。

76 東方白文學自傳《眞與美》(台北：前衛，2001年3月出齊)，於1992年2月起筆，至2001年1月全部完成。

77 東方白《露意湖》(台北：爾雅，1978年9月初版)，據該書附錄東方白寫作年表所載，1975年9月起筆，1977年4月完成，1977年11月起於中華日報副刊連載，至1978年6月連載完畢，1978年9月出書。

78 東方白《眞美的百合》(台北：草根，2004年11月美洲限定版初版)。

79 結構主義泛指對潛藏表面現象裡共通組織的系統性結構探討，換言之，即是從系統性結構中發現其所蘊含的意義。參閱周英雄、鄭樹森合編《結構主義的理論與實踐》(台北：黎明文化，1980年初版)。

貳、《真美的百合》結構語碼分析

羅蘭‧巴特認為，我們對現實的認知都要通過既有的、現成的示意系統，同理，從文學得到的認知，也是要透過不同的示意系統或「語碼」（Code），而且可透過動作語碼（Proairetic Code）、疑問語碼（Hermeneutic Code）、內涵語碼（Connotative Code）、象徵語碼（Symbolic Code）和文化語碼（Cultural Code）等五種語碼來論析。[80]東方白《真美的百合》的結構語碼，考察詳列如下：

一、動作語碼

亞里士多德筆下的「動作」是指一個完整的情節（plot），有「開始」、「中間」及「結束」三個部分。一般小說，通常都有完整的情節，但羅蘭‧巴特筆下的「動作」不是單指「情節」，而是可以包括一切真正的、瑣碎的動作，並且其中也可以有特殊的分析意義。總之，在故事中，這些情節環環相扣，相互交搭，根據這個語碼，我們可以考察故事的所有行動。

關於東方白《真美的百合》完整的外在動作，全篇共分十章，故事情節概述如下：

第一章「人間仙土」：介紹小說的地理背景——楓樹湖，這是台北大屯山與面天山兩山北麓兩行下降的山脊所形成的一凹幽美

---

80 羅蘭‧巴特在《S/Z》一書分析巴爾扎克的短篇〈薩拉西納〉（Sarrasine），即以此五種語碼來詳細論析之。

山谷，生長了成片的楓樹，這裡風景美麗又遠離囂塵，住了幾戶農家，《真美的百合》的主角「真美」就是在這兒出生、長大、戀愛、出嫁的。

第二章「快樂農夫」：此快樂農夫正是「真美」的父親，他與太太育有一子四女。他是虔誠的基督徒，喜愛鋼琴，淡水中學畢業後，赴日留學，在「早稻田大學」念法律，兩年後祖父病危，他趕回台灣，卻因「閱讀共產書籍」被判刑入獄而輟學。出獄後，到楓樹湖修身養病，進而在此落地生根成了「農夫」，並且在一九四一年經做媒結婚。他們是山村唯一的一對「中學畢業」又兼「基督教徒」的恩愛、模範夫妻。此章詳細描述「家庭團契」的種種，其中作者刻意透過六首《聖詩》歌曲來營造基督教家庭的特殊氣氛。

第三章「兒童樂園」：此章主要在透過季節、植物、動物的描寫，勾繪楓樹湖不只是「人間仙土」，更是「兒童樂園」，洋溢著台灣小說極為罕見的，與大自然結合的趣味。

第四章「主日遠足」：描述「真美」一家人於星期天由山上到平地的「淡水長老教會」做禮拜的詳細經過，除了祈禱文，並且引用了兩段《聖經》經文和「猶大出賣耶穌」的故事。後半則描述「真美」一家如何去過每年最盼望的「聖誕節」和「舊曆新年」，充滿宗教的寧和氣氛。不過，也敘述了「真美」的伯父帶人上山摘橘子，結果鬧得全家雞犬不寧。

第五章「父女情深」：真美是全家四姐妹之中最小的一個，最獲阿爸的疼惜、憐愛，同樣的，真美也比其他姐妹更愛阿爸，更喜歡跟他親近，作者形容這一對父女就像「司公」與「神杯」。

父女之間的深情，東方白以下透過幾個事件來凸顯，包括父女夾著「水龜」同睡；眞美爲了護衛大兄，打傷同學，父親藉機以〈馬太福音〉的「論愛仇敵」經文來訓示女兒；父親帶眞美探尋山中瀑布，爲女兒解說「野百合」的象徵意涵；阿爸描述感人的〈上美的春天〉，巧妙地把故事角色與家庭成員結合在一起，啓發崇高的宗教情懷；敘說波蘭音樂家蕭邦創作「革命練習曲」的來龍去脈，認識其民族精神；講「馬偕牧師」的故事，激勵眞美勿因遭受挫折而喪失志氣；爲調養眞美的腸胃，買兩隻羊來飼，擠羊奶給眞美吃；揹眞美下山求診，唱聖歌以減輕女兒的痛楚；阿爸因肝硬化住院，與摘水蜜桃不幸摔傷手臂而住院的眞美有更多時間廝守在一起。這一個個小情節，細膩地呈現出父女之間的動人親情。

第六章「幸運小犬」：此章專寫「楓樹湖」土生土長的黑土狗——Lucky，約一萬五千字。Lucky本爲棄犬，幸爲眞美收養。Lucky之趣事包括：怕冷、膽小（建立信心後則善盡擔任真美保鑣之責）、與雞爲友、眞美生病時權充其枕頭、爲眞美馱「柑仔腳」的橘子去賣錢、自動地把眞美阿伯一路掉在半途上的魚丸都一個個撿回來、咬死頭小尾長的毒蛇「雨傘節」、向野狗搶回「做醮」用的雞鴨供物，另外也在半夜幫忙巡邏橘園，逼使鄰居「添壽仔」鬧出「滲尿」的笑話。以上莫不趣味橫生，令人莞爾。而以狗兒爲小說主角，在台灣小說來說，可謂「空前」也。

第七章「不幸生辰」：所謂「不幸生辰」，指的是「三姐」生於一九四七年二月二十八日，[81]眞美則生於一九五一年十月三十一

81《眞美的百合》，頁224。

日，作者愛恨的言外之意甚明。此章主要敘述阿爸於日治時代因「閱讀共產書籍」遭判刑三年，二二八事件後，阿爸再因過去的「不良紀錄」，被警總人員帶走，被關了三個月，以及每年的十月份自動到警備總部接受「集體管訓」。作者藉由眞美等候「集體管訓」歸來的阿爸，描寫溫馨的父女之情，難得一見。此外，巧筆側寫228事件後的恐怖屠殺，令人怵目驚心，不寒而慄。

第八章「馬鹿野郎」：大姐赴美留學，阿爸四處奔走，辛苦籌借留學保證金和船費，因教友和二姐已就業的高中同學相助而成行。二姐結識外省軍官，經鼓勵考取政戰學校音樂系，畢業後徵得雙方家長同意而結婚。此章最生動的是Lucky被軍車撞成重傷，中國軍人並無愧色，欲以德國狼犬交換，氣得阿爸破口大罵：「馬鹿野郎！」所幸由於阿爸和眞美細心照料，Lucky得以撿回一命，並且又收養小母狗「Kuma」，增添家裡不少趣味。又，老榮民搬來山上居住，Lucky被捕，若非勇敢的眞美機警搶救，Lucky必然成為老榮民下酒的「香肉」。

第九章「眞美喜事」：此章敘事以眞美為主。眞美上初中之前，阿爸帶眞美到北投泡溫泉，順便為眞美幼時摔傷而未能伸直的右臂復健，長達二個月，終於痊癒，父女情深，感人肺腑。初二起，眞美因為三姐的關係，認識就讀淡江學院的唐哥哥和林哥哥。三姐於實踐家專畢業後，與唐哥哥「有情人終成眷屬」。此後，林哥哥經常到楓樹湖走動，對眞美展開追求，因為彼此欣賞，心靈契合，談了一場詩情畫意的山村戀愛，十分另類、雋永。眞美由於家境關係，高中畢業隨即就業，未久，也跟林哥哥結成連理。此章值得商榷的是，林哥哥曾連著吟誦了九首詩

詞，[82]美則美矣，卻難免予人掉書袋之感。

第十章「奇異恩典」：阿爸肝病日益嚴重，這是他生命的最後一年，但他完成了楓樹湖「農藝推廣」和「電力供應」兩大心願。這年，眞美生子，疼愛眞美的阿爸幫她補坐月子，即使自己病重住院，仍關心著孫子的身體健康。阿爸住院期間，反過來由眞美照顧阿爸，親情刻劃細膩動人。阿爸跟眞美敘述「聖誕老公公」的故事，點出全書的主題──「愛」。阿爸終於在先總統蔣中正崩殂不久後安然辭世，深通人性的Lucky在墓旁守靈三日而偕亡，石厝後來又收養的小狗Kuma因此悒悒不樂，過不了一年也跟著死了，怎不悵然！看見亡後的阿爸，眞美恍然頓悟，原來阿爸正是上帝賜給她的「奇異恩典」。

小說如故事結局不佳，往往讓人沮喪、懊惱，猶如吃落花生，粒粒芳香，未料最後卻吃到一粒壞的、臭的，豈不掃興！《眞美的百合》的結尾「奇異的恩典」，東方白跳出窠臼，讓小說人物擺脫悲苦，心靈獲得宗教精神和親情眞愛的洗滌，勇敢地迎向希望的明天，使得讀者內心十分歡喜滿足，覺得享受到一場美好的文學饗宴。

東方白認爲，成功的小說不但要有精彩的故事內容，更要有眞實的人物背景，才能將讀者拉進小說的時空。[83]誠如《露意湖》、《浪淘沙》和《小乖的世界》，《眞美的百合》的故事情節亦皆有所本，是小說主角「眞美」的親身經驗，[84]眞實性非常之

---

82 詳見本論文附錄「《眞美的百合》引經據典分析表」。
83 東方白《眞與美》第五冊，頁50。
84 東方白提到，此一小說完全透過加拿大艾德蒙城與美國聖地牙哥之間的長途

高，這確爲追求「眞」與「美」的東方白小說的一大特色。不過，《眞美的百合》跟東方白的其他長篇作品一樣，都偏好插敘、鋪陳，[85]藉以豐富文化語碼，諸如引用基督教聖歌經文，以及林哥哥與眞美戀愛時吟誦的詩詞，乃至植物、動物的介紹，或是民間風俗、山村經濟生活的描寫，都相當多。插敘或鋪陳在長篇小說中固然不可不有，但也要拿捏得宜，否則過度的鋪陳或插敘對小說整體來說，是小說寫作的大忌，易導致敘事結構的鬆散，但《眞美的百合》在此一方面已較《浪淘沙》節制，[86]能夠注意到小說藝術欣賞的要求，使人讀來津津有味，當爲東方白表達功力深厚所致。

二、疑問語碼

這是傳統小說最常見的語碼，一般說來，傳統小說的最大興趣是「說故事」，誠如英國小說家佛斯特所言，說故事離不開「想知道後事如何」，讀者不斷地提問：「然後呢？」此乃人之常情；就故事本身來說，它只有一個優點：使讀者想要知道下一步將發生什麼。[87]提出懸疑和問題，可以挑起讀者往下看的興趣，

電話詳細訪談，在「邊談邊寫」的合作下，進行了一年半才告完成。以上詳見東方白《眞美的百合》自序，頁vi。

85 詳見《眞美的百合》「人物敘述故事分析表」、「引經據典分析表」，如本論文附錄。

86《浪淘沙》在敘事結構上最鮮明的特點，應是插敘故事和引經據典都非常之多，於整體結構言實有待商榷。參閱歐宗智《東方白「浪淘沙」析論》，東吳大學中研所碩士論文（2005年），頁40。

87 參閱佛斯特著、李文彬譯《小說面面觀》（台北：志文，1973年9月初版），頁43、

而小說發展下去則是要解決懸疑。換言之，小說的閱讀是從疑問的產生到疑問的全部解決，此疑問語碼正是構成小說懸疑的主要因素。《真美的百合》的故事情節不刻意安排激烈的戲劇衝突或峰迴路轉的懸疑，即使是阿爸不幸遭到冤獄之災，成了政治受難者，東方白依然輕描淡寫，把重點放在人物生活的起起伏伏，形成某種安靜平和的動人效果，其疑問語碼亦不強調突顯，不過，《真美的百合》主要人物阿爸和真美其性格和後事如何？當然仍是讀者所關心的。

　　阿爸生於一九一七年，[88]與俄國大革命同年，是家裡的老么，就讀太平國校、淡水中學，赴日本早稻田大學念法律，喜愛鋼琴，可以說既是「詩人」又是「鬥士」，卻因閱讀馬克斯《資本論》被判刑入獄而輟學。出獄後，放棄鋼琴、詩人、鬥士的夢想，到楓樹湖落地生根，成了「快樂農夫」，後經做媒結婚，育有一子四女，未料國民政府遷台，他又因以前的「不良紀錄」而被捕入獄。出獄後，仍然必須年年向警總報到，接受集體管訓，直到大女兒出國留學才停止。但他對於政治迫害，絕口不提，直到一九七五年蔣中正去世，他聞訊內心澎湃，在家激情彈奏蕭邦「革命練習曲」，直至琴弦斷絕，從此不再彈琴。阿爸身體不佳，因長期噴灑農藥，罹患肝病，轉為肝硬化，一再進出醫院，最後，在同年的母親節辭世。阿爸是虔誠的基督徒，重視家庭，這種「父母痛子兒，子兒愛父母」[89]的溫馨、和平氣氛，令追求真

　　114。

88《真美的百合》，頁6。

89《真美的百合》，頁402。以下出自原書之引文，逕於文末註明出處頁碼，不

美的林哥哥羨慕萬分。他和藹可親，是內心有「愛」的人道主義者，認爲世上只有善人與惡人之分，沒有國籍種族之別，即使遭受政治迫害，仍原諒、同情外省人，也同意心愛的女兒嫁給外省軍官。但他也批判不認同本土者，主張人一旦失去「尊嚴」，將永遠不得超生。這樣一個務農的知識分子，一生充滿理想性，是台灣小說中極爲罕見的典型人物。

眞美跟阿爸都是老么，也都瘦弱多病，一度因家境困難，差點成了別人家的「新婦仔」。她自小天眞可愛，跟父親一樣充滿愛心卻又有正義感，雖然個子小，但大兄被人欺負，她勇於出面一起對抗；土狗Lucky被老榮民抓走，準備當下酒的香肉，眞美展現機智，救出Lucky；因爲生肖屬虎，不得看老師的新娘，她不服氣，堅持要看個究竟，因而得罪老師，被老師找麻煩，她索性起而對抗，其個性之強，由此可見一斑，恰與瘦弱的外表形成強烈對比。她十分聰明，爲了存錢買花邊襪子，懂得採拾「柑仔腳」的橘子販售；爲了找幫手清除園圃雜草，想到藉由林哥哥說故事來吸引鄰居的小幫手。可見眞美有著做生意的頭腦。她慧根夠，背誦經文輕而易舉，對阿爸的機會教育，都能了然於心，並且力行實踐，說「蝴蝶的故事」[90]來激勵林哥哥，還教林哥哥看海來散心，使林哥哥恢復工作士氣。瘦小的眞美「對老父有孝、對老母有順、對人有情、對狗有義」（頁483），也有主見有個性有愛心，毋怪乎林哥哥會深深愛上她，而她也找到了好的歸宿。最

另詳註。
90 《眞美的百合》，頁436-438。

後，陪阿爸走完人生的最後一段路程，並且答應他，好好照顧阿母。

土狗Lucky也是《眞美的百合》不可不提的角色，台灣小說以超過二萬字的篇幅來刻劃一隻狗兒，可謂絕無僅有。Lucky才四週大，就被石厝收養，當時眞美四歲，彼此一見如故。眞美的童年時光，因爲Lucky的參與而難忘、有趣。阿爸最後一次離家住院，充滿靈性的Lucky天天在山腳車牌仔等候，阿爸久久未回，Lucky也垂頭喪氣，無心吃三餐。俟阿爸回家病故，Lucky整日伏臥棺木之下，點食不進，下葬後，Lucky繼續在墓旁守靈，三天後隨主人之去而死，Lucky之忠心及通曉人性若此，在人情澆薄的今日，怎不益加感喟！

小說結束時，猶如鐵三角關係的阿爸、眞美和Lucky，缺了二角，僅僅剩下眞美一人，令人悵然。不過，深情不移的阿爸和忠心耿耿的Lucky將永遠活在眞美心中，而且眞美也有了好的歸宿，建立了幸福美滿的家庭，讀者因此感到欣慰。

三、內涵語碼

依結構主義的觀點，作品裏某些字句與描寫雖是具體的呈現，但隱含某些意義，把這些有意義的文字組列起來後，往往便會發現這些文字共同指向比較抽象的意義，此一「內涵語碼」即爲英美現代文學批評所謂的「主題」或「主題結構」。[91]任何具有

---

91 參閱鄭樹森撰：〈白先勇「遊園驚夢」的結構和語碼〉，載周英雄、鄭樹森合編《結構主義的理論與實踐》(台北：黎明文化，1980年初版)，頁171。

藝術價值的小說，莫不蘊含崇高的主題，歸納起來，《真美的百合》表達了以下思想卓越的內涵語碼。

（一）宗教情懷

每一個人不管有無宗教信仰，對其生命都存有一種最後的預設或是所謂的「最終的關心」，[92]並且依此假設生活，信以為真，這也就是宗教思想的本質，提供了人生的基本意義、安全感。換言之，人的性格與生活行為都倚賴其內在的信念。人往往會去尋求這種被視為「永恆」的信念或真理，進而信奉某種宗教或哲學，構成自己的人生觀與價值觀。以上的宗教或哲學，很自然地會有意或無意的表現在文學作品之中，留下或隱約或明顯的宗教痕跡。東方白的小說，不論短篇或長篇，一直是呈現濃厚的宗教色彩，這些終極關懷的宗教背景，散發出讓人沉思的哲理。東方白認為，偉大的作品都有宗教做其背景，因為宗教是最普遍的一種終極關懷，也是人生的最高境界，只有達到這層次的作品，才稱得上文學的極致。[93]以《浪淘沙》為例，其中三個家族的主要人物，行事風格莫不是宗教性的，東方白特別在族群的分布與宗教的信仰上，做有意的安排，如丘雅言是河洛人，因家庭及唸教會學校的關係，篤信基督教；江東蘭是客家人，信仰禪佛；周明德為福州人後裔，他既參禪打坐，又是教會長老，可謂「百教合一」，充分流露東方白的宗教情懷。

---

92 馬林・金傑（G. Marian Kinget）著、陳迺臣等譯《論人》（台北：成文，1978年1月初版），頁322。

93 參閱東方白《盤古的腳印》（台北：爾雅，1982年5月）〈偉大的作品〉，頁58。

　　《真美的百合》一樣洋溢基督教的色彩與情懷，阿爸和阿母都是虔誠的基督教徒，也因淡水長老教會的牽線，兩人結為夫妻，成為楓樹湖的模範家庭。書中對於石厝家庭生活宗教氣氛的描述，著墨甚多，聖詩、經文、禱告一再出現，東方白詳細描述「家庭團契」的種種，刻意透過六首《聖詩》歌曲來營造基督教家庭的特殊氣氛。[94]第四章以「主日遠足」為主題，專章描述「真美」一家人於星期天由山上到平地的「淡水長老教會」做禮拜的詳細經過，除了祈禱文，並且引用了兩段《聖經》經文和「猶大出賣耶穌」的故事。後半則描述「真美」一家如何去過每年最盼望的「聖誕節」和「舊曆新年」，充滿宗教的寧和氣氛。第七章「不幸生辰」，阿爸被警總關了三個月之後回到家，唱完《聖詩》，阿爸改彈起悲泣哀禱蕩氣迴腸的「奇異恩典」，至本書最後一章，真美於父親葬禮後，痛哭一陣，來到溪邊，登上高聳巨岩，遙望大海，這時耳朵悠悠響起阿爸彈奏「奇異恩典」的琴聲，終而恍然頓悟，原來阿爸正是上帝賜給她的「奇異恩典」。透過宗教情懷，前後呼應，並且提升全書的境界，帶給讀者思想上的啟發與感動，提供一片恢閎深刻的反省空間。這樣的作品足以淨化靈魂，照亮我們心坎深處的黑暗領域，給我們帶來生存的希望與期待，可以說是葉石濤所謂「理想主義」的具現。[95]

---

94 參閱本文附錄「《真美的百合》引經據典分析表」。

95 台灣文學理論大師葉石濤是理想主義論者，其論鍾肇政小說時提到，每一位作家都有屬於自己的「作家之眼」，各有不同，但有一個普遍的原則，就是他的作品應該指引向善的人性，有淨化和昇華人類精神的作用，如果一篇作品不能鼓勵人們向真、向善、向美的道路邁進，反而引向墮落和黑暗，或者使

（二）人道精神

人道主義肯定所有人類的生命都是神聖的，具有至高無上的、永恆的價值及自主地位，人人都應受到尊重。主張作家必須是人道主義者的台灣文學耆老葉石濤，[96]曾一針見血地指出，《浪淘沙》這部台灣人命運的史詩，「是由巨視性的世界觀點來凝視台灣及台灣人的歷史性遭遇，又能站在本土性的土地和人民的立場來透視台灣人命運的小說……從來沒有一部台灣小說帶有這種超越國界、人種的超然立場」。[97]易言之，《浪淘沙》所關懷的層面是世界性的，而《真美的百合》賡續《浪淘沙》，其對人道精神的謳歌以及其「愛與光明」的崇高主題貫穿了全書。

阿爸為大姐出國留學四處籌借保證金和船費，一再遭拒，借用二姐已就業的高中同學李小姐之口，向不願借錢還猛潑人冷水的楓樹湖農產中盤商說道：「阮父母不時都列對我講：『若有人需要幫助，著盡量幫助人。』也復講：『錢不是人生的一切，錢欲趁就有，而且「生不帶來，死不帶去」，所以不通看尚重。』」（頁294）而阿爸雖受政治迫害，Lucky也差點被中國兵撞死或成了

人頹廢、萎靡，那麼這作品終必被人唾棄，被時代所淘汰。以上參閱葉石濤《台灣鄉土作家論集》(台北：遠景，1979年3月初版)，頁158至159。亦於自立晚報第三次百萬小說決審會議指出，所有偉大作家的資質裡都有某種理想主義在，理想主義是光明與救贖的象徵。（見何盛芬〈開拓長篇小說的廣闊世界──第三次百萬小說決審過程紀錄〉，《自立晚報》，1987年2月18日，葉石濤之發言。）

96 葉石濤於〈一個台灣老朽作家的告白〉說道：「作家要認真生活，刻苦過日，孜孜不倦地寫到死。簡言之，作家必須是人道主義者，奉獻和獻身是作家唯一的報酬。」見葉石濤《走向台灣文學》(台北：自立晚報，1990年3月第一版)，頁10。

97 葉石濤〈台灣人命運的史詩〉，收入《浪淘沙》。

老榮民的下酒香肉,但他並不因此痛恨「外省人」,原來他力行實踐《聖經》的話:「著愛為逼害佇的人祈禱,因為佇也不知影家己列創啥?」（頁328)其寬容的心胸,非常人所能及。而書中《聖經・馬太福音》「山上寶訓」之「論愛仇敵」經文,就先後出現了三次之多。[98]又,林哥哥對「林務局」的同事不滿,真美笑盈盈地告訴他:「對佇好的人,固然需要佇對怹好;對佇奧的人,更加需要佇對怹好……」(頁478)阿爸住院時,多了與真美單獨相處的機會,告訴真美「聖誕老公公」的故事,[99]原來每一個人都是「聖誕老公公」,揹袋中裝的禮物不只是「翁仔物」,也是「愛」,而這個布袋的禮物無論怎麼拿都永遠不會空,這「施比受更有福」、「愛永不匱乏」的人道主題,顯示東方白對此一至善境界的追求。事實上,文學作品正因此才得以真正的偉大、感人與不朽。

(三)族群融合

台灣於一八九五年割讓日本,被迫接受屈辱的殖民統治,不同族群的台灣人受到不公平的對待,於是對日本殖民統治者展開政治上、經濟上、文化上的抵抗,以追求平等的待遇。迄一九四五年日本戰敗投降,光復之初,台灣全島因掙脫異族暴虐統治而歡欣不已。詎料未久發現國民政府之統治體制很大程度上是日本總督府制度的延續,加以接收台灣後政經、社會、文化等

---

98 《真美的百合》,頁67、107、495。詳見本論文附錄「《真美的百合》引經據典分析表」。
99 《真美的百合》,頁530。

方面舉措失當，招致民怨，以及台灣人遇到疏離之後再回歸的許多調適上的困難，內心不斷地積累不滿，使得台灣人原先對祖國的憧憬與期待完全為之幻滅，終於爆發不幸的二二八事件，成了台灣人內心永遠的傷痛。一陣混亂與狂飆之後，島上籠罩著白色恐怖的陰霾，更令台灣人噤若寒蟬，並與外省人之間產生不可觸碰的族群情結。直到解嚴，政府重新面對、檢討二二八事件，朝野則進一步努力撫平這歷史的傷痕，期使我們的社會和諧、團結。

　　誠如陳芳明所言，族群、省籍、身分認同等等糾葛的問題，一直是東方白的小說主題，[100]而且是以開放、樂觀的襟懷來處理「本省／外省」族群問題，跨越國籍、種族，賦予人本關懷，像《浪淘沙》的黎立與周明德在四川結識，成為好友，來到台灣，兩人重逢，暢談敘舊；〈古早〉裡土生的姐姐玉蘭愛上番伯公眼中的「外省豬」——于中尉，目睹了省籍情結所造成悲劇的土生，其么女就嫁給了外省人，而且相處得十分融洽。《芋仔蕃薯》的主角馮震宇，生於屏東，父親是湖南人，母親是浙江人；《小乖的世界》的主人翁小乖，生於一九八〇年的台北，父親是隨軍來台的外省人，母親是台灣人，小乖本身就具有族群融合的身分，誠如彭瑞金所言，小乖清楚標示了「她」是台灣人個體和群體都經過全新的定位之後的「新生事物」。[101]《真美的百合》

---

100 參閱陳芳明〈大河與細流——序東方白短篇小說集「魂轎」〉，載《魂轎》，頁1-7。

101 彭瑞金〈「小乖的世界」——東方白的小說演繹〉，載《小乖的世界》書序，頁3-7。

裡，阿爸雖曾是政治受害者，靈犬Lucky被囂張的軍車撞成重傷，後來還險些成了老榮民下酒的香肉，但阿爸跟《浪淘沙》的周明德一樣，認為「世上只有善人與惡人之分，豈有國籍種族之別？」[102]當時，民間普遍存在的、典型的「省籍情結」，阿母對於二女兒要嫁給「外省的」，內心有所疑慮，但寬容無私的阿爸安慰阿母：「俺是列嫁『人』，都不是列嫁『省』。子婿才若好，您查某子復愜意，一切就OK，才不免去管『本省』抑是『外省』。」（頁333）於是眞美的二姐得以在父母祝福之下，滿心歡喜地嫁給大屯山頂雷達站的副站長王中尉。由此可見東方白在促進族群融合方面，始終不遺餘力、煞費苦心，值得居住台灣的多元族群深思再深思。

如上所述，東方白《眞美的百合》所欲傳達的內涵題旨，可以說是顯而易見的。

四、象徵語碼

羅蘭·巴特認為，象徵意義的產生，往往來自「區別」或「二元對立」，小說裡的「對立」，會逐漸發展成為龐大的對立模式，籠罩整篇作品，並左右其意義，[103]此一意義則提升了作品的藝術價值。而《眞美的百合》的象徵性對立意義，主要繫於阿爸身上。

---

102 此乃《浪淘沙》福州人家族代表周明德所言（見《浪淘沙》，頁1932），而周明德無疑是東方白人道主義之代言人。

103 參閱鄭樹森〈白先勇「遊園驚夢」的結構和語碼〉，收錄於周英雄、鄭樹森合編《結構主義的理論與實踐》（台北：黎明文化，1980年初版），頁172。

（一）和平與暴力

阿爸這樣一個務農的知識分子，充滿理想性格，是人道主義的實踐者，特別是一生愛好和平，寬容待人，作者在書中有許多相關的描述，如「阿母平時十分溫柔，阿爸卻比她更加溫柔，對太太與子女不必說，即使對一般世人也從來不曾動怒，更不用說惡言大罵了。」（頁16）他教育子女的方式，都是本乎「愛」與「和平」，由書中阿爸和真美種種親密關係的刻劃，如前所述，當可獲得印證。當然，阿爸也是不記恨的，對於自己之繫獄，雖如惡夢，但孩子一再追問下，他僅淡淡地回答：「唉，過去都過去丫，講彼欲創啥？還是想將來，較實際，也較有路用。」（頁269）所以即使Lucky兩次險些因外省人而喪命，阿爸並不因此而痛恨外省人，更不會阻止真美二姐嫁給外省軍人。不過，阿爸有其基本原則，對於不認同台灣這塊土地的人，他頗不以為然，比如有些來自中國大陸的名人墓園，墓碑面向遙遠的、海的那一邊的中國，自己腳下的土地卻不屑一顧，阿爸就極富哲理地做了以下的結論：「人的『尊嚴』上重要，彼是偅的靈魂，千萬繪使失去；一旦失去，就真正變成果戈里（Gogol）的『死靈魂』，永遠都繪得超生！」[104]而蔣中正去世之時，代表威權時代告一段落，已病得骨

---

[104]《真美的百合》，頁496。俄國作家果戈里（N. V. Gogol, 1809-1852）被譽為19世紀俄國寫實主義之父。1842年其《死靈魂》（V'hndst Leib）第1卷甫一出版，在俄國評論界引起軒然大波，形成讚賞與憤怒兩種極端。憤怒的一方表面看來是因為其呈現俄羅斯人民赤裸地貪婪、狡詐而感到不滿（波列伏依一派），然實際上，這場論戰深層裡牽涉到知識分子對於「農奴制」的複雜情結。19世紀初，正是俄羅斯的知識分子開始發出「君主憲政改革」、「取消農奴制」的呼聲。而果戈里在書中所顯露的保皇意識、對於地主莊園生活的想望，看

瘦如柴的、表面和平的阿爸，其表達內心激動情緒的方式為猛彈最喜愛的蕭邦「革命練習曲」，乃至將「中央C」的那條鋼琴弦給彈斷了，且從此不再彈奏矣，可謂深具象徵意義。

與阿爸形成強烈對比的是眞美丈夫林哥哥之父，林父和阿爸一樣，曾到日本留學，讀的是中央大學政治系，戰後因參加反國民政府的各種活動，乃被捕入獄，經家人搶救，才得以死裡逃生，此後十分失志，改為務農，由讀書人變成做田人。但是跟阿爸不同的是，林父教育八個兒子，一律採取打罵方式，謂為「日本精神」，恰與阿爸的「基督精神」相反，一是威嚴暴力，一為寬容和平；一是「老父及子兒的中間，沒痛沒愛，規日聽著的不是罵聲就是打聲，繪輸戰場」(頁402)，一是「父母痛子兒，子兒愛父母，不曾聽見罵聲，阿打聲都猶復較免講」(頁402)，二者形成強烈對比，令人深思。也因此，眞美家中充滿「可愛的家庭」的和平氣氛，使得林哥哥嚮往萬分！

《眞美的百合》書名亦蘊含象徵意義，第五章「父女情深」裏面，眞美跟阿爸、大兒一起進入山中，在飛瀑絕崖附近，看見七、八朵盛開的百合，美麗高雅，純潔可愛，阿爸說：「這『眞美的百合』哪會即倪美呢？因為伊生在沒人挽會著的石壁頂，沒必要受人腳踏，沒必要給人刀割……Mami啊，你以後大漢著愛學這『眞美的百合』，有聽也無？」(頁114)點出本書篇名的由來，同時也透露其「災難／和平」的象徵意義。「百合」乃「和平」

在當時積極提倡俄國民主解放運動的知識分子眼中，極不是滋味。就算是當時讚賞捍衛這部優異小說的重要評論家別林斯基，亦在寫給果戈里的信上，批判其反動論點。

的圖騰，對在歷史上多災多難的台灣來說，和平之美尤其值得珍惜，不言可喻。而一生追求愛與和平的阿爸，卻飽受政治冤獄之苦，當阿爸病故埋葬時，真美不忘將那「楓溪」摘來的聖潔的百合，連同象徵全家七口的七把土一起埋到墓穴之中，讓阿爸真正得到了安息。

（二）死生及其他

阿爸埋葬之後，墓地左側冒出一支新芽，這芽以後長成一棵繁茂的枇杷樹，第三年起，年年都結了滿樹纍纍的枇杷果，而且甜又多汁，阿母得意地說：「彼攏也是您阿公日夜列照顧的啊！」（頁549）此無異是阿爸的「死而復生」，具有「死／生」的象徵意義。又，完成楓樹湖「電力供應」，是阿爸的兩大心願之一，等到阿爸回來山上的第三天入殮，這個夜晚「台灣電力公司」給「楓樹湖」通電，一時之間，整個山谷由陰暗的「黑溝」變為燦爛的「銀河」，當然也代表了「死亡／永生」以及「黑暗／光明」的象徵意義，的確耐人尋味。

此外，值得一提的是，作者也刻意營造「春」的象徵意義，像是真美和阿爸常去三重埔就醫的姑丈開設的醫院就叫「立春醫院」；山上雜貨店每扇門都貼了紅紙金粉倒立「春」字的門聯；這「春」原代表的是「希望」、「復原」，只是此一倒「春」字反而成為「災厄」的代稱，怎不諷刺！後來，靈犬Lucky遭軍車衝撞，命在旦夕，牠被雜貨店老闆和「拳頭師」自溝底抱到木板門上，頭正好壓在那紅紙金粉倒立「春」字，所幸Lucky終於轉危為安。當阿爸病重，由醫院送回楓樹湖，還是由雜貨店老闆和「拳頭師」

合抬到山上，阿爸「始終閉眼倒臥在木板門，頭不偏不倚壓在那紅紙金粉倒立的『春』字上」（頁538）。此一「春」字是伏筆，其蘊含之「正／反」象徵意義顯而易見。

五、文化語碼

這個語碼原本就較難界定，因爲所有的語碼，歸根結柢，可以說都是意識型態和文化的。不過，由於「意義」基本上是來自某些背景和系統，因此對於「意義」真正的了解，必須同時是歷史的和批判的，亦即一方面掌握還原到本來背景的意義，另一方面同時審核現在所接納的意義。誠如鄭樹森所言，在進行實際批評時，我們除了對人物的行爲思想作意識型態的剖析，尚可以具體而微地討論文化系統裡不斷傳承的事物。[105]所謂格言、典故，乃至構成人類生活的種種現實，都屬於文化語碼的範疇。大體而言，《眞美的百合》的文化語碼可由以下三點分述之：

（一）基督教文化

重視作品思想性的東方白，早於寫作《浪淘沙》時，即有心透過主要人物丘雅信、江東蘭和周明德，呈現基督教、禪佛、「百合一教」[106]的哲學特色，可見東方白對於宗教思想的濃厚興

---

105 參閱鄭樹森撰：〈白先勇「遊園驚夢」的結構和語碼〉，載周英雄、鄭樹森合編《結構主義的理論與實踐》（台北：黎明文化，1980年初版），頁174。

106 「百合一教」於1844年創始於波斯，由教主Bob所創，倡「四海一家」、「世界和平」，主張上帝只有一位，只因異時異地，才派了不同的先知來這世界。其教義與世界三大宗教──佛教、基督教、回教──相較，大爲迥

趣。而《眞美的百合》則洋溢基督教文化色彩，我們可以看到東方白藉由眞美一家的生活細節鋪寫，對於基督教儀式有著十分細膩的描述，諸如「家庭團契」[107]、「主日學」[108]、「聖誕夜」[109]等，形成本書一大特色。此外，作者大量引用聖經、聖詩、聖歌，[110] 包括《聖經‧馬太福音》「山上寶訓」之「論報復」與「論愛仇敵」、《聖經‧腓立比書》第四章「知足常樂」、《聖經‧創世紀》第三章「歸做塵埃」、《聖詩》第346首「境遇好歹是主所定」、《聖詩》第141首「耶穌是佈的牧者」、《聖詩》第275首「至好朋友就是那耶穌」、聖歌「天父世界」、聖誕歌曲「聖誕鈴聲」、「平安夜」……等等，讀者當會輕易發覺作者欲藉由宗教來傳達人道思想的意圖，特別是許多經文由於東方白的整理潤飾，增添了宗教的氛圍與美感，讀者應當都可體會得到。當然，如此直接的援引基督教經文，也難免會予人過於用力之感。

（二）農村生活與經濟

東方白《眞美的百合》以台北大屯山「楓樹湖」爲背景，而且深入刻劃山村的農民生活以及經濟活動，其所呈現的文化語碼，在當代小說中可謂難得一見。

庭，起初被視爲異端，然終被一般知識份子接受而在世界各地傳播開來。詳見東方白《眞與美》第四冊，頁199-201。

107《眞美的百合》，頁19-23。

108《眞美的百合》，頁65-74。

109《眞美的百合》，頁87-90。

110 詳見本論文附錄「《眞美的百合》引經據典分析表」。

　　此書關於楓樹湖季節、植物、動物的描寫，主要出現於第三章「兒童樂園」，洋溢著與大自然結合的趣味，同時也勾繪山村農民生活的面貌。此地四季分明，植物種類繁複，台灣馬藍、山菊、箭竹、楓樹、榕樹、松樹、楠木、尤加利、橘樹、桃樹、李樹、龍眼樹、百合花、有麻醉功能的金奶芝、消炎用的「赤查某」、芭蕉、芎蕉、高麗菜……等；動物包括山豬、獼猴、金絲猴、貓仔（像狐狸）、白鼻心、松鼠、水蛇、錦蛇、青竹絲、雨傘節、龜甲花、鷂鷹、繡眼畫眉、台灣藍鵲、五色鳥、綠繡眼、紅嘴鷚鴿、白頭翁、斑鳩、麻雀、竹雞、雞、鴨、鵝、兔、羊、閨秀蜻蜓……等。「楓樹湖」可以說有如陶淵明〈桃花源記〉般的世外桃源，令人悠然神往。

　　東方白還不厭其煩地特寫採松茸、拾雞蛋、捕蝦、挖田貝、抓土蚓仔養鴨母、抓毛蟹和泥鰍、土虱，乃至抓野豬、養兔子、採蟬殼、挖竹筍、摘龍眼和橘子、做菜脯鹹菜、種刺瓜（胡瓜）、曬桑甚乾，以及做破布仔、桔仔餅、李仔酒、李仔粕……等等經濟活動的細節，趣味盎然，營造出濃郁的田園氣息，也讓讀者深刻了解村民為了尋求生存發展所付出的心力。

　　此外，作者介紹童趣遊戲，如「掩咯雞」、「掠猴」、「辦公貨仔」……等，以及吹狗螺、新婦仔、做醮、坐月子，和過年吃甜粿、菜頭粿、發粿的習俗，彷彿讓讀者置身其中。

（三）台語運用與寫定

　　雖然台語做為一種語言，包括閩南語、客家話、原住民各族母語，發音聽講都沒問題，但做為一種書寫與閱讀的工具，

現在各種拼音系統都有，如同葉石濤所言「讀者看得霧煞煞，根本看不懂，怎樣產生心靈交流？」[111]不過，東方白小說在台語運用與寫定方面，投注極大心力，力求突破，特別是自創作《浪淘沙》以來，小說語言之台語書寫，已成為東方白小說的一大寫作特色，而且成績斐然，[112]其後文學自傳《眞與美》以及小說《魂轎》與《小乖的世界》的台語對話書寫，益發爐火純青，特別是《眞美的百合》小說人物就跟《浪淘沙》一樣，自始即說全套的台語，充分展現了東方白特殊的寫作風格。[113]其中小說人物所說的台語相當活潑生動，讓讀者容易了解，也增添全篇的文化語碼，值得細細品賞。

為了充分表達台語的原味，累積多年台語寫作經驗的東方白積極造字，如「扦」(chhiam，刺)、「搋」(tu，刺插)、「嗅」(ph，嗅)、「剾」(lio，細切)、「奀」(bai，壞、醜)、「迤」(chia，這麼)、「躺」(nng，鑽入)、「軱」(kiu，龜縮)、「訊」(認識)、「濤」(thau，以藥物殺死)、「岱」(teh，重壓)、「坉」(thun，填土)……等，都別具匠心，頗具創意。詞語方面，東方白力求兼顧台語的形音義，如「目灑」(眼淚)、「空缺」(工作)、「炊超」(盛筵)、「氣活」(舒服)、「孔嘴」(縫的傷口)、「觺殼」(杓子)「愜意」(喜歡)、「應暗」

111 葉石濤與季季所言，見季季《寫給你的故事》(台北縣：INK印刻，2005年9月初版)，頁184。

112 參閱歐宗智〈崇高的宗教情懷與特殊的小說語言表現──論東方白大河小說「浪淘沙」的寫作特色〉，《東吳中文研究集刊》第9期(2002年9月)，頁283-300。

113 有關《浪淘沙》特殊的小說語言表現，請參閱前註。

〔131〕

（今晚）、「差教」（使喚）、「即馬」（立刻）、「假好梳」（刻意討好）、「打噗仔」（鼓掌）、「褪赤腳」（打赤腳）、「糞瑣桶」（垃圾桶）、「澹瀝瀝」（溼淋淋）、「橡乳箍子」（橡皮筋）、「翁仔物」（玩具）、「淺拖」（拖鞋）、打損（可惜）、「謳樂」（o-lo，讚美）……等，每每令人會心一笑。東方白也盡量在關鍵字之後加註羅馬拼音和解釋，避免產生閱讀上的隔閡。當然，其中不可能字字貼切，毫無爭議，如「江」（將）、「洪」（給人）、「汲」（khat，舀）、「水乾」（口渴）、「嘗散」（多少吃一些）、「嘴頗」（面頰）、「同姒」（tang-sai，妯娌）、「翶翶落來」之「翶翶」（ko-ko，滾滾）……等，不盡符合形音義，甚至於「話比貓毛較多」的「較多」[114]、「垃圾」[115]、「感覺見羞」的「羞」[116]等，與普通話無異，是以都還有商榷之餘地。不過，關於台語寫定的問題，東方白曾以《浪淘沙》為例，認為應採取開放、包容的態度，他說：「這不是一部憲法，我倒寧願它像一商品任君去選擇，美而廉就用，否則就不用，讓子子孫孫在使用中決定。」[117]此外，東方白也運用甚多台灣俗諺，[118]如「未吃五月節粽，破棉裘不願放」（頁26）、「囝仔人腳膛三斗火」（頁26）、「打折手骨顛倒勇」（頁163）、「閹雞趁鳳飛」（頁167）……等，使《真美的百合》的人物顯得益加生動。無論如何，《真美的百合》

114《真美的百合》，頁250。

115 骯髒也，《真美的百合》，頁200。

116 即「慚愧」，《真美的百合》，頁189。

117 見台灣文藝編輯部整理〈「浪淘沙」文學座談會記要〉，《台灣文藝》第123期（1991年2月），頁17。

118 詳見本論文附錄「《真美的百合》台語俗諺運用表」。

台語寫定的成績，有目共睹，不容忽視。

參、結語

　　東方白《眞美的百合》，經由結構主義的分析，其結構語碼蘊含的意義，可謂十分豐富。在動作語碼方面，焦點集中，以眞美一家人爲主軸，眞美身居其間，穿針引線，將小說前半部與後半部連繫起來，使整篇小說毫無鬆散、游離之病。疑問語碼方面，自始至終掌握住阿爸和眞美將會如何之懸念，吸引著讀者。內涵語碼方面，凸顯宗教情懷、人道精神以及表達族群融合的觀點，延續東方白小說創作一貫的主題特色；[119]拓掘作品的深度。在技巧呈現方面，因引用經文及敘述故事甚多，難免予人過於用力之感。象徵語碼方面，以阿爸本身的對立結構，建構「死／生」、「暴力／和平」之對比效果和反諷意義，層次堪稱多元，擴張了作品的寬度。文化語碼方面，呈現基督教文化面貌、山村農民生活和經濟活動，並且靈活運用台語和俗諺，增添全篇的文化內容。

　　一般而言，小說光有好故事，就像人有了一付好的骨架，這還不夠，因爲尚需要有深刻的思想和生動的生活描寫，才算是有血有肉。綜觀之，《眞美的百合》的結構語碼，當以其文化語碼最具特色，值得細細咀嚼品味。對台灣大河小說素有研究的

---

119 參閱歐宗智《東方白「浪淘沙」析論》(東吳大學中研所碩士論文，2005年)第4章「意義結構」第1節「人道精神」、第2節「宗教情懷」。

葉石濤，曾說：「台灣的長篇小說都以時代社會中的高潮，歷史中的悲劇性張力最高的事件為其焦點連綴而成，缺少踏實的『日常性』生活中，平凡的瑣碎故事背景，所以整本小說沒有生活之流的那可親性和真實性。」[120]而《眞美的百合》不刻意強調歷史事件，小說裡的一家之主雖是政治受難者，但東方白對於政治受難的部分，只是輕描淡寫，反而傾力敘述政治受難家庭成員彼此之間相濡以沫的親情，並且把重點放在「日常生活」的細膩刻劃，不但藉以反映時代社會變遷的暗流，也透過這樣的書寫方式，傳達出豐富的文化語碼，具備了一般長篇小說所缺乏的藝術性與美學結構，可謂成就非凡，值得重視。

---

120 葉石濤《走向台灣文學》(台北：自立晚報，1990年3月第1版)，頁157-158。

《真美的百合》人物敘述故事分析表

章名	故事內容	敘述者	頁碼
四、主日遠足	聖經之「猶大出賣耶穌」	「主日學」老師	70-72
五、父女情深	「上美的春天」	阿爸	116-118
五、父女情深	蕭邦「革命練習曲」的由來	阿爸	123-125
五、父女情深	馬偕牧師傳道的故事	阿爸	172-173
七、不幸生辰	聖經之「猶大出賣耶穌」	「主日學」老師	260-261
八、馬鹿野郎	二姐男友王中尉自敘其家世	王中尉	335-346
九、真美喜事	真美男友林哥哥插敘其大學時代室友於宿舍煮腰子的糗事	林哥哥	383-384
九、真美喜事	真美男友林哥哥自敘其家世	林哥哥	403-405
九、真美喜事	真美回溯學生時代的種種趣事	真美	409-410 411-413 414-415
九、真美喜事	蜻蜓的故事	真美	432-434
九、真美喜事	蝴蝶的故事	真美	436-438
九、真美喜事	蔣坦與秋芙的故事	林哥哥	442-443
九、真美喜事	真美自述「辦公貨仔」的童年回憶	真美	445
九、真美喜事	趙孟頫與管夫人的軼聞	林哥哥	451-452
十、奇異恩典	聖誕老公公的故事	阿爸	530

《真美的百合》引經據典分析表

章名	引經據典(含聖經聖詩)內容	使用者	頁碼
二、快樂農夫	《聖詩》第416首	阿母	19-20
二、快樂農夫	《聖詩》第65首之前二首	阿母	20-21
二、快樂農夫	《聖詩》第65首之後二首	阿母	21-22
二、快樂農夫	聖歌「是欲;不是欲」	阿母演唱	22
三、兒童樂園	*《聖詩》第416首	真美	48-49
四、主日遠足	《聖經·馬太福音》「山上寶訓」之「論報復」與「論愛仇敵」	文字敘述	67
四、主日遠足	《聖經·腓立比書》第四章「知足常樂」	真美	68-69
四、主日遠足	《聖經·創世紀》第三章「歸做塵埃」	真美	69
四、主日遠足	聖誕歌曲「聖誕鈴聲」	真美阿爸	86-87
四、主日遠足	聖誕歌曲「平安夜」	真美家人	89-90
五、父女情深	*《聖經·馬太福音》「山上寶訓」之「論愛仇敵」	真美	107
五、父女情深	《聖詩》第399首	阿爸	134
五、父女情深	聖歌「天父世界」	真美	146
五、父女情深	《聖經·馬太福音》「山上寶訓」之「論免煩惱」	阿爸	148-149
五、父女情深	《聖詩》第346首「境遇好歹是主所定」	阿爸	149-150
六、幸運小犬	《聖詩》第141首「耶穌是偲的牧者」	真美三姐	209
七、不幸生辰	《聖詩》第275首「至好朋友就是耶穌」	阿爸	267

七、不幸生辰	《聖詩》第397首「耶穌愛我我知明」	父女合唱	278-279
八、馬鹿野郎	法國名曲〈野玫瑰〉	二姐	350-351
八、馬鹿野郎	採蓮謠	眾人合唱	353
九、真美喜事	台語童謠	真美	412
九、真美喜事	李白詩〈靜夜思〉	林哥哥	420
九、真美喜事	儲關西詩〈詠山泉〉	林哥哥	421
九、真美喜事	李白詩〈白鷺鷥〉	林哥哥	422
九、真美喜事	白居易詩〈詠鶴〉	林哥哥	423
九、真美喜事	駱賓王詩〈詠鵝〉	林哥哥	423
九、真美喜事	隱巒詩〈逢老人〉	林哥哥	424
九、真美喜事	李白詩〈獨坐敬亭山〉	林哥哥	424
九、真美喜事	張繼詩〈楓橋夜泊〉	林哥哥	429
九、真美喜事	管道昇詞〈我儂詞〉（書中誤作「詩」）	林哥哥	452
九、真美喜事	聖歌「愛的根源乃是神」	阿母 二姐 三姐 合唱	490-491
九、真美喜事	＊《聖經・馬太福音》「山上寶訓」之「論愛仇敵」	真美	495
十、奇異恩典	＊《聖經・創世紀》第三章「歸做塵埃」	真美	533
十、奇異恩典	聖歌「奇異恩典」	真美	545-546

註：＊表示重複

《真美的百合》台語俗諺運用表

章名	俗諺	使用者	頁碼
三、兒童樂園	未吃五月節粽，破棉裘不願放	文字敘述	26
三、兒童樂園	囡仔人腳艙三斗火	文字敘述	26
三、兒童樂園	一支箸一點露	文字敘述	48
四、主日遠足	三人同兩面，以後無長短腳話	阿母	78
四、主日遠足	煞尾仔子吃較有乳	三姐	78
四、主日遠足	愛美著流血水	三姐	80
五、父女情深	人肉鹹鹹	真美大兄的小學同學	103
五、父女情深	打折手骨顛倒勇	阿爸	163
五、父女情深	閹雞趁鳳飛	姑丈之妹	167
六、幸運小犬	大武人大武種	阿爸	189
六、幸運小犬	死蛇活尾溜	文字敘述	211
六、幸運小犬	惡馬惡人騎	阿爸	212
七、不幸生辰	阿公疼大孫，老父痛細子	文字敘述	224
七、不幸生辰	話比貓毛較多	文字敘述	250
七、不幸生辰	囡仔人有耳無嘴	阿母	270
七、不幸生辰	＊囡仔人有耳無嘴	阿母	281
八、馬鹿野郎	人無志如旗無風	阿爸	287-288
九、真美喜事	一粒田螺泡九碗湯	阿母	383
九、真美喜事	＊囡仔人有耳無嘴	阿母	385
九、真美喜事	耳孔歇禮拜——聽不見	文字敘述	463

註：＊表示重複

東方白小說中神話與傳說的轉用及其思想之呈現

提要

「神話與傳說」跟小說的關係不但源遠流長，即使是當代小說，亦屢見對於神話與傳說的借引或運用。[121] 以超過一百三十萬字的大河小說《浪淘沙》而享譽文壇的東方白 (1938-)，其小說即與神話和傳說關係密切，尤其是短篇小說方面。東方白透過神話與傳說的轉用以呈現思想，形成其小說的一大特色，在當代華文世界中，可謂獨樹一幟。而東方白小說中神話與傳說的轉用方式，可歸納為兩類，一為神話與傳說成為小說的主要結構或主旨所在，戲劇張力強；一為神話與傳說只被小說人物所引述，並未推展情節及發揮戲劇力量。雖然東方白小說中神話與傳說的轉用方式，不全然成功，尚有

---

121 本文所謂之「神話」，採廣義的說法，即包括了神話、傳說和神仙故事在內。

可再商榷之處，無論如何，東方白小說之嘗試與神話和
傳說結合的用心及其成就，仍是值得肯定的。

關鍵詞：東方白、怪誕、神話、傳說、寓言

壹、前言

　　神話對後代小說的形成與發展，有著積極影響，神話和小說
都具有虛構的人物、故事，但神話的虛構是不自覺的；小說的虛
構是自覺的；神話的故事比較簡單，小說的故事比較豐富。正是
由於神話形式的不斷流傳與啓示，才促成了小說形式的產生。[122]
而神話的創作方法，也帶給寓言創作很大的影響，如在構成故
事時，神話往往表現出人類與異類可以互相變形的思想，像《莊
子》「莊周化蝶」即與「夸父化爲鄧林」、「鯀死化爲黃龍」、「女
娃化爲精衛」之互變相似。又，有的神話人物、材料則直接爲寓
言所採用，如《莊子·秋水》之「海若與河伯對話」、《莊子·天
地》之「黃帝得玄珠」……等正是神話人物直接影響下的產物。
甚至於後代民間故事《白蛇傳》、《梁山伯與祝英台》之類，都明
顯自神話與傳說裡吸取了營養。王孝廉指出，神話轉換爲文學以
後，雖然往往消失了它本身的神話意義，可是神話卻做爲文學中
的藝術性的衝擊力量而活躍起來。[123]樂蘅軍進一步認爲，神話與

---

122 參閱譚達先《中國神話研究》（台北：商務印書館，1988年8月，初版），頁143。
123 見王孝廉《神話與小說》（台北：時報文化，1986年5月，初版）附錄〈文學的母親——
　　「中國文學中的神話」座談會紀錄〉，頁331。

小說的關係不但源遠流長，而且「無論神話本身如何演變其內涵和風貌，小說始終都能以它自己的特性去涵攝和運用神話；或者將神話作小說的素材，或者是技巧運用上的道具，或者是思想的借喻，甚至是作品全部構思形式；總之，小說從沒有完全脫離過神話的影響和關聯。」[124]即使是當代小說，對神話與傳說的借引或運用，每有其象徵意義，且未脫離「神話再造」的範疇。

　　以長達十年時間寫作完成超過一百三十萬字的大河小說《浪淘沙》而享譽文壇的東方白，其小說即與神話和傳說關係密切，尤其是短篇小說方面，東方白透過神話與傳說的轉用以呈現思想，形成其小說的一大特色，值得深入去探討。

貳、東方白小說之數量及說明

　　到二〇〇六年十二月為止，東方白已出版的小說作品，一共九部，按出版先後順序，包括《臨死的基督徒》[125]、《黃金夢》[126]、《露意湖》[127]、《東方寓言》[128]、《十三生肖》[129]、《浪淘沙》[130]、《ＯＫ歪傳》[131]、

124 樂蘅軍語，同前註，頁312。

125 東方白《臨死的基督徒》(台北：水牛，1969年3月初版)。

126 東方白《黃金夢》(台北：學生書局，1977年10月初版)。

127 東方白《露意湖》(台北：爾雅，1978年9月初版)。

128 東方白《東方寓言》(台北：爾雅，1979年9月初版)。

129 東方白《十三生肖》(台北：爾雅，1983年9月初版)。

130 東方白《浪淘沙》(台北：前衛，1990年10月初版)。

131 東方白《ＯＫ歪傳》(台北：前衛，1991年11月初版)。

《魂轎》[132]、《小乖的世界》[133]，其中長篇小說《露意湖》、大河小說《浪淘沙》、中篇小說《ＯＫ歪傳》與本於一九九四年出版而又重新收入《魂轎》的中篇小說《芋仔蕃薯》之外，均為短篇小說，而在一九八三年以前所出版的短篇小說集《臨死的基督徒》、《東方寓言》、《十三生肖》之中，透過神話與傳說轉用的形式，以呈現其思想的作品甚多。從大河小說《浪淘沙》的寫作期開始，東方白依然採用「包孕」結構（embeddedstructure）的敘述模式，[134]讓小說裡的人物說故事，但故事的神話與傳說的色彩已不那麼明顯了。

叄、東方白小說中神話與傳說的轉用及其思想之呈現

細察東方白小說中，借引或轉用神話與傳說者，除了長篇小說和大河小說各一部外，[135]單篇則至少有八篇之多，茲分別探析如下：

---

132 東方白《魂轎》（台北：草根，2002年11月初版）。

133 東方白《小乖的世界》（台北：草根，2002年11月初版）。

134 所謂「包孕」結構（embedded structure）的敘述模式，是作者故意讓小說主要人物去說故事，甚至於有時因敘述策略的需要，而退居為聽述者。參閱林鎮山〈解構父權──東方白的「古早」與「芋仔蕃薯」〉，載東方白《魂轎》（台北：草根，2002年11月初版）附錄，頁274。

135 所謂大河小說是指巨幅長篇小說，鍾肇政〈簡談大河小說〉一文曾將大河小說進行分類，並就其內涵予以界說，謂：「大體而言，大河小說可分：一、以個人生命史為主，二、以若干世代的家族史為主，三、以一個集團的行動為主等三種類型，內涵則或首重個人精神之發展與時代演變遞嬗的關係，或以集團行動與時代精神之互動為探討的中心。」（中國時報，1994年6月13日第39版）。

一、〈臨死的基督徒〉

〈臨死的基督徒〉發表於一九六三年十月，這篇小說採用寓言形式，寫兩個犯強盜罪的死囚，一個是克力斯丁，因受洗成為基督徒而懷著靈魂得救的安閒心情，悄悄瞑目；另一個是輕蔑宗教的懷疑論者賀爾西，直到臨終前才徹底懺悔自己是萬惡的罪人，相信、承認耶穌是萬物的創造主，詎料因為並無神父為他施洗，懺悔時也沒有見證人，這時對於他是否得救，耶穌竟愛莫能助，表示必須先請示天父。結果年復一年，耶穌始終告知，天父仍在考慮，還沒作成決定，於是可憐的賀爾西只能守在界碑處，無法進入天堂。

依基督教信仰，天主具有創造、管理和救贖的功能，並且派遣耶穌來世救人。眾人相信天主，則自身的罪惡將獲赦免，使自己在死後有進入天國永生的希望。照理說，天主應是絕對公平的，對人不可能厚此薄彼，而且也希望人人均能得到救贖。所以德國神學家拉內（Karl Rahner）說：「上帝雖然永遠不是我們所能理解的，但祂以聖化（divinizing）和寬待的親近，主動向人表達了自己，上帝並非人類活動永遠高渺的寒星。」[136]這樣的信仰，透過神話、傳說而深植人心。但愛思想的東方白觀察到，本應講求內在修為的宗教卻囿於世俗形式的僵化，於是他藉由〈臨死的基督徒〉這個寓言故事，對此提出深刻的嘲諷與嚴厲的批判。呂興昌指出，〈臨死的基督徒〉用心之處不在宗教本身，而是企圖對

---

136 參見孫志文主編《人與宗教》（台北：聯經，1982年5月），頁62。

世俗化、形式化的宗教儀式進行嘲弄，認為人安身立命（所謂靈魂得救）的契機，並非外在有形的動作（施洗、見證），而是內心深處（臨終一刻的徹悟）所表現的真誠。[137]像這樣對於宗教的探討，一直是東方白小說的重要主題，發展至大河小說《浪淘沙》，更有了全面而深入的思考。[138]

這篇小說是東方白「少數幾個最愛的兒女之一，因為是最早誕生的，所以對他又具有以後諸兒女所沒有的特別深摯的感情」，[139]最後還成了他第一部書的書名。此篇修改重寫，經過七次退稿，才終於在《現代文學》刊出，雖然如此，東方白的多數朋友卻認為，這是他作品中最好的一篇。[140]其主要原因，正是藉著宗教神話的轉用所探討的思想哲理。

二、〈天堂與人間〉

〈天堂與人間〉完成於一九六四年，始終未公開發表，直到出版《臨死的基督徒》時才收入書中。此篇敘述一位祈禱會見亡故親人的虔誠教徒李彼得，在一次夢遊中，目睹了天堂的真相。東方白所謂的「天堂真相」，是生活在天堂的人，將永遠機械地重複某一個固定的動作，理由是他們選擇了生前最快樂的生活

---

137 見呂興昌〈走出痛苦的寓言——談東方白短篇小說的憂患主題〉，載台灣作家全集之《東方白集》（台北：前衛，1993年），頁278。

138 詳見歐宗智〈追求文學的極致——談「寒夜三部曲」與「浪淘沙」的宗教情懷〉，載《走出歷史的悲情——台灣小說評論集》（台北：台北縣政府文化局，2002年12月），頁105-118。

139 見東方白《真與美》（台北：前衛，2001年3月）第一冊，頁305。

140 見《臨死的基督徒》自序，頁4。

方式去消磨時間，爲了避免重複所帶來的單調與枯燥，上帝賜予每個天堂裡的靈魂以健忘的本能，使他們週而復始地享受毫不厭倦的快樂時光。於是李彼得見到的父母是在舞會初次見面的年輕男女，而李彼得自認是他們的兒子，他們當成是荒唐的笑話；李彼得第二個見到的親人是純潔無瑕的修女姊姊，不料決心奉獻於上帝之前的姊姊，正在牛廄草堆裡跟男人幽會。接著，李彼得見到才八歲大就去世的哥哥，結果李彼得的哥哥當然也無法接受這位中年的「弟弟」。最後，李彼得看到了嗜讀哲學，於中年逝世的弟弟，他住在介於天堂與地獄之間的地區，與古代、近世的哲人晤談，李彼得只能從極樂展望台呼喚弟弟，等弟弟循聲奔來眼前，卻又模糊地消失不見，於是李彼得絕望地離開天堂，終於自睡夢中醒來。

　　基督教徒嚮往天堂，乃天經地義，諷刺的是，酷嗜思想的東方白透過天使，揭示天堂的眞相，說：「天堂是最自由不過的了，每個人都有自由選擇他一生中最快樂的生活方式去消磨時間。但正如你所說的，他們若老是重複著同樣的生活，再快樂的生活方式也會變得枯燥無味而令人厭倦。」[141]這讓李彼得的生命有了全新的體認與覺醒，也就是「所謂天堂正是最美好的人間生活的切片，與其寄望未來某一切片的不斷重複，不如掌握此生每一美好時刻的歡欣，如此，人間實即天堂，天堂何必外求？」[142]於是他更加珍惜現實世界的一切，認爲人世間樣樣皆美，他繼續

---

141 見《臨死的基督徒》，頁132。
142 見《臨死的基督徒》，頁275。

上教堂、念聖經、研究聖經，安靜滿足地過日子。明眼的讀者不難看出，東方白透過李彼得的夢遊，表達他對於「天堂與人間」之差別只在一念之間的了悟。

　　東方白這篇小說的設計，可以說植基於宗教學裡「死亡」的主題，其中涉及死後的世界、死後的審判、死後的去處、天堂與地獄……等等，東方白運用神話轉化技巧，使文學哲學化，讓人反思，什麼才是真正該有的生活方式。

三、〈孝子〉

　　〈孝子〉於一九七五年發表，收入《東方寓言》。此篇主人翁是蘭陽平原某村莊白手起家的百萬富翁，其父生前聲名狼藉，兒子卻十分孝順。其父死後，這位孝子斥巨資買墓地、棺木，舉行宜蘭有史以來最熱鬧的葬禮，然後準備了一塊大理石墓碑，打算刻上最體面的墓誌銘。孝子識字不多，花錢請人代筆，雖然其父一無所長，代筆者已經違心寫了許多根本不相襯的好話，但孝子依然不滿意，於是孝子親自到墓場去抄寫別家墓誌銘的佳句，好將父親寫得盡善盡美。這天下午，孝子在墳地抄寫墓誌銘上的文句，抄累了，忍不住坐下來，靠在一塊墓碑休息，不知不覺睡著了。當孝子張開眼睛，天已差不多黑了，他卻聽見滿墳地石頭相互琢磨的聲音。原來是陰間的牛頭馬面，拿著叉戟，在墓地到處巡視，監視一座座墓碑前跪著的白衣男女，手裡拿著石頭，用力磨去墓誌銘上的文字。這些原本在陰間的人，閻羅王白天是罰他們上刀山之類，晚上則罰他們回世間洗刷不該有的虛名，亦即誰的墓誌銘寫得多寫得不實，誰就得多磨，直到每個不實的碑文磨

光爲止。偏偏這些好不容易才磨光的字，等天一亮，磨光的字又顯出來了，如此週而復始，苦不堪言，那些墓誌銘寫得多的，莫不抱怨「愛面子」的兒女反而害得他們「死受罪」。

天漸漸亮了，孝子悻悻然走下山。不久，孝子爲父親豎立的墓碑除了姓名和生死年月外，竟然找不到一行墓誌銘。鄉人自此就不再稱他是「孝子」了。

無論東方或西方宗教，都有天堂與地獄的說法，經過審判，好人上天堂享受極樂，壞人下地獄接受苦罰，乃是天經地義。東方白透過民眾對「天堂與地獄」思想的認同，諷刺一般人的敬畏神明，卻又徒重虛表，忽視內在的修爲，此與〈臨死的基督徒〉之批判宗教囿於世俗形式的僵化，可謂有異曲同工之妙。

四、〈東東佛〉

〈東東佛〉於一九七七年發表，收入《東方寓言》。東方白大膽而又巧妙地將東方與西方神話揉合在一起，導引出生命終極意義的深層思考。

西方古希臘神話中，知名的悲劇人物薛西佛斯，由於洩露了天帝宙斯誘拐河神伊索普斯之女伊琴娜的秘密，以及把死神給加上鐐銬，使人間一度無人死亡，令閻羅王（Pluto）受不了，所以被判處永遠推石上山的、徒勞無功的苦刑。[143]薛西佛斯即小說中的「西西弗」，慈悲爲懷的東方覺者釋迦牟尼，認爲西西弗爲了正

---

143 此「薛西佛斯神話」參閱卡謬《薛西佛斯神話》（張漢良譯，台北：志文，1974年11月初版），頁139-143。

義，揭發惡人的醜行，又為了人道，延長人類生命，不應接受這種無窮無盡、毫無指望的天譴。釋迦牟尼想，西西弗的痛苦在於推石上山的歷程，與巨石一到山頂便又自動滾落山谷的徒勞之感。於是釋迦牟尼設法使那山頂長出一片蓮葉，當西西弗把石頭推到蓮葉上時，蓮葉忽然長高變大，把石頭擎到半空中，任那石頭在蓮葉中像顆露珠一般地滾動著。

這種東方獨有的「蓮葉釋厄」方式，卻給西西弗帶來新的痛苦。因為免除苦刑後，西西弗反而覺得人生多麼無聊與厭倦，他早已「認命」的悟出了，既然推石上山是必然的工作，而且工作中充滿抗衡與奮鬥的感覺，推石上山就不再無聊、痛苦，甚至於推石至山頂而小立片刻，也有完成工作的滿足與快樂，儘管石頭滾落山谷，不免徒勞的嘆息，然一旦雙手再度觸及山下的石頭，馬上又有山頂的目標，享受登頂歷程的激昂，也就是無時無刻不快樂。如此，釋迦牟尼的「蓮葉釋厄」豈非多此一舉！

西西弗花了一千二百年獲致的覺悟，贏得釋迦牟尼的讚賞，認為他離佛道不遠，於是釋放蓮葉上的巨石，使西西弗重新獲得推石上山的機會。不過，西西弗這種解決生命之荒謬的方式，儘管樂在其中，無疑卻是對諸神的蔑視，奧林帕斯山上的天神無法忍受西西弗把殘酷嚴厲的天譴，轉化成戲耍的享受，於是命大力士海克力士將他逐出天界，拋入冥獄。半途，西西弗被釋迦牟尼接住，正當他深苦天界不留，冥府無份之際，釋迦牟尼宣布他已成佛，此後將永住東方極樂世界，並且更改名號為「東東佛」。

東方白透過名字的更易，把西方的否定（西西「弗」）轉化成東方的肯定（東東「佛」），呂興昌指出：「這意味著深受西方文化影

響的東方白，回頭企圖從東方智慧尋求解決終極問題的想法：只有從無限慈悲的人道關懷中體恤人類的掙扎與抉擇，才能上達天道的圓滿。」[144]此誠一針見血之論。而東方白以神話轉用來呈現思想的小說創作手法，亦可謂獨樹一幟也。

五、〈道〉

〈道〉與〈東東佛〉同年發表，亦收入《東方寓言》。東方白藉由中國古代的仙鄉傳說，完成這一篇充滿神話色彩的作品。

古代的天災、時疫以及持久的戰禍，為初民平凡的肉體與短促的生命帶來嚴重的危機感，因此他們渴望著遙遠的大地邊緣上存在著理想境界，而以前住在東方海邊燕齊一帶的人們，相信東方海上有蓬萊、方丈、瀛州三仙山，那兒有黃金白銀做成的宮殿、白色的飛禽走獸，還住著持有不死藥的仙人。[145]〈道〉這篇小說即以《史記》所描繪的仙山做為場景來佈局，戰國時代魯太子奇為解決困擾心頭的三個問題：他為什麼生到這世界來？他活在這世界有什麼意義？他要如何生活才能獲得最大的快樂？於是他從宮廷大臣到泰山隱士、海濱老人、海上神仙，所有他所訪尋的對象都不能為他解答。最後，當不斷追尋的他回到出發的原點，

---

144 同註137，頁277。

145 見《史記卷二十八‧封禪書第六》：「自威、宣、燕昭使人入海求蓬萊、方丈、瀛州，此三神山者，其傳在渤海中，去人不遠；患且至，則船風引而去。蓋嘗有至者，諸僊人及不死之藥皆在焉。其物禽獸盡白，而黃金白銀為宮闕。未至，望之如雲；及至，三神山反居水下。臨之，風輒引去，終莫能至云。世上莫不甘心焉。」

太子奇終於徹底了悟，然而當他準備將自己所了悟的答案帶回王宮與人分享，卻發現王宮已成瓦礫荒草，時代也已歷經秦漢，芸芸眾生竟無一人相信其遭遇，遑論聆聽他所領悟的人生道理。

小說自始至終並未明白交代，太子奇所悟之「道」爲何？依小說脈絡去推測，東方白透過傳說的轉用，企圖表達的是，生命的疑問縱然有其答案，任何人也都必須窮其一生，親自去尋覓才能獲致，絕對無法經由別人告知，也無法轉告他人。換言之，「終極關懷」固是生命的最高追求，但落實於現實人生，難免知音者稀，豈不感慨！

六、〈尾巴〉

〈尾巴〉於一九七八年發表，收入《東方寓言》。東方白從神話中汲取靈感，創造出亦莊亦諧的「尾巴鄉」，經由主人翁的進出尾巴鄉，指出「有尾」或「無尾」荒謬的本質。

人類無尾巴，乃視有尾巴爲異常。事實上，中外神話裡，「尾巴」是備受尊重、推崇的。希臘神話中，宙斯之子克瑞希歷斯爲了補償過錯而前往殺死所謂不死的惡獅，惡獅死後化爲天上最剛烈的星座——獅子座，獅子座的符號即以獅子強而有力的尾巴作圖案，象徵無限的生命力和充滿王者霸氣的威嚴。又，中國神話裡，長尾的龍、蛇往往是力量與生命的象徵，甚至看成是土地的化身，爲原始人所羨慕，[146]是以有許多中國神話人物是有

---

146 參閱潛明茲《中國神話學》(寧夏：寧夏人民出版社，1994年5月，第1版)，頁243-245、329。

尾巴的，如西王母「其狀如人，豹尾虎齒而善嘯」[147]、昆崙丘上黃帝帝都的守衛者陸吾「其神狀虎身而九尾」[148]、「和山」山神泰逢「其狀如人而虎尾」[149]、鍾山之神燭陰「身長千里。……人面，蛇身，赤色」[150]、共工之臣相柳「九首人面，蛇身而青」[151]、雷神「龍身而人頭，鼓其腹則雷」[152]、化生人類的大母神女媧「人面蛇身，一日中七十變」[153]、澤神延維「人首蛇身，長如轅，左右有首」[154]……等。換言之，尾巴是一種神異的組合。

　　東方白〈尾巴〉中的一位聾啞學校的老師阿九，遠赴合歡山與奇萊山尋採人參，不幸被「尾巴鄉」人所捕。尾巴鄉人把尾巴當神崇拜，認爲尾巴是榮耀、完美、至善的象徵，他們的科學證明，尾巴是人類進化的確認，人而無尾乃是一種嚴重疾病。他們認爲阿九患了良性無尾症，強迫給予一整年的激尾素治療，當他長出一條五尺長的尾巴，他不但學會尾巴鄉的語言文字，甚至對尾巴不再反感，反而由衷的讚嘆：「啊，尾巴多麼重要！沒有尾巴真不知道要如何活下去？……」[155]後來阿九和有著漂亮尾巴的護士女友「娓娓」相偕上山野餐，不幸遭黑熊襲擊，在力搏黑熊

147 見《山海經》第二卷《西山經》。
148 見《山海經》第二卷《西山經》。
149 見《山海經》第五卷《中山經》。
150 見《山海經》第八卷《海外北經》。
151 見《山海經》第八卷《海外北經》。
152 見《山海經》第十三卷《海外東經》。
153 見《山海經》第十六卷《大荒西經》郭璞注。
154 見《山海經》第十八卷《海內經》。
155 《東方寓言》，頁147。

中,頭因碰撞而昏迷不醒。醒來後,尾巴鄉已不存在,他無奈地回到平地的無尾世界,極不情願地接受痛苦的「斷尾」手術,他辛酸地想著,人為什麼不能有「有尾」的自由?

東方白藉由傳說的轉用,將小說的重點放在阿九此一角色經過「生尾」、「斷尾」的心路歷程,嚴肅地思考人性易被扭曲、改造、收買的脆弱本質。在阿九身上,我們清楚看到,從排斥反抗到隨順屈從再到心悅誠服的改變過程,它讓人反省,在單一政治意識體制管控下,無助的民眾絕不被容許有任何異議,豈不可悲!東方白對於七〇年代台灣之威權統治的諷刺,昭然若揭。史峻指出,〈尾巴〉是對台灣人所呈現的斯德哥爾摩症狀的一種批判。[156]可以說,為讀者提供了嶄新的觀點。

七、〈棋〉

〈棋〉於一九八〇年發表,收入《十三生肖》。這篇小說的創作背景,也與仙鄉傳說有關。

小說中的「我」,嗜好下棋與爬山,某年夏天,「我」獨自一人去看大霸尖山的日出,後來為了找水喝,在山腳下一片樹林盡頭的小空地裡,發現兩個七、八十歲的老人,一黑鬍一白鬍,兩人坐在一塊大石頭上面對面下象棋。滿心好奇的「我」,足足站

---

156 史峻〈後殖民反思──東方白「古早」及「尾巴」的主題形式和功能〉,《台灣大河小說家作品學術研討會論文集》(台南:國家台灣文學館籌備處,2006年12月初版),頁80。所謂斯德哥爾摩症狀(Stockhlom Syndrome)最早是由心理學家尼爾貝杰羅(Nils Bejerot)因1973年發生在瑞典的一件銀行綁架案而提出的,事件中被害人最後卻和綁架者發生親密的感情。

立三小時，觀看他們下棋，不料兩人宛如兩尊木刻的雕像，才只下了一手棋，「我」不覺失去了觀棋的興致，加以天色已暗，於是悄悄離開。

隔年，「我」決定在結婚失去單身自由之前，再爬一次大霸尖山。「我」依照上次的路線，來到兩位老人下棋的地方，待「我」走近，才發覺去年的白鬍老人已經不見了，大石頭上只剩下另外那一個黑鬍老人，依然把雙手交插在衣袖之中，一切彷彿都不曾改變，而棋盤也僅僅比去年多走了一步，他們下棋下得如此之慢，令人難以置信。「我」等了好一陣子，那白鬍老人並未回來，觀棋的「我」索性代替了那白鬍老人，與那黑鬍老人下了一盤棋，結果「我」不到三分鐘，就以「雙砲將」贏了這盤棋。「我」未料黑鬍老人棋力如此之低，覺得掃興，隨即告辭，這時「我」才發覺腕錶已經停了。等到「我」回到山莊，竟然人事全非，再回到家，景觀迥然不同，「我」告訴大家，只是在山中與人下了一盤棋，但無人相信，未婚妻悄悄問他：「你不用瞞我，這十年裏，你到底跑到哪裏去？」[157]接著家人硬要「我」就醫，「我」堅持自己只是在山中下了一盤棋，結果被判定是瘋了，必須留院長期治療。然而，到底誰才是瘋子呢？東方白藉著仙鄉與人間的去來，向世人提出這樣值得深思的問號。

八、〈普陀海〉

〈普陀海〉與〈棋〉同年發表，收入《十三生肖》，小說裡的百

157《十三生肖》，頁27。

萬富翁阿狗舍，夢想將佛寺蓋在海中小島，此亦與仙鄉傳說有關。

　　阿狗舍在瑞芳發現了三座金礦而成了百萬富翁，從小在海邊長大、對海有無端偏愛的他，一生就只剩下最後一個願望，便是在海上買一個小島，命名為「普陀山」，並且在島上蓋一間普陀寺，然後年老時在佛寺裡誦經參禪，安度餘年。可是阿狗舍十幾年來遍訪台灣各地的地產經紀人，卻始終沒聽說有誰在賣海上的小島。有一天，某位漁夫帶了一幅海圖，聲稱擁有一個花崗石無人島，阿狗舍朝思暮想早日買到海島，於是用一座金礦換來這幅海圖。又有一天，一個風水仙帶了一只羅盤來找阿狗舍，表示願為阿狗舍到普陀山勘查地理，以便來日興建佛寺奠基之用，阿狗舍盤算之後，便把一座金礦給了風水仙，並叫那賣島給他的漁夫用船把風水仙載到普陀山去。不久，一位泥水匠來找阿狗舍，告訴他修建寺廟十分內行，阿狗舍因年歲已大，不知自己還能活多久，為能達成願望，他就把最後一座金礦給了那泥水匠，並遣人叫那漁夫與風水仙把那泥水匠及一些工人載到普陀山去。此後，他一貧如洗，連親人兒子也離他而去。一年又一年過去了，整日站在海邊的阿狗舍，始終望不到由普陀山開來的船隻。到了第五年，阿狗舍便病死了。臨終時，他告訴守在身旁的礦友，把他的遺體火化後，放入骨甕，等到普陀寺完成之日，再叫他的家人把骨甕帶到普陀寺去歸靈。

　　三十年後，一個叫「太虛」的和尚，聽到阿狗舍的故事，十分感動，於是到處打聽那漁夫、風水仙以及泥水匠的下落，卻毫無消息。太虛和尚用一年沿街化緣得來的善款，租漁船帶著阿狗

舍的骨甕到傳聞中的海上尋找普陀山，可是一無所獲，最後只好把阿狗舍的骨甕投入海中，又爲了紀念阿狗舍的心願，就將這一片海域命名曰「普陀海」。

阿狗舍之尋找海上仙山，以及其後漁夫、風水仙和泥水匠等人乘船去普陀山，無疑脫胎於中國古代的仙鄉傳說。阿狗舍付出大半生的歲月以及所有財富，欲求得海上普陀山，結果只是一場「虛空」。東方白於故事結束之前，安排「太虛」和尙來收拾殘局，當有其寓意。畢竟人生在世，與其追求不切實際的虛幻之境，何不好好把握當下，珍惜眼前擁有的一切呢？

九、《露意湖》

《露意湖》於一九八〇年發表，長約三十萬字，然故事梗概簡明，兩位赴美國、加拿大攻讀碩士學位的台灣留學生，因緣際會，由相識、熱戀進而私下訂婚。未料女方原本父母離異，女主角又是獨生女，自小由寡母扶養長大，母女相依爲命，寡母不願女兒太早結婚，乃居中作梗，百般阻撓，造成岳母與女婿之間的衝突、傾軋，女主角則成了母親和情人之間的夾心餅乾，左右爲難。最後女主角礙於親情，選擇留在代表「傳統」的母親身邊，從加拿大趕回台灣力挽狂瀾的男主角只好鎩羽而歸。

書名《露意湖》即因神話而來。書中的男女主角在同遊「露意湖」時，東方白刻意讓男主角陳秉鈞向女主角丁黎美敍說了這樣一個神話般的故事。[158]天上一位仙女不小心犯了錯，被罰降凡

158《露意湖》，頁236-238。

間，投胎到一個書香人家。後來，不幸的是其父上京城考試卻一去不返，還好母親十分能幹，一肩挑起生活重擔，而且照顧得她無微不至，非常愛她。正因為太愛她了，所以母親對任何來追求她的人都懷有敵意。有一天，女兒與書生相愛，母親一見到書生，便昇起忌妒之火，想把女兒藏起來，情急之下，擁有超人魔力的母親就把女兒化作一滴露珠，沾在一朵花的花瓣上。書生與女友的母親見面，母親仍以禮相待，書生不覺有異。直到書生告辭，母親記起女兒被她變成露珠，想再把女兒變回來，可是此刻她女兒化身的那顆露珠早已跟其他露珠蒸發擴散到大氣，母親失去女兒非常傷心。書生獲知此事，跑去向觀音菩薩苦苦哀求，觀音菩薩被書生的愛心所感動，於是把大氣中的一個水分子又一個水分子收集、過濾，總算把仙女化成的水蒸氣又凝結成原來的一滴露珠，把這滴露珠投回凡間，落在洛磯山上，那天上的一滴露珠就是如今的「露意湖」。母親知道女兒變成了「露意湖」，她仍然怕人發現，於是把自己變成白雲，罩在山上和湖上，又使湖面一年到頭結冰，以免人家發現女兒美麗的面目。然而癡心的書生尋遍世界，終於由一個印地安人帶領，來到「露意湖」，找到摯愛的情人，有了一個「有情人終成眷屬」的圓滿結局。

男主角所說的這個故事，想像豐富、奇特，由「人」而「露珠」，蒸發後再凝為「露珠」，又變成「湖」，運用的是神話常見的變形手法。重要的是，整個情節發展，無疑是整部小說的縮影，象徵了現實生活中，男女主角與岳母、母親之間的情感糾葛。故事雖為虛構，卻充分呈現男女交往但因岳母居中作梗而引發衝突，乃至造成戀愛男女無法結合的悲劇。東方白可以說藉由

神話的運用，突顯了此一超越時空的世界性主題。

十、《浪淘沙》

東方白享譽文壇的大河小說《浪淘沙》，於一九九○年出版，此書三巨冊，總字數超過一百三十萬字，以史詩的氣魄，寫百年來台灣三個家族的人事滄桑與悲歡離合。書中第三部《沙》也有不少片段與神話和傳說有關。

《浪淘沙》第三部《沙》第二章「石落坑集中營」，丘雅信醫師與加拿大修女金姑娘遊賞尼加拉瀑布，東方白摘引了印地安人傳說「霧中少女」，印地安酋長之女不忍見部落的處女哀號痛苦，自願投入激流，向河神獻祭，祈求平安。[159]

《浪淘沙》第三部《沙》第三章「將多難」，「高砂義勇兵」松武郎跟江東蘭中尉敘述泰雅族祖先留下來的「人類起源神話」，說角板山巨石忽然崩裂，跳出一對兄妹，長大後，妹妹將臉塗上青紋，哥哥不知道此一女子是他的妹妹，與之結合，繁衍子孫，成為今天泰雅族的後代，同時這也是泰雅族男女黥面刺青的由來。[160]此未脫台灣高山族石生始祖傳說的範疇。

《浪淘沙》第三部《沙》第四章「雪美旦那」，江東蘭隨部隊調到仰光，結識華人、緬甸人、英國人混血的吧女雪美旦那，二人出遊時，雪美旦那向江東蘭介紹了「大共」王國鐵匠亞丁德與妹妹雪美旦那被國王燒死後，變成神明的故事，[161]以及緬甸「北

159《浪淘沙》，頁1111。
160《浪淘沙》，頁1293。
161《浪淘沙》，頁1408-1409。

古」一帶山林「可憐人」因對佛陀不敬而一個個變成了猴子的傳說。[162]

東方白博大的《浪淘沙》，安插了不少與神話或傳說有關的故事，顯見作者對於神話與傳說的濃厚興趣，但就全書結構言，予人零散、瑣碎之感，而且在思想呈現上，似乎也沒能與主題產生「有機」的關連。

肆、東方白小說中神話與傳說之轉用方式

東方白自初中一年級就開始接觸希臘神話，對聖經故事也產生閱讀興趣，[163]所以其小說無論有意或無意地轉用神話或傳說，都有跡可尋，其來有自；加以透過結合神話與傳說的誇張、非理性形式來傳達思想觀念，正是其「文學哲學化」兼「哲學文學化」的具現。所以神話與傳說故事提供東方白小說創作的沃土，同時神話與傳說色彩也形成東方白小說創作的一大特色。

關於東方白小說中神話與傳說的轉用方式，由上述的探析，大致可歸納為以下兩類：

一、神話與傳說成為小說主要結構或主旨所在，增強戲劇張力

東方白的短篇或精短篇，[164]如〈臨死的基督徒〉、〈天堂與

162《浪淘沙》，頁1417-1418。

163 參見東方白《真與美》(台北：前衛，2001年3月出齊)，第1冊，少年篇，頁176、199。

164 篇幅三、四千字以內的小說，一般習稱「極短篇」，東方白則主張稱作「精

人間〉、〈孝子〉、〈東東佛〉、〈道〉、〈尾巴〉、〈棋〉、〈普陀海〉，都以神話或傳說做為全篇的主要結構，逐步鋪延，終而突顯主題，或諷刺本應講求內在修為的宗教卻囿於世俗形式的僵化；或經由進出天堂與地獄，讓人反思，什麼才是真正該有的生活方式；或企圖從東西方智慧中，尋求解決終極問題；或詢問人類存在的意義；或嚴肅地思考人性易被扭曲、改造、收買的脆弱本質；或表達「先知」不被理解的痛苦心情；或告訴世人，與其追求不切實際的虛幻之境，何不好好把握當下？神話或傳說與小說本身的有機結合，不但使戲劇張力增強，也使小說提高其藝術性與思想性。這種神話與傳說的轉用方式，是我們所認可的。

二、神話與傳說只被小說人物所引述，並未推展情節及發揮戲劇力量

　　長篇小說與大河小說雖然也有神話與傳說轉用的情形，但整體而言，所發揮的效果遠遠比不上短篇或精短篇在這方面的表現。其中《露意湖》的神話情節，象徵了現實生活中，男女主角與岳母、母親之間的情感糾葛，暗示了全書的主題，雖然篇幅不多，卻有畫龍點睛的效果。至於大河小說《浪淘沙》，所涉及的神話與傳說片段雖多，但往往止於小說人物在說故事時的引述，此乃「包孕」結構（embedded structure）敘述模式的產物。[165]像這樣，

短篇」，以示對其內容與形式之精緻深刻要求。參見東方白《魂轎》自序與目次。

165 東方白嗜讀薄加丘《十日談》(參閱東方白《真與美》第3冊，頁20)，喜歡說故事，其小說故事性強為一大特色。東方白經常讓小說人物說故事，甚至於有時因

讓小說人物口頭敘述，雖然使小說因為神話與傳說故事的加入，變得內容豐富，不過在人物刻劃或小說整體結構上，反而成為缺點。這種神話轉用方式，有值得商榷的餘地。

伍、結語

　　故事性強、思想性高是東方白小說的重要特色，[166]此一特色又有賴於「神話與傳說轉用」的促成。東方白小說裡洋溢的神話與傳說色彩，在當代華文世界中，可謂獨樹一幟，絕無僅有。且東方白對神話與傳說的借引或運用，甚至於「神話與傳說的再造」，有意識地假借神話與傳說之自由構想來表白對善惡是非的批判，每有其豐富的象徵意義，正是神話與傳說做為文學的再生力量，使得文學獲取養分而活躍起來的最佳例證。

　　神話與傳說本身具有「怪誕」的特質，姚一葦指出，所謂怪誕性不能用理性的角度來解釋，通過藝術形式來表現時，必然是扭曲、變形的樣式。[167]東方白藉由神話與傳說所轉用而成的小說，雖然荒誕不經，顯得怪異，不合乎世俗邏輯，此種變異或反

敘述策略的需要，而退居為聽述者，此林鎮山稱之為「包孕」結構（embedded structure）的敘述模式。（同註134）此種敘述模式自其處女作《臨死的基督徒》起，直到《浪淘沙》，均屢見不鮮，2002年底問世的《魂轎》與《小乖的世界》亦復如此。

166　參閱歐宗智〈東方白文學原貌之顯影〉，《國立中央圖書館台灣分館館刊》第8卷第4期（2002年12月），頁82-95。

167　參閱姚一葦《美的範疇論》（台北：開明書店，1978年9月，初版）第6章「論怪誕」，頁294。

常的藝術表現形式，往往超出一般人慣常的思考，卻足以拓開我們禁閉的心扉，讓我們與作者的心靈產生共鳴，體會其中的奧義，於是東方白轉用神話與傳說而成的小說，也因此提升其美學意義及價值。雖然東方白小說中神話與傳說的轉用方式，並非全然成功，尚有可再商榷之處，無論如何，神話與傳說是「舊瓶子」，作家的思想意欲與其人生哲學才是「新酒」，東方白小說之嘗試與神話或傳說結合的用心及成就，確是值得我們深加推崇與肯定的。

仙鄉故事的時間概念

——談〈浦島太郎〉和〈棋〉

　　中國自古以來，流傳許多有關仙鄉的故事，諸如以前住在東方海邊燕齊一帶的人們，相信東方海上有蓬萊、方丈、瀛州三仙山，那兒有黃金白銀做成的宮殿、白色的飛禽走獸，還住著持有不死藥的仙人之類，日本神話學者小川環樹曾歸納出中國仙鄉故事的八個特點，包括：一、到了山中；二、大部分的故事是到達仙鄉的中途，先要通過一個山洞；三、仙藥和食物；四、到達仙鄉的凡人與美女戀愛或結婚；五、到達仙鄉的凡人得到異人傳授法術或贈品；六、懷鄉與勸歸；七、時間；八、再歸與不成功，通常回到現實以後的凡人想再一次回到仙鄉而不可能。[168]國內學者王孝廉針對仙鄉故事中的「時間」因素進一步說明，謂仙鄉的時間經過，有如呂伯大夢式的，亦即仙鄉中的半月或數日，通常是人世間的數百年，中國民間故事常說「山中無甲子」或「天上一日，人間一年」等，都是說在另外一個地方（仙鄉）的時間經過是

---

168 參閱小川環樹《中國小說史研究》(東京都：岩波書店，1968年)。

不同於人間的。[169]

　　此一仙鄉的時間概念，運用於民間故事或小說，往往帶來今昔對比的感喟，深具象徵意義，讓人爲之沉思。像〈浦島太郎〉這則從古代流傳下來的日本童話，也有類似的時間概念情節。話說從前日本某處海邊的小漁村，住著一位年輕漁夫，名曰「浦島太郎」。某日，他從村裡的小孩手中救了一隻海龜，將牠放回大海。過了幾天，海龜爲報答浦島太郎救命之恩，就載他去海底的龍宮遊玩。龍宮的公主滿懷感激，竭誠接待浦島太郎，引導他四處參觀，還準備了豐盛的餐宴；各式各樣的魚、蝦、海龜們也都來到龍宮跳起迎賓舞蹈表示歡迎。太郎看得目不暇給，樂不思蜀。公主見太郎喜歡這樣的安排，便邀請他留下來多住幾天。

　　在海底的每一天，充滿了驚奇與喜悅，可是到了第三天，太郎突然想起年邁的母親，心想母親一定很著急，於是他趕緊向公主和海龜告辭。儘管公主一再挽留，太郎還是意志堅決，公主這才依依不捨，贈送太郎一份禮物紀念，同時再三叮囑：這禮物叫做「玉匣」，無論遇到什麼狀況，都不能打開它。太郎再度坐上海龜的背，揮別公主與雄偉奇幻的龍宮，游向家鄉。才一眨眼，太郎已經回到家鄉的海邊，然而，眼前卻不再是三天前熟悉的景象了！即連來往海邊的漁夫也沒一個是認識的。原來，龍宮住三天，人間竟然已過了一百年！漁村有這樣的傳說，一位叫「浦島太郎」的人，在一百年前出海後就沒回來，失蹤幾天後，他的母親因爲太憂傷而病倒，不久就過世了。如今，浦島太郎抱著公主

---

169 王孝廉《花與花神》(台北：洪範，1981年1月2版)，頁106-107。

送的玉匣，覺得傷心、孤單，不知道自己要何去何從？他坐在沙灘上，眼睛直直望著大海發呆，忘了公主的叮嚀，拿起玉匣，順手打開了盒蓋，這一瞬間，一陣白煙從盒底竄了出來。白煙消失時，年輕的太郎竟變成一個駝背、白髮、白鬍鬚的老人了。電影《失去的地平線》[170]，男主角冒險帶著青春貌美的女主角逃離類似「桃花源」，不愁吃喝、沒有老年人的人間仙境——以西藏喜馬拉雅山為背景的香格里拉，未料到了外面的世界，女主角隨即變成了皺紋滿布的老婦。此一情節與〈浦島太郎〉有異曲同工之妙，同樣是受了仙鄉故事時間概念的影響。

我們可以從不同的角度來解讀〈浦島太郎〉的寓意，諸如幸福安康、祥和寧靜的定義為何？所謂魂縈神往的人間樂土、世外桃源果真快樂無憂？不過，最容易理解的是，夢境雖美，更可從中獲得一時的滿足，但總有夢醒回到現實的時候，人們還是應該把握現在，好好珍惜身邊所擁有的一切。

而台灣當代小說家東方白的〈棋〉，亦以仙鄉傳說做為全篇的主要結構，充分運用仙鄉故事的時間概念，逐步鋪延，突顯主題。〈棋〉於一九八〇年發表，收入小說集《十三生肖》[171]。這篇小說如同中國仙鄉故事最常見的特點之一，亦即到了山中。小說中的「我」，嗜好下棋與爬山，某年夏天，「我」獨自一人去看大霸尖山的日出，後來為了找水喝，在山腳下一片樹林盡頭的小空地裡，發現兩個七、八十歲的老人，一黑鬍一白鬚，兩人坐在

170《失去的地平線》(Lost Horizon)，英國小說家James Hilton原著。

171 東方白《十三生肖》(台北：爾雅，1983年9月初版)。

一塊大石頭上面對面下象棋。滿心好奇的「我」，足足站立三小時，觀看他們下棋，不料兩人宛如兩尊木刻的雕像，才只下了一手棋，「我」不覺失去了觀棋的興致，加以天色已暗，於是悄悄離開。

　　隔年，「我」決定在結婚失去單身自由之前，再爬一次大霸尖山。「我」依照上次的路線，來到兩位老人下棋的地方，待「我」走近，才發覺去年的白鬚老人已經不見了，大石頭上只剩下另外那一個黑鬍老人，依然把雙手交插在衣袖之中，一切彷彿都不曾改變，而棋盤上也僅僅比去年多走了一步，他們下棋下得如此之慢，令人難以置信。「我」等了好一陣子，那白鬚老人並未回來，觀棋的「我」索性代替那白鬚老人，與那黑鬍老人下了一盤棋，結果「我」不到三分鐘，就以「雙砲將」贏了這盤棋。「我」未料黑鬍老人棋力如此之低，覺得掃興，隨即告辭，這時「我」才發覺腕錶已經停了。等到「我」回到出發時的山莊，竟然人事全非，再回到家，景觀迥然不同。「我」告訴大家，只是在山中與人下了一盤棋，唯無人相信，未婚妻悄悄問他：「你不用瞞我，這十年裏，你到底跑到哪裏去？」

　　〈棋〉充分運用仙鄉故事中的時間概念，這篇小說中，仙鄉的三分鐘等於人間的十年，「我」和仙人下了一盤棋，感覺才三分鐘，卻已由二十五歲變成三十五歲。因為這超出一般人的思考，當然不被接受、了解。於是家人硬要「我」就醫，「我」堅持自己只是在山中下了一盤棋，結果被判定是瘋了，必須留院長期治療。東方白透過〈棋〉的仙鄉傳說運用，一方面暗示「人生如棋」、「世局如棋」，一方面也表達了「先知」不被一般人理解的

痛苦心情。

　　由上可知，作家透過對仙鄉故事時間概念的運用、再造，雖然作品內容荒誕不經，藝術表現形式特殊，卻在在增強了戲劇張力，提高其藝術性與思想性，乃至幫助我們解讀人生，實爲作家在文學領域上另闢蹊徑的重要方向。

史實和想像的融合

——2005年度最佳小說〈頭〉評介

一、具文學質感

　　東方白短篇小說〈頭〉於二〇〇五年發表於《聯合副刊》，不但入選九歌版「民國九十四年小說選」（蔡素芬編），也被評選為該年度最佳小說。這是以大河小說《浪淘沙》享譽文壇的東方白第三度入圍年度小說選，第一次是一九七九年的〈奴才〉，第二次是一九九九年的〈魂轎〉。東方白早在二〇〇二年十一月《魂轎》與《小乖的世界》新書發表會上公開宣布，將計劃寫作一系列的「精短篇」小說，再次挑戰另一文學高峰；〈頭〉即是其中的一篇，而且深具特色，取得極高的藝術成就。

　　如同東方白的許多小說，〈頭〉的故事來源亦有所本，其「得獎感言」提及，他於二〇〇二年首次聽到日治初期士林「芝山巖事件」中那位婢女「微妹」的故事，覺得她智勇雙全，非常難得，乃決定把這故事寫成小說。此篇作品在東方白心中足足醞釀二年，其間親自到士林與芝山巖一帶實地考查兩次，蒐集並研究相

關的歷史與地理資料，於二〇〇四年正式落筆，融合史實和想像，穿針引線，斷斷續續寫了三個月，才終於完成這篇精采的、有文學質感的短篇小說。

二、愛恨糾葛

〈頭〉約九千五百字，故事背景雖是一八九六年元旦六位日本教師被殺，導致士林街「保良局」主事沈氏以「知匪不報」與「資匪叛亂」之雙重罪名，遭判處死刑而斬首，但東方白寫作的重點，放在沈府夫人和陪嫁婢女面對此一重大事故的如何因應，以及其中的愛恨糾葛。

沈夫人原為新竹望族，貼身婢女微妹是新竹城外十八尖山頂的客家人，家境窮困，比沈夫人小十歲，兩人自小似姐妹般在新竹長大，陪嫁到士林沈府時，微妹才十二歲。六年後，黃毛丫頭的微妹已長得亭亭玉立，如盛開的蘭花，因服侍姑爺，而與姑爺沈氏發生肌膚之親。此事被沈夫人無意間發現，沈氏嚇得逃走，微妹則遭毒打一頓，由於苦苦求情，才未被趕回十八尖山，但此後微妹變為粗婢，只做粗活，不得親近「姑娘」和「姑爺」一步。未料二年後，「芝山巖事件」發生，沈氏被捕下獄，府中大小逃奔一空，自閉於半樓的沈夫人，患哮喘病，又有吸食鴉片的習慣，只得讓微妹回到身邊服侍。

沈氏被斬首那天夜裡，微妹說服雜工呆三和佃農萬壽，一起到山腳下的刑場為主人收屍，找回被砍下的頭，回到家，安置妥當，請夫人祭拜。這晚深夜，微妹擔心姑爺身首離異無法見到閻

王，竟熬夜用深綠的絲線將「頭」細細縫回頸項，沈夫人於半夜發現，大為吃驚，了解微妹心意後，兩人合力把頭縫妥，直到天明，此一場景絕無僅有，令人動容。

丈夫下葬後，沈夫人「薄命剋夫」之說在街坊流傳開來，到了忍無可忍的地步，沈夫人只好回新竹娘家，卻因親戚怕受牽連而遭拒收留。於是，在微妹建議下，沈夫人和微妹一起去十八尖山。過了半世紀，沈氏平反，後人予以隆重遷葬，發現沈氏白骨完整無缺，驚見一圈螺旋的絲線環繞著密接的頸骨。

三、還原動人的人性質素

〈頭〉透過斬首、找頭、縫頭，一步一步凸顯小說人物「微妹」的個性，使這篇作品充滿生命力，是寫作表現最成功之處。〈頭〉的主人翁沈氏，其面貌扁平模糊，篇中對沈夫人、呆三、萬壽則頗有著墨，如沈氏的高貴病弱、呆三的口吃癡笨，以及萬壽的現實功利等，至於貼身婢女微妹，雖與姑爺有染，險被逐出沈府之門，但她認錯之後，告訴沈夫人「生是你的婢，死是你的鬼」，寧死也不要回山上，於是被留下來。事實上，她忠貞不移，未因沈氏被捕下獄而離開，並且更加細心地照料以淚洗面、亂了方寸的沈夫人，特別是她智勇雙全，令人留下不可磨滅的印象。

微妹的機智，於沈氏被捕後適時展現出來，比如沈府人心惶惶之際，她看見宅後角落那一堆往時漳泉械鬥遺留下來的火繩槍，馬上聯想到姑爺被捕的罪名之一即為「資匪叛亂」，這些槍

枝很可能會被當成姑爺犯罪的證據，於是請示夫人，率領呆三和萬壽，合力將槍枝都埋到地底下，未久，日本憲兵果然到府搜查，所幸微妹的先見之明，使沈家倖免於難。再者，沈氏被斬，微妹注意到山腳下野狗多，如不速將姑爺扛回，必定屍骨無存，乃有趁夜收屍之舉。誰知呆三和萬壽迷信扛死人會折壽，遲遲不肯配合，這時，聰明的微妹運用呆三怕被趕回老家以及萬壽想買牛隻的心理弱點，分別進行遊說，總算說動了他們。微妹的堅強、機智，與夫人的軟弱、不知所措，恰恰形成強烈的對比。

微妹的勇敢以及臨危不亂，更展現大將之風。沈氏以「土匪」之名被斬，日本警察通令每戶必須派人觀看，以收「殺一儆百」之效，沈夫人體弱無力，呆三和萬壽兩個「壯男」又以「驚見死人」為由拒絕，於是沈府就由膽大勇敢的微妹代表前往。後來，微妹帶領呆三和萬壽於夜裡前去山腳下收屍，呆三膽小怕事，微妹則主動驅趕野狗，親自拾來斷頭。返家途中，頭不慎自麻袋口掉出來，幸好微妹夠機敏，飛撲攔住，頭才未墜入溪底，接著她雙手小心捧頭，好不容易回到家。微妹的沉著勇敢，也正好凸顯呆三的膽小無用，可謂深具女性意識。而微妹健康勇敢的客家女性形象，不禁讓人聯想起鍾肇政《濁流三部曲》第三部《流雲》的銀妹，以及《台灣人三部曲》第三部《插天山之歌》的奔妹。

此外，微妹與姑爺偷情，於道德有虧，可是她在姑爺死後，由觀斬、收屍、找頭、捧頭乃至縫頭，這在他人看來，必覺毛骨悚然，此則在在表現她的深情。相較之下，擁有名份的沈夫人，卻不敢看微妹替自己的丈夫細心縫頭，而把視線移向一旁，由此

看來，微妹似乎更愛沈氏。五十年後，環繞著沈氏頸骨的那一圈螺旋的絲線，恍如翠玉的項鍊，在炎陽之下閃閃發亮，無疑是微妹之愛偉大永恆的具體象徵。因此，蔡素芬特別在編選序中稱讚，在寫作者逐漸丟掉小說動人成分，大肆鋪排理念，游於文字技巧之際，〈頭〉還原動人的人性質素。

最後，沈夫人無處可去，微妹便接情同姐妹的夫人前往自己原本發誓不回的家鄉，高貴的沈夫人因爲低下的婢女微妹而得以生存下來，至此二人「主／僕」的對立關係已經消失，象徵著微妹的獨立自主，可謂饒富意義。

四、展現方言書寫功力

除了人物塑造出色外，東方白積累《浪淘沙》以來的方言書寫功力，讓〈頭〉的人物都說全套純正的台灣話，而且其方言之書寫與運用，力求考究純淨，幾臻爐火純青之境，如沈夫人發現微妹與丈夫偷情，微妹求饒說「攏是姑爺」的關係，沈夫人氣得歇斯底里罵罵：「也不是死人！也不是無人！哪不叫一聲？哪不叫一聲？……」又，微妹跟萬壽談到是否歡迎呆三幫忙田事，萬壽無可奈何地說：「彼是姑不終，上好是漫，笨腳笨手，較輸一隻驢仔。」再如微妹深夜縫頭之時，要沈夫人幫忙按住丈夫頭部，說這樣縫的時候才不會「裏來裏去」，以上種種，莫不顯得活潑生動，並且符合小說時代背景的情境，讀來尤具韻味。

思想性與故事性是東方白小說的一貫特色，可讀性很高，〈頭〉亦頗具代表性，展現東方白的小說寫作功力，的確值得細

細欣賞。當然，我們也對創作不輟的東方白有著更多的期待，如果說東方白是二十一世紀最令人期待的二十世紀資深台灣作家，相信喜歡閱讀小說的讀者都會同意吧！

豐富多元的象徵意義

——談東方白的〈網〉

一、深具故事性與思想性

以大河小說《浪淘沙》享譽文壇的東方白，是百分百的工作狂，他在二〇〇四年七月完成長篇小說《眞美的百合》之後，隨即展開一系列的精短篇小說寫作計劃，訂名爲「精百系列」，而且自二〇〇五年七月起，於《文學台灣》第五十五期開始登場。其中約四千字的〈網〉（頁173-179），一如東方白以往的小說，深具故事性與思想性，特別是此一精短篇充滿豐富多元的象徵意義，令人回味再三。

二、故事大意

〈網〉的故事大意是，茶行老闆平水伯自小就極端厭惡蜘蛛，不幸的二二八事件爆發，他因參加「二二八處理委員會」的會議，遭冠上「暴亂匪徒」之名。平水伯於是躲到妻子的鄉下娘

家,經妻舅安置於山坡上的蝙蝠洞暫避風頭。未料洞中有大蜘蛛,令他寢食難安,屢欲置諸死地而不成。神奇的是,大陸兵前來搜索時,因爲大蜘蛛大大方方在洞口織網而作罷,結果救了平水伯一命。此後,平水伯對大蜘蛛敵意全消,彼此得以和平共存。甚至平水伯水源斷絕之際,由於觀察到蜘蛛會將殘餘網絲吞回肚裡,徹悟到「喝尿解渴」之理,終能度過生死關頭。事件平靜以後,平水伯已由恨蛛者變成了狂熱的愛蛛者,尤其喜愛蜘蛛網!

三、充滿道家哲學意味

　　東方白此一寓言色彩濃厚的故事,蘊含豐富多元的象徵意義。文學結構主義認爲,象徵意義的產生,往往來自「區別」或「二元對立」,小說裡的「對立」,會逐漸發展成爲龐大的對立模式,籠罩整篇作品,並左右其意義。此篇題目爲「網」,本身即深具對立的象徵意義,平水伯干犯政治大忌,於是政府當局佈下天羅地網,欲將之逮捕到案;至於蜘蛛織網,也是爲了捕獵食物,可是平水伯卻因罪惡的「蜘蛛網」而逃過政治的「天羅地網」,幸運地保住了性命,此網乃有「捕捉／救人」、「惡／善」、「死／生」之別,成爲饒富興味的小說符碼。一般來說,蜘蛛或蜘蛛網都帶給人負面的觀感,東方白卻巧妙地顛覆了此一刻板印象。

　　平水伯和大蜘蛛關係的轉變,十分有趣,平水伯原本是極端的「恨蛛者」,每見蜘蛛,必定發狂似的,非得除之而後快,其

與大蜘蛛之間的關係當然是緊張、敵對的，妙的是，大蜘蛛織網而讓平水伯躲過一劫，平水伯見識到大蜘蛛的靈性，自此心存感恩，對蜘蛛的態度乃有一百八十度的大轉變，彼此得以和平相處。平水伯不只體認到眾生平等的真諦，並且進一步成為「愛蛛者」，形成「敵意／和平」、「恨／愛」的對立象徵意義，引人深思，也使這篇小說擴大了戲劇張力。

此外，平水伯面臨水源斷絕的關鍵時刻，燕子飛入蝙蝠洞，將蜘蛛網撞破兩個大洞，象徵著帶來了希望。因為此一契機，平水伯觀察到大蜘蛛把破網全部吞回再重新織網的過程，由「廢絲利用」領悟到「廢水利用」，藉著喝尿才撐過第十天而獲救。這「吞／吐」、「無用／大用」的對立象徵，充滿了道家的哲學意味。好的小說必定對人生有所啟發，能夠開拓人生境界，或是展現出物我之間微妙的關係，東方白深具象徵意義的〈網〉，其藝術表現庶幾近之。

四、「精百系列」值得期待

東方白自言，「精百系列」的寫作靈感，起於二○○三年二月，那時因右眼先開刀摘除白內障，在等待開左眼的一個月當中，不能看書，他乃突發奇想，說何不訂定十年計劃，集中精力，創作精短篇，學《十日談》，以一百篇做為指標，形成有力的集合體？[172]這是何等豪邁之氣魄！何等美麗的宣言！

---

172 見東方白於2005年6月30日至筆者函。函中亦說，「精百系列」稱「大河精

　　如今，「精百系列」果眞與讀者正式見面了，諸如〈網〉這樣的傑作，在在證明東方白不但言出必行、寶刀未老，而且讓人期待其有更爲精采的演出。

「短」也可以，由於集滴成河，仍然會有大河之氣魄，何樂而不爲？

邱家洪

▶▶▶

台灣民主發展的縮影

──綜論《台灣大風雲》

一、台灣最新大河小說

　　繼鍾肇政《台灣人三部曲》、李喬《寒夜三部曲》，一九八九年東方白以十年時間苦寫完成《浪淘沙》，其所獲致的文學藝術成就，將台灣大河小說推向了高峰，代表著台灣小說邁入嶄新的境地。十七年後的二〇〇六年，已逾從心所欲之年、曾代理過台中市長的邱家洪(1933-)，退休後重拾筆桿，[1] 耗費四年的光陰，克服病痛，交出台灣最新大河小說《台灣大風雲》，[2] 堂堂五大冊，號稱二百萬字，[3] 比前述三部大河小說的字數更多，規模更龐大，邱家洪驚人的寫作毅力令人嘆為觀止，他甚至於因此「把

---

1 邱家洪早在24歲時，即出版長篇文藝小說《落英》，是五〇年代能以中文寫作的少數台灣籍青年之一。以上見陳恆嘉〈邱家洪是誰？〉，前衛出版社書訊「台灣大風雲特集」。

2 邱家洪《台灣大風雲》(台北：前衛，2006年7月初版)。

3 《台灣大風雲》全書2840頁，如扣除空白，實際約185萬字。

桌面寫出一個凹洞」。[4]陳恆嘉謂，《台灣大風雲》「演繹台灣近代史」，[5]認爲這是「大時代、大氣魄、大歷史感」的小說，意圖強烈、內容豐富、充滿語言魅力、情境模擬自然生動，而且一氣呵成，誠爲台灣文學的一大異數。果眞如此乎？在這追求「輕薄短小」的時代，此一超級長篇是不是足以吸引讀者看完五巨冊？對作者來說，的確是空前的大挑戰。

二、展現說故事能力

《台灣大風雲》小說共分「二次浩劫」、「失落的帝國」、「二二八驚魂」、「民主怒潮」、「台灣風雷」五冊，計五十五章，外部時間自台灣日治時代的一九四三年二次大戰末期開始，直到政黨輪替後的二○○一年主角林金地去世爲止，歷時近一甲子，主要寫的是溪北地區林金地、鄭明智、蘇漢標三個政治世家的恩怨情仇，人物眾多，情節複雜，難得的是邱家洪將故事說得條理分明，展現新世代作家望塵莫及的說故事能力，應足以吸引喜歡小說的讀者。

林金地和鄭明智是農校同學，二人臭味相投，理念相合，以「蠻牛」、「憨豬」互稱。林金地務農，不問政治，鄭明智則於日治時代即爲溪北庄長，光復後擔任鄉長，台灣推行地方自治之後，二人都投入選舉，分別當選縣參議員、省參議員，成爲地方

---

4 邱家洪〈寫作甘苦談〉，見前衛出版社書訊「台灣大風雲特集」。
5 陳恆嘉〈台灣大風雲演繹台灣近代史〉，《新台灣新聞周刊》第555期，2006年11月11日，頁72。

白派要角，兩人還因林金地次女林秀荷嫁給鄭明智長子鄭俊雄而結爲親家。爲了追求公平正義，促使台灣民主政治理想早日實現，兩家族積極從事政治，林金地、妻劉美苡、次女林秀荷皆先後當選縣長，林秀荷縣長更於卸任後陸續擔任省議員、增額立法委員，延續政治香火。鄭明智則一直連任省議員，直到退休。最後，林金地應邀參與台灣政黨政治活動，親眼看到台灣總統直接民選，其一生追求台灣政治民主化的心願終於實現。至於，蘇漢標(曾改名「福田隆恆」)雖爲日治時代的公醫，然唯利是圖、趨炎附勢，與公義正直的林金地形成強烈對比，彼此更是政治上的死對頭。光復後，蘇漢標加入執政黨，曾任兩屆縣長，成爲地方紅派領袖，但施政假公濟私，不得民心。

林金地子林孟斌與日本同學加藤貞子相愛，貞子懷孕，而林孟斌徵調海外，爲免無法在社會立足，貞子徵得蘇漢標子蘇俊昌同意，嫁入蘇家，生下林孟斌的骨肉蘇敏信，蘇林二家其他人皆不知此一秘密。幸蘇俊昌將敏信視同己出，大力栽培，後來敏信自日本學成歸國，與生父林孟斌同台競選縣長，當貞子告知林孟斌，敏信爲其骨肉之真相，林孟斌轉而暗助蘇敏信，使蘇敏信當選縣長。選後，蘇敏信偕妻女向老縣長林金地請益，由於政治理念一致，相談甚歡。至於蘇漢標，先前在其子蘇俊昌競選縣長敗給林秀荷未久即因病去世；當林金地八十一大壽時，蘇敏信稱林金地爲「阿公」，象徵林蘇兩家族的世仇，正式劃下了句點。

由於《台灣大風雲》的情節推展，每以台灣歷年來各項選舉爲主軸，可以說是一步一腳印，留下了台灣民主進展的軌跡，彌足珍貴；加上作者曾任公職，熟知地方選舉黑幕和地方派系之運

作，是以書中對此之描述，詳細深入，誠為其他小說所罕見，堪稱本書之一大寫作特色。

三、塑造正港的台灣人

書中最成功的，莫過於塑造了林金地這個「正港的台灣人」，他是雷公脾氣、頭戴斗笠的做田人，一生追求公平正義，也是以助人為樂的人道主義者。眾多人物之中，作者對林金地的著墨最多，邱家洪自承，寫到後來，「有時還分不清林金地是虛擬人物，或是我真實的朋友，甚至是我本人？」[6]

林金地憤世嫉俗，瞧不起出賣靈魂的三腳仔以及支持皇民化的鄉民，他誓死不改用日本姓名，甚至於被庄長鄭明智指派接替李水土「保正」一職，也是為了將保正的食物配給轉送給因病纏身的老友施瑞鱗夫婦之故。作者善加運用人物語言來呈現蠻牛林金地的火爆個性，諸如林金地兒子林孟斌和同是台北帝國大學同校同學的加藤貞子，被本名張木枝的上野巡查補以林孟斌誘拐貞子離家潛逃為由，將他們銬上手銬，林金地因而怒目瞪眼，破口大罵：「張木枝，莫非我前世踏破你祖公的金斗甕仔，這世你來尋仇？三番兩次洗我門風，找我麻煩，到底是何居心？你給我講出一個道理來。」[7]接著他連在場的庄長鄭明智也一道罵：「扮歌仔戲給誰看？你們統統是青面獠牙的狼群狗陣，沒一個正經

---

6 邱家洪〈寫作甘苦談〉，見前衛出版社書訊「台灣大風雲特集」。

7 見《台灣大風雲》第1冊，頁180-181，即1:180-181。以下原書引文均以前述方式記之。

的。」（1:181）類似的例子，俯拾皆是，其人物個性刻劃之生動，由此可見一斑。

　　林金地為了堅持公平正義，於日治時代和戒嚴時期，都曾遭羅織罪名，施予嚴刑拷打，乃至入獄坐牢，他卻不屈不撓，毫不退縮，繼續為台灣的民主發展而努力奮鬥，正是台灣主體意識的象徵。而鐵漢子的林金地，其人道精神尤其令人印象深刻，例如他出錢出力，長期照料前溪北庄長施瑞麟夫婦，可是施家兒子戰後由中國大陸返台，掌握大權，卻誤會林金地侵佔其家產，處處找他麻煩，恩將仇報，林金地則寬容以對，並不怨恨；寡婦阿苗子女眾多，生活無以為繼，林金地伸出援手，無條件贈送已開墾的溪埔地供其耕作，還認阿苗的長子張義鐘為義子，苦心栽培他；開設賭場的黃木連手下阿前和阿上，不務正業，常拿刀恐嚇林家，林金地不願毀了年輕人的前途，一再地原諒他們；又如兒子林孟斌幸運中了愛國獎券第一特獎，原本打算利用這筆意外之財來籌建農藥廠，林金地獨排眾議，認為這是不義之偏財，只適合拿去救濟貧民，林孟斌無話可說，只好以「無名氏」名義捐給縣政府，經縣府查明後，於是成立了「林金地救濟金專戶」。後來，林孟斌婚宴所收禮金，林金地也將之捐入前述專戶，長期幫助需要幫助的人。

四、藝術表現瑕不掩瑜

　　整體而言，《台灣大風雲》是作者邱家洪本土意識的具體呈現，內涵語碼（Connotative Code）十分明確，唯大量透過人物對話

來直接論述，人物動作描寫極少，就小說表現技巧言，實有待商權。而本書採取寫實主義的全知觀點敘事方式，配合人物心理刻畫，塑造人物堪稱成功，特別是貫串全書的主角林金地，其一生可謂台灣民主政治發展的縮影，個性也充分凸顯真正台灣人堅強不屈的特點。書中，對於台灣喜慶喪葬民俗、日本文化乃至皇民化運動、戰爭期間措施等等的細筆刻劃，十分用心、精彩，是文學結構主義強調的「文化語碼」（Cultural Code），使全書顯得有血有肉，不致過於乾枯。當然，《台灣大風雲》的故事性強，高潮迭起，甚多場景描寫生動，驚心動魄，相當吸引人，此當是作者有意為一般讀者所寫，也的確適合改編劇本，拍攝成電視劇，讓更多的觀眾來欣賞。可是，諸如神風特攻隊為了替慰安婦報仇而駕機俯撞軍中休閒中心的情節，又未免失之於誇張。

此外，《台灣大風雲》的人物語言和敘述語言，夾雜不夠純正的閩南語，足見其方言之寫定，尚有一段遙遠的長路要走；而作者行文不避本土俗語，甚至使用罕見字詞，如「每一幕仳仳怳悢的往事」（自序）、「骨寒毛豎，縮慄半天」（1：311）、「確實咷不出聲來」（2：13）、「隸隸陽陽反唇相譏」（3：101）、「無不努牙突嘴、軫悼腸斷」（4：16）、「忽然驚慓惶恐，自我提高警覺」（5：170）……等，每每造成文字表現的不協調感。另有可議的是，小說人物影射台灣當代政治世家及人物，固然未嘗不可，但一再讓李登輝總統在不同階段出現，跟小說主角產生交會與對話，似乎過於刻意，且書中李登輝總統於日治時代戰爭末期自日本返台，擔任高射砲部隊中尉隊長的情節，顯與史實不符，難以令人置信，應是此書一大敗筆，令人扼腕！

公理正義與現實功利之對比

——《台灣大風雲》的人物塑造

一、正義與邪惡

邱家洪《台灣大風雲》，主要寫的是溪北地區林金地、鄭明智、蘇漢標三個政治世家的恩怨情仇，故事性強，高潮迭起。林金地和鄭明智是農校同學，二人臭味相投，理念相合，以「蠻牛」、「憨豬」互稱，二人還因林金地次女林秀荷嫁給鄭明智長子鄭俊雄而結為親家。

林金地務農，本不問政治，鄭明智則於日治時代即為溪北庄長，光復後擔任鄉長。台灣推行地方自治之後，為了追求公平正義，促使台灣民主政治理想早日實現，林、鄭兩家族積極參與選舉，成為政治世家。而蘇漢標是日治時代公醫，唯利是圖，醫德有缺，且趨炎附勢，光復後在執政黨支持下，連任兩屆縣長，成為地方紅派領袖，他假公濟私，施政不得民心，跟林金地是政治上的死對頭。《台灣大風雲》在人物塑造上，最成功的是代表正義公理的林金地和象徵邪惡徇私的蘇漢標，二者形成強烈對比，

令人印象深刻。

二、公理正義的林金地

　　林金地是「正港的台灣人」，有著雷公脾氣，也是頭戴斗笠的做田人，一生追求公平正義，熱心公益，曾當選縣參議員、縣長，於日治時代和戒嚴時期，都曾遭羅織罪名，施予嚴刑拷打，乃至多次入獄坐牢，他卻不屈不撓，毫不退縮，繼續為台灣的民主發展而努力奮鬥，直到看見台灣總統直接民選才心滿意足。在人物塑造方面，林金地的「人道主義」色彩最為鮮明。

　　林金地認為，每一個人的生命價值都同樣重要，他樂善好施，也寬容待人。例如他出錢出力，長期照料前溪北庄長施瑞鱗夫婦，可是施家兒子戰後由中國大陸返台，掌握大權，卻誤會林金地侵佔其家產，處處找他麻煩，恩將仇報，林金地則寬容以對，並不怨恨；同鄉寡婦阿苗子女眾多，生活無以為繼，林金地便伸出援手，無條件提供已開墾的溪埔地供其耕作，還認阿苗的長子張義鐘為義子，苦心栽培；開設賭場的黃木連，其手下阿前和阿上兄弟，不務正業，常恐嚇林家，林金地不願毀了年輕人的前途，一再地原諒他們，勉勵他們要一起為台灣前途打拚，將功贖罪。

　　二戰末期，日本殖民政府開始進行疏散措施，林家鴨母寮被強徵做為收容日本居民之用，三合院則被福田公醫設置為救護中心。林金地對日本人向來沒有好感，對福田隆恆公醫心結亦深，但當地遭到空襲時，死傷慘重，他不分對象，自動收屍，助福田

公醫一臂之力，實乃彰顯基本人性。戰後，林金地不願見到疏散到鴨母寮的日本人流離失所，他告訴妻子劉美荿：「疏散是被迫的，沒有一家一戶願意來，如今也都該回去啦。看啥人有困難，我們做得到的範圍內，儘快幫他們離開。」(3:37-38)曾經對他嚴刑拷打的高吉巡查不幸身亡，林金地對前來尋求協助的平沼巡查說：「台灣人寬宏大量，怨生不怨死。人死不留洗腳桶，一了百了，一切紛爭全部削入江海，不再記掛。何況高吉今日已成仙成神，我該敬他三分，怎會與他計較？」(3:247)還出錢幫助高吉遺孀辦理後事，使其平安返抵故鄉。

又如兒子林孟斌幸運中了愛國獎券第一特獎，原本打算運用這筆意外之財來籌建農藥廠，林金地卻獨排眾議，認為這是不義之偏財，只適合拿去救濟貧民，林孟斌無話可說，只好以「無名氏」名義捐給縣政府，經縣府查明後，於是成立「林金地救濟金專戶」，長期幫助需要幫助的人。兒子林孟斌婚宴收到的紅包，林金地亦叫他整理以後，交給縣政府當救濟金。八十一歲生日宴的禮金，林金地交代，全都捐給縣府救濟專戶。而義子張義鐘等將林金地土地換成股票賣得的錢，加上張義鐘本人、女婿鄭俊雄、好友沈長慶、魏火木，合捐三億元，成立「林金地文教基金會」，由實為其親孫的蘇敏信出任基金會董事長，培育人才，貢獻社會，莫不都是助人的義舉。

總之，《台灣大風雲》林金地為公理正義的代表，也是人道主義的化身，作者對之刻劃最多，堪稱佛斯特《小說面面觀》所謂的「圓形人物」。

三、現實功利的蘇漢標

　　《台灣大風雲》人物裏面，與林金地形成強烈對比的是公醫蘇漢標，他極端的現實功利，提醒同樣學醫的兒子蘇俊昌：「人，要少管閒事、少說閒話，多保護自己，要這樣才使自己能夠壯大，成為將來社會的頂尖人物。」(4:160)既然唯利是圖，當然毫無醫德可言，他習慣無病找病，小病當大病醫，下猛藥，藉此增加荷包的重量，鄉民們給他一個「鹽水射」的綽號，指他以注射鹽水來斂財。再如保正李水土遇空襲而身受重傷，林金地長工陳樹根見義勇為，揹李水土至福田病院急救，唯福田隆恆認為李水土三子李清榮誘拐其女惠子，懷恨在心，乃故意刁難，要求繳交巨額保證金才肯開刀，加上李家兄弟視錢如命，一時籌不足保證金，連林金地出面作保也不被福田接受，拖延至隔天，導致李水土病情惡化，落得搶救不及。

　　蘇漢標之投機勢利以及隨時見風轉舵的作為，令人瞠目結舌。日治時代，他想著，自己若生為日本人，那該多好？他自怨自歎：「我已經棄祖背宗，將蘇漢標改為福田隆恆，受日本高等教育，不講台灣話，可恨的台灣人依然叫我蘇公醫，咄咄逼人嘛，這是什麼世界？好，待我將女兒嫁給日本人，兒子娶日本姑娘，我便可做日本人的阿公啦！」(1:118)他希望女兒惠子嫁給郡役所助理高橋沂南之子高橋英一，好跟日本人搭上關係，偏偏當事人彼此興趣缺缺，教他徒呼負負。日本無條件投降了，蘇漢標雖然傷心欲絕，卻馬上斷絕跟日本的一切關係，將「國語家庭」

的招牌卸下來，丟在地上踐踏，令家人把日本姓名全都改回來，接著積極設法拉攏當權者，心想：「如今換了政府，等於換了老闆，他也已經變成蘇漢標，不再是福田了，必須重新開始，建立新關係，拉攏新權貴。」(3:130)甚至於告訴已娶日本媳婦貞子的蘇俊昌：「想想看，你若非娶了貞子，還保留著活會的地位，當然是最具黃金性、最有魅力的單身漢，自可娶一門唐山姑娘的媳婦。如此一來，我們蘇家身價百倍。」(3:394)當然，蘇俊昌已經跟貞子結婚，以上說了也是白說，充滿諷刺的意味。不過，蘇漢標很快就替自己和兒子申請加入了執政黨。

果然，靠攏執政黨後，蘇漢標當選第一屆縣長，並且依約編列預算興建中山堂、變相替國民黨部籌措經費。第二屆縣長選舉，紅派蘇漢標政績不佳卻爭取連任，白派推廖大崧代表角逐，未料因蘇漢標送味素，公然賄選，加上作票，致使蘇漢標險勝廖大崧。蘇漢標連任縣長，設法變更都市計畫，圖利自己及合夥人；小妾銀杏專開後門收錢賣官則是眾所周知的秘密。當蘇漢標收到女兒福田惠子[8]託專人送來的密函，報告自己至日本後，結了婚，主持「東亞家政學院」，成立「台灣研究所」，因收容二二八事件後逃至日本避難的台灣菁英，被列入黑名單，無法返台。蘇漢標讀完信，大為震驚，即使貴為一縣之長，亦擔心被女兒連累，竟連忙將信燒燬，片面跟女兒斷絕關係。其滿腦現實利益而罔顧親情的作法，令人搖頭嘆息。

蘇漢標下台後，紅派在縣長選舉方面一再敗北，到了第六屆

---

[8] 福田惠子即「蘇幸慧」。

縣長選舉，蘇漢標推薦兒子蘇俊昌，讓國民黨徵召競選縣長寶座；林家則由嫁給鄭俊雄的林秀荷出馬，爭取婦女票支持，加上林金地遭冤獄坐牢，得到不少同情票，結果林秀荷以極大差距贏得第六屆縣長選戰。落選的蘇俊昌黯然回福田綜合醫院任院長，但已實際控制蘇家財產的小妾銀杏，拒付選舉所欠的一千多萬元債務，與蘇漢標爭執不下之時，銀杏索性道出兒子蘇來富並非蘇漢標親生之子的秘密，令蘇漢標氣得一病不起。作者特別藉由化緣和尚留下的白色字條，總結蘇漢標的這一生：「身入土／草木枯／寒風奏輓歌／錢無根／唇無翅／寵妾伴人眠……不甘心／不願去／此路幾人回／名利空／枉操勞／嘆悔不當初」。（5:407-408）一生汲汲於名利，終究只是一場空，怎不發人深省！

四、對比形成戲劇張力

　　整體而言，貫串《台灣大風雲》、最重要的人物林金地，其人道精神使全書主題意涵之呈現，達到更高的境界。所謂人道主義，肯定所有人類的生命都是神聖的，具有至高無上的、永恆的價值及自主地位，換言之，人人都應受到尊重。而人道主義也正是台灣文學理論建構者葉石濤衡量小說作品的重要指標，他認為，「文學本來是描繪人類困境的。它應站在弱者的立場，以人道主義的關懷來凝視自己的土地和人民。否則文學失去任何存在的緣由了。」[9]邱家洪《台灣大風雲》主角林金地之塑造，誠為前

---

9 葉石濤《台灣文學的困境》（高雄：派色文化，1992年7月初版），頁84。

述指標之具現；加上另一人物蘇漢標營造的對比性，使林金地的人道精神更爲鮮明，形成《台灣大風雲》人物塑造上的一大特色。

人物是小說的生命，人物塑造成功，小說就擁有不朽的可能。《台灣大風雲》採取寫實主義的全知觀點敘事方式，透過種種情節的安排，配合人物心理刻畫，凸出林金地和蘇漢標的個性，尤其是運用二元對立的思維方式，塑造林金地和蘇漢標這兩個政治上的死對頭，建構公理正義與現實功利的善惡對比，形成極大的戲劇張力，一位活得心滿意足，覺得不虛此生；另一位則死得心有不甘，下場令人爲之唏噓，此種對立結構，充滿象徵意義，自是有助於讀者對人生的理解，深思人生的意義，從而提升內在的精神生活層次。就此而言，《台灣大風雲》的主要人物塑造，確有其獨到之處。

可悲可嘆的台灣人
──《台灣大風雲》對投機份子的批判

　　邱家洪《台灣大風雲》，故事自台灣日治時代的一九四三年二次大戰末期開始，直到政黨輪替後的二○○一年爲止，其間，台灣歷經日本殖民政府與國民政府的統治，再到政黨輪替，《台灣大風雲》之敘事，無疑爲台灣民主政治的縮影。在改朝換代的亂世，社會上總出現一些自私自利、趨炎附勢的投機份子，作者邱家洪於塑造代表正義公理的「蠻牛」林金地之餘，對於這些寡廉鮮恥之徒亦多所著墨，予以嚴厲的批判，形成人物塑造的強烈對比。綜觀《台灣大風雲》眾多投機份子之中，當以蘇漢標、黃木連和張木枝三人爲代表。

一、蘇漢標

　　蘇漢標是日治時代公醫，極端的現實功利，他提醒同樣學醫的兒子蘇俊昌：「人，要少管閒事、少說閒話，多保護自己，要這樣才使自己能夠壯大，成爲將來社會的頂尖人物。」(4:160)由此可知，蘇漢標毫無道德可言。《台灣大風雲》裏面，蘇漢標之

投機勢利以及隨時見風轉舵的作為，令人瞠目結舌。

日治時代，蘇漢標赴日本留學，說日語，過日本新年，瞧不起台灣人，積極響應皇民化運動，把自己得的家變成所謂「國語家庭」的樣板，全家人都改為日本姓名，他名為「福田隆恆」，不喜歡別人稱呼他的本姓本名；他認為要飛黃騰達，唯有緊攀日本人，他想著，自己若生為日本人，那該多好？還自怨自艾：「我已經棄祖背宗，將蘇漢標改為福田隆恆，受日本高等教育，不講台灣話，可恨的台灣人依然叫我蘇公醫，咄咄逼人嘛，這是什麼世界？好，待我將女兒嫁給日本人，兒子娶日本姑娘，我便可做日本人的阿公啦！」(1:118)他希望女兒惠子嫁給郡役所助理高橋沂南之子高橋英一，好跟日本人搭上關係，偏偏兩個當事人彼此並不來電，教他徒呼負負。後來兒子蘇俊昌陰錯陽差娶日本女子加藤貞子為妻，讓他為自己終於跟日本攀上關係而高興不已。未料日本無條件投降了，蘇漢標雖然傷心欲絕，卻毫不遲疑，馬上斷絕跟日本的一切關係，將「國語家庭」的招牌卸下來，丟在地上踐踏，令家人把日本姓名全都改回來，隨即積極設法拉攏當權者，心想：「如今換了政府，等於換了老闆，他也已經變成蘇漢標，不再是福田了，必須重新開始，建立新關係，拉攏新權貴。」(3:130)並且告訴已娶日本媳婦的兒子蘇俊昌：「想想看，你若非娶了貞子，還保留著活會的地位，當然是最具黃金性、最有魅力的單身漢，自可娶一門唐山姑娘的媳婦。如此一來，我們蘇家身價百倍。」(3:394)當然，蘇俊昌已經跟貞子結婚，以上只是說說，卻充滿諷刺的意味。

二二八事件期間，蘇漢標足不出戶、不敢發聲，命令兒子不

要在外參加活動，回來家裏避風頭。未過多久，蘇漢標就替自己和兒子申請加入了執政黨，其投機心態一覽無遺。果然，靠攏執政黨後，跟當權者搭上線，使他當選省參議員以及兩屆縣長。當他收到女兒福田惠子託專人送來的密函，報告自己至日本後，結了婚，主持「東亞家政學院」，成立「台灣研究所」，因收容二二八事件後逃至日本避難的台灣菁英，被列入黑名單，無法返台。蘇漢標讀完信，大為震驚，即使貴為一縣之長，亦擔心被女兒連累，竟連忙將信燒燬，片面跟女兒斷絕關係。其滿腦現實利益而罔顧親情的作法，令人搖頭嘆息。蘇漢標下台後，所屬的紅派在縣長選舉方面一再敗北，後來他索性推薦兒子蘇俊昌出馬競選，卻又敗給死對頭林金地女兒林秀荷，因選舉欠下鉅額債務，財產為小妾銀杏霸占，漢標氣得一病不起。作者特別藉由化緣和尚留下的白色字條，總結蘇漢標的這一生：「身入土／草木枯／寒風奏輓歌／錢無根／曆無翅／寵妾伴人眠……不甘心／不願去／此路幾人回／名利空／枉操勞／嘆悔不當初」。(5:407-408)蘇漢標一生投機、鑽營，汲汲於名利，終究只是一場空，怎不發人深省！

二、黃木連

《台灣大風雲》的投機份子除了蘇漢標，作者批判最力的是黃木連，他因為罹患重砂眼，是以綽號「紅目鰱」。他開雜貨店，也暗中經營賭場，誘引保正李水土次子李清溪迷上賭博，欠下鉅額賭債，欲藉機奪其祖產，主角林金地不齒黃木連的所作所為，認為他魚肉鄉民、作惡多端，應該抓去坐牢。日治時代，治

安嚴謹，黃木連被警察列入黑名單，加以看管，所以無機可乘。

他認為警察抄他賭場是故意找他麻煩，當日本一投降，政府衙門為之癱瘓，黃木連乘虛而起，帶著賭場的流氓四處尋仇，把以前取締賭場的日本高吉巡查痛毆一頓，以報復日人之名，行搶劫之實，鄉民怕遭報復，敢怒不敢言，直到林金地等出面組青年隊加以反制，黃木連這才銷聲匿跡。但他還是自信滿滿地口沫橫飛：「沒權免談，做官包贏。因為官場和賭場相同，先用騙的，騙不來就詐，詐不成便搶，搶不到則威迫利誘、軟硬兼施，不得手決不放手，為目的不擇手段。」(3:213)所以他千方百計想要做官，也由於世局正值紛亂，使他果然當上了鄉長。首先，他和蘇漢標狼狽為奸，共組「歡迎祖國委員會」，同赴基隆港迎接國軍。接著跟蘇漢標一樣投機，刻意跟返台的接收大員施望台拉上關係，惡意中傷林金地，造成施望台兄弟誤會林金地。同時他甘被新任官派縣長施望台利用，取鄭明智而代之，成為溪北鄉長。身為鄉長卻照常經營賭場牟利，還教唆部下放火燒林金地的鴨母寮，不時去擾亂、破壞。

二二八事件期間，他利用台灣人與外省人水火不容之時，又派人毆打常去取締賭場的外省籍分駐所長。後來，施縣長下台，黃木連的鄉長一職才被撤換。不過，他反而擴張賭場，把一些大小流氓、黑道份子找來，成為地方上的惡霸，賭場生意比以前更加興隆。白色恐怖時期，與蘇漢標勾結，檢舉為枉死者舉辦公祭的林金地聚眾謀反，幸憲兵隊長知其捏造事實，不予受理，反而對其嚴加看管。後來，蘇漢標出馬競選縣長，黃木連成為樁腳，幫忙買票，胡作非為。

　　第四屆縣長選舉，蘇漢標負責操盤，黃木連又替金牛候選人買票，不料選舉結果敗給「斗笠派」的林金地，黃木連乃率手下出面，以暴力方式向收賄者討回賄款，並從中抽成，竟於衝突中當場斃命，有人說是被對方用鋤頭擊碎腦袋而亡，也有人猜測可能被自己的嘍囉誤傷致死。無論如何，黃木連結束可悲可嘆的一生，卻也死有餘辜。

三、張木枝

　　以日治時代爲背景的作品中，當殖民統治者幫凶的「三腳仔」[10]往往是作者嚴厲批判的對象，像李喬大河小說《寒夜三部曲》的英雄人物劉阿漢就說：「台灣人最多漢奸！」[11]《台灣大風雲》亦然，其中「三腳仔」的代表人物正是巡查補張木枝。

　　張木枝原先在藝旦間鬼混，其父向當時的溪北庄長施瑞鱗請託，得以謀得巡查補一職，立即改名「上野木枝」，並且因此神氣起來，他跟蘇漢標一樣討厭別人叫他的台灣本名，一向痛恨日本殖民政府，拒說日語、拒改日本姓名的林金地遇見上野巡查補仗勢欺人，火冒三丈，便直呼上野的台灣本名，氣得上野提出警告：「林金地，你知道我已經改姓名，居然還叫我的土名，犯了皇民奉公會的相關規定，我連你一起逮捕。」(1:18)上野巡查補認爲執行「天皇陛下」賦予的職權是他「神聖」的責任，於是查戶

10「四腳狗」指日本統治者。
11 李喬《寒夜三部曲‧孤燈》(台北：遠景，1981年2月初版)，頁122。

口、逼迫庄民交「料金」懸掛「締繩」過日本年、取締黑市私宰、簽報「疏開」場地、追查抗日份子……等，莫不戮力以赴，但在庄民看來，其言其行則無異於作威作福，作者如此描寫上野：「尖頭凸眼，滿面邪氣，笑得呲牙裂嘴，好像陰間地府的屬鬼惡煞，叫李水土心坎起疙瘩，不寒而慄。」(1:14)

　　因為日本人招募台灣人當警察，目的在利用他們的地方關係，蒐集各種情報，包括人和事，甚至風俗民情，充當日本人的耳目、爪牙，打壓台灣人，這是「以台制台」的毒招，很多人無辜受害，枉死者不知凡幾。林金地最瞧不起「三腳仔」，痛罵上野巡查補是「奴才嘴臉」。(1:196)此外，上野巡查補認定李水土喪事過於舖張，乃出面干涉，林金地的長工陳樹根看不過去，以言語頂撞，立即挨了兩記耳光，陳樹根便反問道：「你改姓名、講日語，就能變成日本人？」(1:525)予以上野巡查補直接的批判。相對的，上野巡查補對日本上司則百般巴結討好，要求林金地和施瑞麟參加州知事山道寺尊夫人的告別式，以充場面，未料施瑞麟因州知事占用其家產，本就有心結，見到州知事山道，施瑞麟當面嚴厲指責：「少橫徵暴斂，甘為軍方的幫凶，遺臭萬年！」(1:566)兩人因此爆發肢體衝突，山道寺尊事後追究安全維護疏失之責，得知林金地和施瑞麟係上野巡查補找來「弔唁」的，於是上野巡查補落得「弄巧成拙」，反遭撤職查辦，丟了官，真是一大諷刺！

　　日本投降後，國民政府來台，投機份子張木枝馬上走接收大員的後門，重作馮婦，還因日本籍巡查暫時留用待遣，張木枝反而佔到便宜，被警察局指定為代理主管，他那種欺善怕惡的劣根

性立時又暴露無遺，向新任鄉長黃木連自動輸誠，為虎作倀，成為黃木連的另一股勢力。未久，張木枝表面上是依據「專賣局組織規程」取締私菸私酒，實則公然向產製私菸的張義鐘索賄，還抱怨自己的官小，撈得不夠多，竟有如下之嘆：「做日本警察爽勢，大家稱大人，要多威風便有多威風，呼水會結凍。但被管得嚴，不得不自我警惕，想揩一點油都瞻前顧後，深怕掉入糞坑，一生洗不清淨，也不敢伸腳出手，自己管死自己，看有吃無過乾癮。」(3:289)又說：「大狗跳牆，小狗學樣，上不正則下歪。如今撈接收財發胖的官滿滿是，貪風陣陣吹，越吹越大越廣，警察也被吹倒了，這叫風氣。可是警察算啥？芝麻蒜皮，正如阿明所講的，要的不過是一粒鼻孔屎，小巫見大巫，不及人家一根腳毛。」(3:289)怎不教人啼笑皆非！像張木枝這般狐假虎威、欺壓百姓的台灣人，即使改朝換代，依然有其生存之道，怎不令人喟然長嘆。

四、反映台灣人的陰暗面

由於無可奈何的歷史因素，台灣歷經不同的政權統治，正當台灣人面對身分／文化認同的疑難、矛盾、掙扎和追尋時，蘇漢標、黃木連和張木枝之類的投機份子，眼中只有自己沒有別人，遑論社會、國家，可以說完全失去或沒有反省能力，適足以反映出某些台灣人可悲可嘆的陰暗面，當然邱家洪也透過《台灣大風雲》，秉春秋之筆，對這些投機份子毫不容情地予以嚴厲批判，可謂大快人心！

超越絕望之愛

──《台灣大風雲》的異族愛戀

一、日治時期台灣人的集體潛意識

　　日治時代的台灣人，面對日本人，內心難免自卑，總希冀以「異族愛戀」，獲得長期壓抑下的心理補償。只是，這往往帶來了心碎與絕望。學者林瑞明指出，此種「絕望的愛」乃是日治時期台灣人的「集體潛意識」（collective unconsciousness）。[12]回顧生活經驗跨越日治時代與台灣光復的本省籍作家作品，常會出現有著民族差異與文化隔閡的日本女性角色，與台灣籍男主角發生異族愛戀的情節，如吳濁流知名的《亞細亞的孤兒》、鍾肇政《濁流三部曲》、《台灣人三部曲》和《八角塔下》等都有類似例子，而且這些日本女性往往是「美麗與憂愁」的化身，混合著戀慕與感傷的距離美感，此種「期待」與「絕望」交錯的矛盾情結，成為這些

---

12 見林瑞明〈人間的條件──論鍾肇政的「滄溟行」〉，收錄於《台灣文學的本土觀察》（台北：允晨文化，1996年7月初版），頁122-139。

作品的主調，最後也都以悲劇收場。

到了稍晚世代的東方白，所受到的殖民壓迫經驗不像吳濁流、鍾肇政那般強烈，是以其大河小說《浪淘沙》的台灣男子，即使遭受殖民統治的不平等待遇而有所不滿、反抗，然他們均能從比較宏觀的角度來看待日本人，與日本女子來往，自信而不自卑，彼此之間的「愛戀」就不再是必然的「絕望之愛」了。至於邱家洪《台灣大風雲》，外部時間自台灣日治時代的一九四三年二次大戰末期開始，直到政黨輪替後的二○○一年主角林金地去世為止，歷時近一甲子，書中同樣有異族愛戀的情節，值得進一步探究之。

二、加藤貞子特殊的人生際遇

《台灣大風雲》主要寫的是溪北地區林金地、鄭明智、蘇漢標三個政治世家的恩怨，其中林、蘇二家是形同水火的世仇，身流日本血液的加藤貞子則在其間扮演著關鍵性角色。

貞子與林金地之子林孟斌相愛，兩人是台北帝國大學同校同學。眉稀眼長、高腮寬頤、皮膚白裡透紅的貞子，個性十分積極；林孟斌則瘦高體健、寬額大眼，有些缺乏主見卻又深具研究精神。在陰錯陽差之下，貞子利用機會，主動追求林孟斌，縱使雙方家長「日台難以融合」的觀念根深柢固，都反對他們繼續交往，但個性叛逆的貞子和林孟斌對愛情都有著崇高至上的憧憬，就在貞子父親運用軍部特殊權力將林孟斌徵集調赴海外作戰前夕，貞子為示此愛不逾，以及等候林孟斌歸來的決心，當晚獻身

給林孟斌。林孟斌出征後，一直下落不明，而貞子發現自己已經懷孕。為擺脫無法在社會立足的困境，貞子將此事告訴蘇漢標之子蘇俊昌，徵得好心善良、清秀儒雅的蘇俊昌同意，貞子嫁入蘇家，生下林孟斌的骨肉蘇敏信，蘇林二家其他人皆不知此一秘密。後來，戰事日緊，蘇俊昌也被徵調，到南洋擔任軍醫。

日本戰敗投降，蘇俊昌復員，林孟斌依然杳無音訊。至此，蘇俊昌和貞子才成為真正的夫妻，貞子還懷了蘇俊昌的女兒。未料，此刻一心愛著貞子的林孟斌竟回到台灣，兩人一度不顧一切要私奔，可是當林孟斌獲悉貞子已經結婚懷孕，絕望的他反而阻止貞子，要她立即回到蘇俊昌身邊。貞子自此斷絕與林孟斌的感情糾葛，專心做蘇家媳婦。難能可貴的是，心軟的蘇俊昌明知蘇敏信不是自己的骨肉，仍將之視如己出，大力栽培。迨敏信自日本學成歸國，與生父林孟斌同台競選縣長，貞子為免父子相殘之慘事發生，她終於告知林孟斌，敏信為其骨肉之真相，林孟斌乃轉而暗助蘇敏信當選縣長，使林家上下都對林孟斌十分不諒解。選後，蘇敏信偕妻女向老縣長林金地請益，由於政治理念一致，彼此相談甚歡。至於蘇漢標，先前在其子蘇俊昌競選縣長敗給林金地次女林秀荷未久，即因病去世；當林金地八十一大壽時，前來拜壽的蘇敏信稱呼林金地為「阿公」，象徵林蘇兩家族的世仇，正式劃下了句點。

《台灣大風雲》主角林金地去世之前，蘇俊昌已經病故，儘管都是老年人了，有妻子兒女的林孟斌對貞子的愛依然不減，想接她同住，貞子以不能對不起有情有義的亡夫而拒絕之，堅持彼此以兄妹相稱。貞子甚至在林金地出殯之日，循台灣傳統「哭路

頭」喪俗，以出嫁孝女的身分，穿粗麻喪服，披白布蓋頭，一路哭回娘家，其堅貞之情令人感動！

三、走上愛台灣的路

貞子的父親加藤仲賢是台灣軍部參謀長，有著極強烈的民族優越感，只要是和貞子談感情的台灣人，都會被他設法徵調到海外當兵，林孟斌亦然。而林金地也打從心底厭惡日本人，認為與日本人交往，沒有一個好下場，早就提醒兒子「日台感情潛在的危險性」（1:159），別逞英雄。偏偏愛情至上的林孟斌不予理會，果然遭到加藤仲賢的殘害，令林金地痛心不已。既然長輩都不支持雙方交往，何以貞子跟一般日本人不同，仍一心一意要做台灣人、愛台灣人、做台灣媳婦呢？

作者對於貞子之主動突破「絕望之愛」，頗多著墨。比如林孟斌就讀昆蟲系，貞子則讀歷史系，專攻台灣史，她告訴林孟斌大妹林秀梅，其父與所有日本軍人一樣，野心勃勃，為了永久經營台灣，不得不深入探討台灣、挖掘台灣人的心，有其政治目的，但貞子讀台灣史的用意很單純，她說：「我只是想做一個道地的台灣人。因為我愛台灣，喜歡這地方，計畫終老於此，不願回日本。既然要作台灣人，就不可不認識台灣、不可不瞭解台灣。我以後還要學台灣話呢！」（1:151）她尤其感受到台灣人的坦率，以及濃厚的人情味，說：「台灣青山綠水，風景秀麗，不受四季變化的影響，經常保持如詩似畫的景色，（略）……直到兩年前，因父親請調台灣，舉家住台北，才體會到台灣的美麗與可

愛。」(1:143) 林孟斌出征前夕，林母到媽祖宮祈求媽祖收孟斌為義子，保佑其平安歸來，貞子為表示自己融入台灣文化，她主動一起前往見識媽祖婆，心想：「因為做為一個台灣人，不可不理解台灣的神，不可不知向神懺悔的方法，以及如何獲得神的信賴和庇佑？」(2:158)

加藤仲賢反對女兒貞子與林孟斌交往，刻意將林孟斌調離台灣，她卻又不顧一切，嫁給了蘇俊昌[13]，加藤仲賢因而氣得痛罵台灣多不肖男子，貞子立即反駁父親：「林孟斌和福田祥靖都是大學生，正人君子，絕非你眼裡的那種人。」(3:12) 蘇俊昌離台前，跟貞子說：「如果林孟斌先我榮歸，妳就回到他身邊。真正相愛的是你們，我期盼妳和他有情人終成眷屬。」(3:14) 貞子卻回答丈夫：「他確實愛我，我也愛他。可是自從我嫁你那一天開始，我和他的愛情便煙消雲散。我現在是你的妻子，永遠都是你的妻子，絕無二心，相信有一天我們會成為真正的夫妻。這是我此生唯一的願望。」(3:14) 還堅定的跟蘇俊昌說：「我把我們的結婚視同台灣式的婚姻，準備過台灣人的生活，而且基本上我就是台灣人。」(3:15) 果然，她實踐諾言，日本投降後，她沒有跟隨母親回祖國，選擇繼續留在台灣，生活了一輩子，不但超越異族愛戀的悲劇性，而且可以說成為一個如假包換的台灣人。

值得注意的是，《台灣大風雲》的女性往往比男性積極、堅強，特別是貞子，深具自主意識，她秉持自己對台灣的摯愛之外，展現堅定的意志與決心，克服艱難處境，結了婚，生兒育

---

13 蘇俊昌，改名「福田祥靖」。

女，自己的路完全由自己決定，令人印象深刻。當然，這樣的女性角色塑造，也明顯透露出作者邱家洪對於女性主義者（feminist）的同情與支持。

四、徹底去除心靈的殖民殘留

　　邱家洪《台灣大風雲》的「台日異族愛戀」，除了貞子與林孟斌、蘇俊昌的戀愛與婚姻外，尚有郡役所助理之子高橋英一對林秀梅的一往情深、歸化日本的李清榮[14]娶造船株式會社老闆之女木川紀子、來自沖繩的高吉芳子[15]當台灣客家媳婦、赴日的福田惠子[16]嫁給早稻田大學小磯谷郎教授，乃至貞子與林孟斌所生的蘇敏信，長大後赴日留學，也娶日本女子近衛秋子為妻，以上除了高橋英一與林秀梅情深緣淺，李清榮和木川紀子的婚姻有其事業結盟的考量外，其他婚姻都還算美滿，就歷來台灣小說的異族愛戀表現言，《台灣大風雲》是絕無僅有的特例。只是，作者將「絕望之愛」一一昇華，固然貞子的部分，十分用心來描寫其想法和心路歷程，卻難免予人是否純為作者之一廂情願的疑問？此外，值得一提的是，既然無法跟貞子在一起，林孟斌原本不打算結婚的，後來他卻有了兩段婚姻，首先是小妹秀荷的師範學院室友章婉玲，她是外省籍，林金地討厭「阿山人」，章家父母同樣對本省人有很深的成見，林孟斌竟在章婉玲大膽提議下，一起

---

14 李清榮，改名「鈴木青松」。
15 高吉芳子來台嫁給台灣客家人，改名「王芳枝」。
16 福田惠子，本名「蘇幸慧」，蘇俊昌之姊。

前往法院公證結婚，引起軒然大波。事已至此，林金地不得不接納這外省媳婦，章家則始終不予承認。婚後，林孟斌和章婉玲感情尚佳，然因林孟斌仍愛著貞子，身懷六甲的章婉玲又獲悉林孟斌和貞子生有一子，憤而回娘家，產子之後依然不肯回來，導致二人感情生變，而章婉玲在父母默許下，與從小認識的男友交往懷孕，林孟斌乃與章婉玲正式離婚，後來才和比自己小十五歲之多的同鄉女子葉佩安結婚，並且再生一子。像這樣「不同族群結合、分離」的情節發展，似乎暗示著作者認為台灣本省外省的族群之間，依然存在難以跨越的鴻溝。

關於異族愛戀，誠如後殖民文學論者薩依德（Edward W. Said）指出，被殖民者乃是被迫居於依賴、邊緣地位的群體，被處於優勢的政治團體統治，並被視為較統治者略遜一籌的次等人種。[17]被宰制的人畢竟是弱者，每當面對日本人，台灣人難免產生自卑的心理，甚至於愛戀日本女子，在民族心理學上深具象徵意義，諸如由於日台崇拜的心理，高高在上的民族往往予以被殖民者類似亂倫的潛意識，此種潛意識也束縛著被統治者，阻礙雙方的正常交往乃至通婚。而小說家執筆寫作時，隱隱然流露出「潛意識心理」，於小說角色的創造上，期望在「異族愛戀」的情節中，讓始終居處弱勢的男性能夠藉由與日本女子的交往，翻轉現實情境，取得阿Q式的、自以為是的精神勝利，藉以紓解內在積存的苦悶。此一「日本人／台灣人」、「優越／低下」、「自大／自卑」

---

17 轉引自邱貴芬《仲介台灣・女人──後殖民女性觀點的台灣閱讀》（台北：元尊文化，1997年9月初版），頁157。

之對立象徵意義，顯而易見。

綜觀之，類似《亞細亞的孤兒》、《濁流三部曲》、《台灣人三部曲》、《八角塔下》等充滿悲劇性的「絕望之愛」，實為日治時期台灣人的「集體潛意識」，蘊含著殖民地人民翻轉「優越／低下」現實對立的象徵意義。到了二十一世紀，台灣已慢慢走出歷史悲情的暗影，逐步建立台灣主體意識，而「異族愛戀」在文學上的表現，當然也就不再像以前那樣充滿悲劇色彩了，台灣最新大河小說──邱家洪《台灣大風雲》適足以充分印證，其小說人物「異族愛戀」的表現，已經完全超越前述的「絕望之愛」，可以說徹底去掉了心靈上的殖民殘留狀態矣。

保有生命尊嚴的氣概

——《台灣大風雲》的台灣意識

一、台灣歷史素材小說的重要主題

　　回顧歷史，台灣是一個長期被殖民的社會，飽受外來強勢文化價值的壓迫與支配，造成本土文化式微崩解，族群的尊嚴與認同也面臨流失的危機。台灣近四百年，漢人移民與不同的外來統治者，一直存在著緊張的對抗關係。透過不斷的武力鬥爭，漢人移民在台灣社會便無可避免發展出本地意識。

　　一八九五年清廷將台灣割讓日本後的乙未抗日，即為前述本地意識的具體表現。其後日本政府利用種種殖民主義方法，試圖鞏固其在台灣的殖民統治地位，期使各種強取豪奪合理化，實則此種根本貶抑台灣的殖民體制，讓不同族群的台灣人受到一樣不公平的對待，更讓本土性的台灣意識日益成型，對日本殖民統治者展開政治上、經濟上、文化上的抵抗，以追求平等的待遇。終戰後，台灣人嚮往著祖國，未料祖國人員與行政官署的種種表現，令人大失所望，導致祖國夢碎，更加深了內心的台灣意

識。此「台灣意識」一直是台灣歷史素材小說的重要主題，如鍾肇政《台灣人三部曲》、李喬《寒夜三部曲》、東方白《浪淘沙》皆是，而邱家洪《台灣大風雲》，其小說人物在台灣意識方面的呈現，與前述台灣大河小說相較，可謂猶有過之。

二、林金地具體呈現台灣意識

《台灣大風雲》主角林金地，是雷公脾氣、頭戴斗笠的做田人，一生追求公平正義，不畏專制強權，抗爭到底，乃「正港的台灣人」。

住溪北庄鴨母寮的林金地，堅持不改姓名、不講日語，最看不慣缺乏台灣意識的「三腳仔」（殖民統治者的走狗），比如他不掛「締繩」，拒過日本新年，本名「張木枝」的上野巡查補，前來勸導，他就很不客氣地批評道：「張木枝，你不要以為改了姓名，換了祖宗，就能變種，變成四腳仔，反過來欺侮台灣人。」（1:19）兩人於是爆發衝突。林金地也不齒來自沖繩、跋扈囂張的高吉巡查，他發出這樣的感慨：「可惜，一個亡國奴，認賊作父，也甘願做四腳仔狗，有何面目見祖先？」（2:184）

日本人面對台灣人，內心存有民族優越感，林金地深知此一情結難以改變，所以堅決反對兒子林孟斌和日本同學加藤貞子交往，告訴被愛情沖昏頭的兒子：「就算台灣人剃頭擔子一頭熱，打破狹隘的民族思想，打破錯誤的民族觀念。那麼，誰去叫日本人聽你的話？跟台灣人同時打破這一切？他們願意自動放棄天生的優越感、願意與台灣人平起平坐嗎？恐怕拿熱面子去貼人家的

冷屁股罷了。」(1:160-161)且一再提醒:「不要再做白日夢啦,快醒過來吧!」(1:161)當兒子林孟斌被貞子父親加藤仲賢參謀長刻意徵調至南洋當兵,一向敢言直言的林金地便對加藤仲賢大加撻伐:「加藤桑,你反對貞子與孟斌戀愛,正像我不想孟斌娶貞子一樣,都有民族意識的因素,頂多不過是民族間的偏見,或者是統治者的心理矛盾,但絕不是民族仇恨。不幸的是,你居然以不共戴天之仇來殘害孟斌,與我把貞子視同子女的心情,竟有天壤之別。日本人的心胸真的這麼狹窄嗎?」(2:358)其內心之不滿,正是台灣意識的表現。

後來,林金地的義子張義鐘從軍去,他想起兒子林孟斌不久前當的是日本兵,不禁深深感嘆台灣人的悲哀:「同樣的台灣人,只差這麼幾年的時間,昨天喊『大日本帝國萬歲』,今天卻大喊『中華民國萬歲』,明天台灣的青年又不知要喊誰萬歲?要唱什麼歌?講什麼話?呼什麼口號?⋯⋯到底台灣自己的國家在哪裡?誰才是台灣真正的主人?」(4:352)

日本投降,台灣光復後,為實踐公理正義,林金地先後出馬角逐縣參議員、縣長,都獲高票當選。他認為,台灣人要靠自己努力,自己爭取,才有生存的空間,也一貫主張台灣要有自主性,不斷地宣揚這樣的理念:「台灣的自立也要靠台灣人的自強和努力。此外,在政治民主方面,我們絕對不能放棄自己的責任。政治要上軌道,當然老百姓要有權,政府就要民主化,三方面來配合,台灣才有希望。」(5:431)而他的心願是:終有一天,台灣總統直接民選,並由台灣人來當總統。到了二〇〇〇年,台灣政黨輪替,總統也由台灣人當選,年逾九旬的林金地,興奮地

拍著桌子說：「大時代已經來臨，我這一生算活得夠有意思啦，真的是照我一輩子的想法，終於看到台灣人的希望啦！」(5:584)

由於台灣光復後接收工作的不公，加上二二八事件引發的不滿與衝突，林金地覺得，改朝換代只不過是換了一個新的殖民霸權，所以對外省族群當然沒有好感。林金地當選台灣省「制憲國民大會代表」，遠赴南京集會，見識到國共政黨惡鬥的自私自利，他備感失望，提前返台，認為中國大陸各省的制憲代表，「沒有人關心台灣，中國人與台灣人沒有心靈交集，蔣介石所說的血濃於水，原是利用台灣人的空洞口號，嚴肅一點分析，不外在欺騙台灣人而已」。(3:413)於是，兒子林孟斌與外省籍女老師章婉玲交往，林金地極力反對，但二人依然在一起。當章婉玲父母章安齊、馬玉黛趕到溪北鄉林家，一臉鄙夷嫌棄，樣樣看不順眼，欲立即帶回女兒，還一味怪罪林家，脾氣火爆的林金地乃與擔任內政部高官的章父大吵一架，氣得說道：「一百句五十雙，水龜不交田螺，阿山婆仔進不了我林家的大門，章婉玲，妳走啦！」(5:265)顯然林金地的想法是，台灣人為漢民族是不容否認的事實，但台灣跟中國大陸長期隔離，以及不同文化發展而造成不同風俗習慣的關係，彼此在民族認同的程度上，已形成非常大的差異，這又是一種相對於中國大陸的「台灣意識」。

林金地在日治時代就不斷爭取台灣人權，要使台灣人生活得更加快樂幸福，其間曾被日本人抓去關過、打過，差一點丟了性命，後來換了所謂的「祖國」，國民政府又把他抓了好幾次，被打得半死，他就是如此這般，為這塊土地而堅持、奮鬥。綜觀林金地的一生，可以說正是台灣意識的具體呈現。

三、其他人物的台灣意識

　　除了林金地，《台灣大風雲》尚有不少人物的台灣意識，令人印象深刻，如林金地的長工陳樹根，聽到日本軍官廣田信志輕蔑地以「支那人」來稱呼他，陳樹根直覺地回答：「我們是台灣人，不是支那人。」(2:30)陳樹根認為，台灣不是支那，而支那亦非台灣，把兩者相連是不可想像的。再者，溪北庄前庄長施瑞鱗拒絕日本天皇的敕封，因為被封為日本貴族，自然就失去了做為一個台灣人的靈魂，換言之，既是日本貴族，就不是台灣人；若是台灣人，就不會是日本貴族，所以他寧願窮困潦倒，也不願意失去他做為一個台灣人的本色。

　　而一心一意要做台灣人、愛台灣人、做台灣媳婦的日本人加藤貞子，她讀台灣史，說：「我只是想做一個道地的台灣人。因為我愛台灣，喜歡這地方，計畫終老於此，不願回日本。既然要作台灣人，就不可不認識台灣、不可不瞭解台灣。我以後還要學台灣話呢！」(1:151)她尤其感受到台灣人的坦率，以及濃濃的人情味，說：「台灣青山綠水，風景秀麗，不受四季變化的影響，經常保持如詩似畫的景色，（略）……直到兩年前，因父親請調台灣，舉家住台北，才體會到台灣的美麗與可愛。」(1:143)後來，她果然留在台灣，生兒育女，度過一生，其台灣意識是無庸置疑的。又，本名蘇幸慧的福田惠子，嫁給日本人，但她在東京籌辦「東亞家政學院」，還成立「台灣研究所」，收容二二八事件之後到日本避難的台灣菁英，於是被政府當局列入黑名單，其台

灣意識自是超過一般人。

此外，《台灣大風雲》的台灣意識擴而大之，不分國籍，比如林金地對其實是自己孫兒的蘇敏信的日本太太近衛秋子說：「蘇敏信是道地的台灣人；也有很多日本人都認為自己是台灣人，譬如說妳婆婆貞子，雖然我不大喜歡她，不過她一直留在台灣，現在也成為台灣人。妳也是，將來妳的兒女也都是台灣人。台灣人並不分國籍，只要對這裡有認同、有貢獻的都是台灣人。」(5:485)包括來台多年的林金地友人百歲高齡的康伯樂神父和八十餘歲的馬利亞修女，他們吃台灣米、喝台灣水，認同台灣，住台灣比住自己的家鄉還久，當然都算是如假包換的台灣人了。在林金地建議之下，縣長將康伯樂神父和馬利亞修女愛台灣的事蹟報請總統府公開褒揚，的確別具意義。

四、台灣意識不再是禁忌語彙

在鍾肇政《台灣人三部曲》裡，陸家長期反抗日本殖民統治強權，展現了堅忍不屈的台灣意識；李喬《寒夜三部曲》透過劉阿漢、劉明鼎父子跟殖民統治者對抗的一生，呈顯殖民統治者殘酷無情的面貌，以及台灣人為了保有生命尊嚴的氣概，其台灣意識令人熱血沸騰。至於東方白《浪淘沙》，也有著「殖民／被殖民」、「壓迫／受壓迫」、「認同／不認同」等多層次的、相互交叉又相互重疊的對立，經由主要角色的塑造，反抗過去殖民和威權統治的支配與壓迫，對於台灣意識的建立，用力甚深。

「台灣意識」在過去曾被視為禁忌的詞彙，如今因民主的開

放與時代的進步，台灣意識已經成爲十分自然的表述了，這是可喜的現象。老作家邱家洪大河小說《台灣大風雲》，藉由林金地、施瑞鱗、陳樹根、加藤貞子、福田惠子、蘇敏信，乃至康伯樂神父、馬利亞修女等眾多人物，其言其行所呈現的「台灣意識」，頗爲鮮明，堪稱十分出色的內涵語碼，跟前述大河小說相較，誠不遑多讓也。

《台灣大風雲》的土地意識

一、土地是生命安頓的重要元素

　　台灣大河小說如《台灣人三部曲》、《寒夜三部曲》的「土地意識」，都是書中重要的主題。鍾肇政在《台灣人三部曲》之中，傳達了一個生命安頓的重要元素——土地，不斷地強調一種象徵土地性格的在地力量。[18]李喬《寒夜三部曲》更是一個講土地的故事，強調人物對土地的情誼，也描述了土地對這些移民生死以之的密切關係，他們為土地而生，為失去土地而戰，連身在異地所魂牽夢縈的，也都是土地。[19]同樣的，《台灣大風雲》在意涵方面，也一再凸顯土地意識，形成小說主題的一大特色。

二、林金地為土地意識代言人

---

18 參閱申惠豐《台灣歷史小說中的土地映像——土地意識的回歸、認同與實踐》，靜宜大學中國文學研究所碩士論文(2005年)，頁41-42。

19 參閱彭瑞金《台灣新文學運動四十年》(高雄市：春暉，1998年11月再版)，頁180-181。

　　《台灣大風雲》計五十五章，外部時間自台灣日治時代的一九四三年二次大戰末期開始，直到政黨輪替後的二〇〇一年主角林金地去世爲止，歷時近一甲子，主要寫的是溪北地區林金地、鄭明智、蘇漢標三個政治世家的恩怨情仇，其中貫串全書、份量最重的是林金地，他有著雷公脾氣，是頭戴斗笠的做田人，一生追求公平正義，熱心公益，當選過縣參議員、縣長，於日治時代和戒嚴時期，都曾遭羅織罪名，施予嚴刑拷打，乃至多次入獄坐牢，他卻不屈不撓，毫不退縮，繼續爲台灣的民主發展而努力奮鬥。作者筆下的林金地，也是深具土地意識的「正港的台灣人」。

　　對於在日治時代，吃台灣米、喝台灣水卻不認同台灣的人，林金地批判說：「這裡是台灣不是日本，台灣攏總是台灣人的土地，也攏總是台灣人。」(2:541)務農的林金地自忖：「土地才是最可靠的母親，祂總是疼惜勤勞的打拚人。」(1:30)看到鄉人拋售土地，他站在田頭，十分感慨：「現今很多人不愛惜田地，認爲收成不好，沒啥有利的價值，儼然賠錢貨……其實古人說，土地是財富的根本，也是生存的依據，人要望自己的土面，不可看他人的顏色。雖然時代不同，但這道理是永遠存在、恆久不變的。」(2:424)

　　林金地胼手胝足的妻子劉美苡死後，兒子林孟斌想帶他到台北同住，他不肯離開家鄉鴨母寮，說林家才是他的根據地，一離開林家他就活不下去了。[20]而且妻子劉美苡在這塊土地上和他共

20《台灣大風雲》第5冊，頁491。

同打拚，感情深厚，如今在老家，他心中感覺永遠都跟妻子廝守在一起似的。直到林金地九十三歲，心臟病突發，死在以前妻子挑重擔失足滑落池塘溺斃的地方。雖然坊間對其死因眾說紛紜，但無論如何，林金地終究死在自己的土地上，安心走完人生最後的旅程，劃下圓滿的句點。林金地無疑是《台灣大風雲》土地意識的代言人。

三、其他人物的土地意識

除了主角林金地之外，頗具土地意識的人物，尚有溪北庄前庄長施瑞麟，他反對日本政府強徵民產，斬釘截鐵地說：「台灣人一向有自己的堅持，那就是，要命可以，要田園某園免談！土地房產是根、是本，不容被侵占、被吞沒。」(1:43-44)不過，摯愛土地，足以媲美林金地的是同鄉寡婦阿苗，作者對其土地意識之刻劃，著墨甚多。

阿苗一生命運乖舛，是悲劇角色，她前後任丈夫都亡故，遺下一家老幼，她一生最大的心願就是擁有一塊真正屬於自己的土地。她告訴長子張義鐘：「俗語說，看土面不看人面。因為土地會長出食物餵人肚子，人情卻似煙霧，一陣風便吹散，依賴不得……土地才是咱的生命，咱唯一的依靠，你別小看它，再如何受苦，也要耕出自己的一片地來。」(2:103)這是阿苗的基本理念，也是她時常掛在嘴邊的話題，這一生奮鬥的目標。

林金地知阿苗家中人口浩繁，連苦日子都難以為繼，就把已開墾的溪埔地讓給阿苗耕作，阿苗高興的告訴林金地：「施捨是

快樂，話雖這麼說，但受的人有時是救命之恩，一輩子忘不了，像你將十幾甲的溪埔地讓給我，不說我渴求土地的美夢成真，也是救我一家人的生命。你也許明日就不記得這件事，我卻終生難忘，苦思如何報答你。」(3:60)後來，林金地香蕉園遭軍方強占使用，四處陳情而無下文。愛土地如命的阿苗，一生勤勞打拚，爲阻止軍方惡行，竟遭戰車碾斃，慘不忍睹，死在她夢寐以求、一生最喜愛的土地上。

與此同樣悲壯的一幕是，何通新、黃玫芳、顏春明等人遭警總緝捕，押至香蕉園槍斃之前，被具有戰爭經驗的李清溪所救，唯李清溪不幸中彈死亡。作者如此描述：「李清溪的鮮血滴在他朝夕與共的土地上，也許他相信，將來仍會有無數人踏著他的血跡走過這片土地，他們就是『台灣人』。」(4:48)讀之怎不令人感動！

四、文化精神的建構

在《台灣大風雲》裡面，可以看到主角林金地以及其他人物深愛台灣這塊土地，從人物命名之與土地相關，如林金「地」、阿「苗」，亦可見一斑。此外，作者藉由土地意識進而延伸到「愛台灣」的精神，換言之，土地認同的建構也是一種文化精神的建構，作者之用心，顯而易見，讀者可以感受到邱家洪對台灣這一片土地的熱愛與期許。如今，大家往往不珍惜土地，很難從大地去體悟一種認分、樸實而知足的心境，因此《台灣大風雲》展現的土地意識，尤其珍貴。但就小說藝術表現言，《台灣大風雲》

未能在境界上加以提升，如《台灣人三部曲》首先將土地意識視為台灣人共同體想像的根本元素，鋪展陳述人與土地生存與共的關係，在建構「土地意識」內涵上，有其開創的貢獻；至於《寒夜三部曲》，透過燈妹輕揉洗去雙腳沾滿泥土的一幕，將土地意識提升到哲學的層次；更藉著劉阿漢么子明基被徵調南洋前夕，爬上「鷯婆嘴」，體驗到與大地一起呼吸的感受，巧妙地表現天人合一的境界，深化了作品的思想內涵。[21]與前述大河小說相較之下，就土地意識的呈現言，《台灣大風雲》可謂略遜一籌。

---

21 參閱歐宗智〈土地意識與天人合一——談《寒夜三部曲》的特異主題〉，《自由副刊》，2000年3月6日。

《台灣大風雲》的女性意識

　　邱家洪大河小說《台灣大風雲》，其敘事以溪北庄林金地、鄭明智、蘇漢標三個家族爲主，人物眾多，其中對林金地、鄭明智、蘇漢標的刻劃最爲用心，但作者並不重男輕女，《台灣大風雲》的女性角色裏，所謂「永恒的女性」（eternal feminine），[22]也就是只要做一個好妻子、好母親，要順從、聽話，是個提供性事和生產下一代的幫手、工具，這樣的女性並不多。尤其《台灣大風雲》重要的女性，皆能擺脫前述「永恒的女性」之刻板印象，深具堅忍、勇敢、積極的特質，充分流露高度的女性自主意識，其表現相較於男性，不遑多讓，頗值得進一步探析之。

一、加藤貞子

　　《台灣大風雲》女性角色之中，最具女性自主意識，也讓人最爲印象深刻者，當非加藤貞子莫屬。貫串整部小說的主人翁林

22　參閱簡瑛瑛〈女性主義的文學表現〉，《聯合文學》第48期（1988年10月），頁12。

金地，其長子林孟斌為台北帝國大學昆蟲系學生，加藤貞子就讀同校歷史系，她喜歡林孟斌，是以主動與他來往，有別於台灣傳統女性的保守。放了假，她隨林孟斌返鄉遊山玩水，採集標本，儘管厭惡日本的林金地並不贊成兩人交往，冷淡以對，她並不因此退卻，還曾跟林孟斌的大妹林秀梅說：「人生要有理想、有夢想，才活得有價值、有意義。尤其是我們女人更要加倍努力，因為女人的處境和條件比男人加倍艱難。」(1:150)加藤貞子之父加藤仲賢為軍部高官，堅決反對貞子與台灣人交往，乃使出調虎離山之計，設法徵調林孟斌，拆散熱戀中的二人。入伍前夕，貞子於林家小漁寮獻身林孟斌，以示此愛不逾，以及等待他退伍重聚的決心。

　未料貞子懷了林孟斌的骨肉，此事一旦揭發，她將無路可走，貞子便勇敢要求個性溫和善良的蘇俊昌[23]冒充孩子的父親，娶她為妻。貞子表示，婚後會盡妻子的責任，而蘇俊昌仍可保有去愛別的女人的權利。蘇俊昌心軟，只好暫時先答應與貞子結婚。一直希望能與日本人結為親家的蘇漢標十分高興，蘇俊昌的女友林秀荷[24]則覺得被背叛了，不肯聽解釋，氣得與之絕交。數月後，蘇俊昌亦受徵召出征，貞子產下一子，命名「蘇敏信」。戰後，蘇俊昌平安歸來，林孟斌則杳無音訊。貞子猜想，林孟斌已戰死異地，而蘇俊昌又無法取得林秀荷諒解，貞子和蘇俊昌終於成為真正的夫妻，貞子並且懷了蘇俊昌的孩子。過了兩年，林

---

23 蘇俊昌，蘇漢標之子，日名「福田祥靖」。
24 林秀荷，林金地之次女、林孟斌之妹。

孟斌竟然返台，與貞子重逢，他仍深愛著貞子，貞子內心掙扎矛盾，深受感動，不顧一切與林孟斌私奔，途中，貞子告知林孟斌，自己已婚生子，懷了蘇俊昌的骨肉，林孟斌無法接受，趕貞子回蘇家。蘇家為此天翻地覆，後因顧及顏面，加上敏信需要母親照料，何況貞子確實懷有蘇家的骨肉，貞子於是得到蘇家原諒，公公蘇漢標告誡她，須與林孟斌一刀兩斷。貞子產下蘇俊昌的女兒敏妮。林孟斌卻對貞子念念不忘，大年初一去見貞子，尋求再續前緣，但貞子明白拒絕，使林孟斌不得不相信，現實已無法改變。

貞子專心於相夫教子，扮演好蘇家媳婦的角色，獲得家人的肯定。數十年後，蘇俊昌已因肝癌病故，年逾七旬的林孟斌對貞子尚未忘情，有意接貞子來林家同住，貞子以不可對不起蘇俊昌的有情有義為由，加以拒絕。林金地出殯之日，雖未發訃聞，但貞子自動前來，竟如孝女般「哭路頭」，表達對林金地百般容忍她的感恩之心。

綜觀貞子的一生，年輕時勇敢反抗威權，追求真愛，而且有別於一般日本人，肯真正融入台灣的生活，充分表現其自主意識。尤其她為了擁有幸福，當她於戰後選擇與蘇俊昌在一起，自此便絕無二心，換言之，她的一生完全由自己所決定，可以說是女性自主意識的代表性人物。

二、林秀荷

林金地的兩個女兒：林秀梅和林秀荷，一嫻淑文靜一活潑外

向，形成鮮明對比，而林秀荷敢愛敢恨，頗有主見，亦是《台灣大風雲》女性自主意識的代表人物。就讀中學的林秀荷，不顧父親反對，私下與死對頭蘇漢標之子蘇俊昌約會，彼此相愛。然因蘇俊昌基於助人之心，不得已於戰爭期間娶了加藤貞子，令個性率直的林秀荷由愛轉恨。這時，林家世交鄭明智之子鄭俊雄入伍前，向林秀荷示愛，苦苦求得秀荷照片，隨身攜帶。戰後，蘇俊昌復員，欲與即將就讀師範學院的林秀荷重修舊好，遭到拒絕。林秀荷自師範學院畢業，分發縣內中山初中任教，在林金地義子張義鐘「金味食品公司」擔任總經理的鄭俊雄，向林秀荷真情告白，林秀荷終於同意其求婚。

　　婚後，第六屆縣長選舉，紅派蘇漢標推荐兒子蘇俊昌競選縣長寶座，林金地則派林孟斌出馬角逐，未料貞子將蘇敏信乃林孟斌骨肉之事告訴他。為免蘇敏信傷心，以及回報蘇俊昌的情義，林孟斌不顧反對，逕自撤銷登記，放棄競選。林金地大怒，經鄭俊雄同意，陣前換將，改派女兒林秀荷出馬。林秀荷臨時披掛上陣，充滿戰鬥意志，有方法有步驟，於政見會批評、指責蘇俊昌，得到婦女票支持，加上其父遭冤獄坐牢，得到不少同情票，結果林秀荷以極大差距當選第六屆縣長，表現出色，復蟬連縣長，迨任期屆滿，又先後選上省議員、增額立法委員，長期為民喉舌，是難得一見的女中豪傑，她向有些擔憂的婆婆表達參選縣長的意願，說：「現在是女男平等嘛，男人可以做的事，女人都可以做。當縣長又不是什麼見不得人的事。……現在的各種選舉，不只是縣長、鄉鎮長、省議員等，都有很多女人當選呢，沒什麼特異的地方，請婆婆妳放心好了。」(5:398)由此當可明顯看

出其不讓鬚眉的女性自主意識。

三、福田惠子

除了加藤貞子和林秀荷之外，際遇殊異的福田惠子亦堪稱《台灣大風雲》的自主女性。福田惠子本名蘇幸慧，是改名福田隆恆的公醫蘇漢標之女，護校畢業，因替保正李土水三子李清榮治療頭部傷勢而認識對方。後來李清榮和友人高橋英一之母理子發生不倫畸戀，其越軌行徑為高橋英一父親高橋沂南所悉，乃以替李清榮找工作為由，刻意安排李清榮離開台灣，至日本神戶海軍造船廠工作。為擺脫家庭、警察和理子，李清榮決定接受安排，遠走高飛。當他到福田病院拆掉額頭傷口的縫線，一再邀蘇幸慧同行，惠子為之動心，決定冒險，就瞞著家人，跟李清榮一起搭輪船赴日，途中遇難，跳海獲救，卻不幸慘遭沖繩日軍狂暴的軍官石原節次強姦得逞。蘇幸慧痛不欲生，本想尋短，為小磯谷郎教授和李清榮所勸阻，終於偽裝逃離沖繩島。她生下石原節次遺留的「孽種」，改嫁年長她三十歲且已經喪偶的小磯谷郎教授，生一男一女，她因主持之「東亞家政學院」成立「台灣研究所」，收容二二八事件後逃至日本的台灣菁英，被國民黨政府列入黑名單，無法返台，也無法跟家人團聚。

福田惠子命運乖舛，但她意志堅強地活下來，而且在日本擁有自己的一片天，可說是來自台灣的奇女子。當年她決心冒險和李清榮同赴日本，追求夢想，曾說：「人的前途障礙很多，尤其是女人，唯有自我突破才會成功。」(1:281)這種破斧沉舟的堅定

意志，正是她之所以能夠在事業上獲致成功的關鍵因素。

四、對比結構

　　相對於加藤貞子、林秀荷、福田惠子，《台灣大風雲》尚有許多傳統的、欠缺自主意識的女性，如前溪北庄施瑞鱗庄長的元配阿棉，鼓勵丈夫娶妾春雀，幫忙照顧事業；公醫蘇漢標元配招弟，任令小妾銀杏攬權獨斷；第三屆縣長黃順昌公館內的三個女人，只知彼此爭寵、糾纏，致使黃順昌無法專心施政，乏善可陳。乃至溪北庄寡婦阿苗，前任丈夫張火木、姚守德皆亡，她為養活一家八口，辛苦萬分，不願再次改嫁，是典型的傳統女性。這些女性跟深具自主性的加藤貞子、林秀荷、福田惠子形成人物的對比結構，使得後者的形象更加鮮明突出，由此亦可看出作者塑造人物的多元與用心，而且可以說相當成功。

《台灣大風雲》的文化語碼

一、文化語碼使作品豐腴好看

　　法國結構主義學者羅蘭・巴特（Roland Barthes）認為，我們對現實的認知都要通過既有、現成的示意系統，同理，從文學得到的認知，也是要透過不同的示意系統或「語碼」（Code），而且可透過動作語碼（Proairetic Code）、疑問語碼（Hermeneutic Code）、內涵語碼（Connotative Code）、象徵語碼（Symbolic Code）和文化語碼（Cultural Code）等五種語碼來論析。[25]其中文化語碼不易界定，因為所有的語碼，歸根結柢，可以說都是意識型態和文化的。不過，無論是格言、典故，乃至構成人類生活的種種現實，都可以視為文化語碼的範疇。「文化語碼」也如同小說的血肉，使作品不至於枯乾，顯得豐腴好看。邱家洪《台灣大風雲》書中關於台灣鄉土的文化語碼，內容相當豐富，值得細細品味。

---

25 參閱參閱羅伯特・休斯（Robert Scholes）著、劉豫譯《文學結構主義》（台北：桂冠，1995年1月，初版），頁174-176。

二、台灣民俗與日本文化

《台灣大風雲》藉由保正李土水的死亡以及林金地家中長工陳樹根的迎娶李土水之女李清慎，對台灣本地婚喪習俗的描述十分詳細。以喪事為例，包括招魂引靈、準備停放棺木的「徒舖」、以白布遮神龕上的觀音像和公媽牌、備「腳尾飯、腳尾火、腳尾爐」、祭拜亡者時家眷在旁唱白、屍體入木前的子孫守舖、做七、穿壽衣計「重」不計「件」、孝服依親疏分別輕重、入殮、封釘、出殯前之做功德、「走赦馬」、擔經、壓棺位、哭路頭、起靈出山、司公弄樓、大孫捧斗等；再以婚俗為例，加以敘述說明的有小訂大訂之別、謝籃六禮、吉祥四句聯、竹掃避邪、備「子孫桶」、飲新娘茶等，莫不鉅細靡遺，媲美民俗誌。

關於台灣民間的禁忌，《台灣大風雲》亦多所著墨，比如守孝過年不可做粿，甜粿由近親製贈，一般親友送茉頭粿；家中長輩過世，子女須在百日內完成婚嫁，否則要守孝三年；孕婦若動用剪刀裁衣，胎兒嘴唇恐有被剪破而造成兔唇之虞；有身孕者，忌米篩竹掃，以免犯沖流產；懷孕者也不可縫針或打釘，以免縫住胎兒的嘴或釘傷胎兒的頭腦，造成殘廢；婚前，新娘不可走入洞房，表示尊重男女授受不親的傳統禮俗；女兒結了婚，若在娘家生孩子，娘家會被煞貧窮。諸如此類，不能以「迷信」一言以蔽之，其背後頗有值得探討之處，讀來倒是饒富興味，絲毫不感枯燥。

此外，由於小說裏日治時代背景的篇幅約占全書的一半，所

以作者關於日本文化風俗的書寫亦相當多，如新年須在門口釘掛吉祥物「締繩」、以白色爲吉祥和誠敬、奉祀天照大神的神社是日本人的信仰中心、日本男人最怕被女人說成童話故事中的超矮人「一寸法師」、日本人斷氣後通常都在二十四小時內火化、「櫻花」具有鼓舞日本人精神的內在意義……等等，正好可以跟台灣本土民俗做一對照，了解不同種族之間的文化差異。

三、以方言書寫呈現本土味

《台灣大風雲》以方言書寫來呈現本土味的企圖十分明顯，作者行文時，運用不少俚語俗諺，藉以烘托時代背景，其苦心值得稱許。而眾多俚語俗諺之中，讓人印象較深刻者，如「世間三年一閏，好歹照輪」（1:68）、「惜屋惜到墩，疼子疼到孫」（1:486）、「在生吃一粒土豆，較贏死後拜一個豬頭」（1:519）、「算命仔嘴糊溜溜」（2:36）、「食人一斤，還人四兩」（2:455）等，讀來的確增添不少鄉土語言的韻味，當然字裡行間所蘊含的人生哲理，也教人深思再三。只是書中的人物語言和敘述語言，都夾雜了不夠純正的閩南語，且在形音義方面亦有尚待斟酌者，如「龍交龍，鳳交鳳，駝背交呆傻」（2:68）的「駝背」、「呆傻」，或者「做雞做鳥無了時，快快出世當富家人子兒」（1:127）的「快快」，「樹頭站得穩，不怕樹尾做風颱」（5:197）的「站」、「怕」，都是普通話，可見其閩南語用字不夠妥切，而此書關於方言之寫定，其成績未若東方白之《浪淘沙》或《真美的百合》，尚有一段遙遠的長路要走。

　　總之，《台灣大風雲》所呈現的鄉土民俗以及俚語俗諺，堪稱深刻的文化語碼，大大提高了整部作品的可看性，形成本書一大特色。

《台灣大風雲》的人生哲學

　　台灣最新大河小說《台灣大風雲》作者邱家洪，曾任公職多年，更代理過台中市長，如今已逾從心所欲之年，工作經驗與生活歷練十分豐富，以此為寫作基礎，完成了《台灣大風雲》，而我們從眾多人物的思想言行，不難看出作者的人生哲學。

　　大體而言，《台灣大風雲》傳達的人生哲學是理想的、積極向上的，帶給讀者面對生活的希望與勇氣。首先是理想性，有了理想，人生才有意義與動力。貫串《台灣大風雲》的主角林金地鼓勵就讀大學昆蟲系的兒子林孟斌：「人無理想，必如行屍走肉，生命毫無意義，所以理想就是人生的目標。」(1:156)不過，作者也說，人嘛，不切實際的話，往往是兩船都會踏空，[26]理想固然重要，總得顧及現實，才不致流於空想。當林孟斌陷於男女感情的泥淖而無法自拔，林金地罵他，人要知進退，面對現實，為自己的行為負責，不可活在睡夢裡。[27]除了林金地之外，其妻劉美苡、女兒林秀荷、女婿鄭俊雄、友人廖大椿、阿棉等，也

---

26 《台灣大風雲》第5冊，頁315。
27 《台灣大風雲》第5冊，頁80。

一再於言談中提到「人有理想，活得才有意義」，使得「理想性」成爲《台灣大風雲》意涵方面頗重要的主旋律，不斷地響起又響起，鼓舞著讀者。

再者是奮鬥不懈的生活態度，農民出身的鐵漢林金地，一生追求公平正義，十分熱心公益，曾當選縣參議員、縣長，於日治時代和戒嚴時期，都曾遭羅織罪名，施予嚴刑拷打，乃至多次入獄坐牢，他卻不屈不撓，毫不退縮，繼續爲台灣的民主發展而努力奮鬥，堪稱「奮鬥不懈」生活哲學最具代表性的人物，也最具有說服力。被刑求之後，斷了兩根肋骨，且雙膝脫臼，林金地堅忍地說，自己沒那麼容易被打死，生命操在自己手中，除非自願放棄，否則別人無法剝奪，他強調「存在就是實力，就是對手最大的威脅」（2:227），認爲：「有些人間公理正義的事必須堅持到底，不可半途而廢。」（4:59）林金地鼓舞長工陳樹根，應勇敢迎娶保正李水土的么女李清愼，不要膽怯退縮：「人生本來就是一個大戰場，每一個人一出生便面臨嚴酷的考驗，在戰鬥中生長，在考驗中求發展。譬如我們不事先播種插秧，努力除草施肥，哪會有黃金般的稻穗收成？」（2:54）又說：「你沒去竭力爭取，怎知自己落空？所以我最討厭那種缺少鬥志的人，也瞧不起動輒自我放棄的懦弱者。」（2:54）義子張義鐘因經濟發生困難，赴日計劃可能生變，林金地就激勵他說，人人都有困難，特別是生在這個時代，他林金地自己也一樣，可是困難總可以解決。就跟「理想性」一樣，《台灣大風雲》裏，除了林金地，其他如同鄉寡婦阿苗、友人施瑞鱗、女兒林秀荷……等，也都一一表現出爲了生活而堅持奮鬥的態度，讓讀者意志昂揚。

　　《台灣大風雲》明白傳達了作者體會的人生哲學，此乃文學結構主義深具價值的內涵語碼（Connotative Code），但值得注意的是，一般作品如欠缺思想性，將流於淺薄，談不上內涵，是以作者必然透過文字表達自己的思想，而高明的小說作者並不會直接將這些想法寫出來告訴讀者，他會用展示的方式，透過故事、人物或者某種情況，間接呈現出來，如此才會感動心靈於無形之中。至於，《台灣大風雲》作者邱家洪有意無意地讓人物直截了當地告訴讀者，這許多思想性的話語固然讓讀者對人生覺得有所助益，但不可諱言，就小說藝術表現觀之，畢竟有待斟酌改進吧！

【附錄】
《台灣大風雲》敘事大要

第1冊「二戰浩劫」(第1至15章)

第1章「締繩與黑糖」：

　　一九四四年，溪北庄施瑞鱗庄長遭到陷害，其「益民株式會社」及財產落入日本政府之手，小妾春雀為報此仇，與陷害者同宴中毒而亡。施瑞鱗庄長一職遭撤，自知破產在即，將原糖廠工房及近十甲農地事先過戶於林阿萬名下，林阿萬死後，改由其子林金地夫婦照料於溪底造茅屋而居的施瑞鱗夫婦。施家長子施東和、次子施東平兄弟先後離開台灣，轉赴中國大陸尋求發展。

第2章「動盪的新年」：

　　施瑞鱗收聽海外廣播，將日本敗象轉告林金地。台灣民生困苦，又恐美軍機轟炸，日本殖民政府準備進行「疏開」措施。林金地農校同班同學鄭明智繼任庄長，前來拜年。保正李土水兒子李清榮與郡役所助理高橋沂南之子高橋英一偷偷到林家魚池撈魚，被林家姐妹秀梅、秀荷發現，挨打後竟調戲林家姐妹。最後

由李土水出面嚴懲兒子李清榮，爭端方告一段落。

第3章「少男少女多情夢」：

李清榮遭父打傷，高橋英一送他到福田病院，由改名「福田隆恆」的公醫蘇漢標治療，護校畢業的女兒惠子（本名「蘇幸慧」）從旁協助。皇民化的蘇漢標希望就讀醫科的兒子蘇俊昌（改名「福田祥靖」）繼承家業，也有意把女兒惠子嫁給高橋沂南。另一方面，林金地長子林孟斌就讀台北帝國大學，帶日本女同學加藤貞子返鄉採集昆蟲，厭惡日本的林金地並不贊成兩人交往。

第4章「台日三姊妹」：

加藤貞子與林家姐妹秀梅、秀荷趣味相投，林金地要求林孟斌與貞子斷絕交往，未能如願。林金地妻美苡亦苦於不知如何讓貞子知難而退。林孟斌與貞子溯溪前，上野巡查補（本名「張木枝」）等奉台灣軍參謀本部命令來到林宅，以林孟斌誘拐加藤貞子離家潛逃為由，逮捕林孟斌，並護送貞子回參謀本部。

第5章「槍口下的愛情」：

林金地為林孟斌與貞子遭逮捕之事，與上野巡查補等爆發肢體衝突，幸庄長鄭明智協助解決，唯林孟斌與貞子仍得奉命返回台北。先前額頭受傷的李清榮，再次前去福田病院，要求福田惠子換藥，邀高橋英一同往。福田院長希望女兒惠子嫁給高橋，然高橋和惠子互不鍾情。李清榮獲知施瑞鱗夫婦罹患瘧疾，乃與高橋串通，向福田院長騙得奎寧丸，用以救助施瑞鱗夫婦。

第6章「慾海無邊」：

李清榮離家投靠高橋英一，高橋父高橋沂南本服軍職，因傷轉任文官，為郡守助役；妻理子徐娘半老，開設家政補習班，十分活躍，由於丈夫自斷魚水之歡，使她喜歡上李清榮野性的活力與魅力。高橋英一返校後，李清榮借住其房間，理子主動投懷送抱，二人發生不倫的肉體關係。

第7章「送君」：

李清榮和理子的出軌行徑為高橋沂南所悉，高橋乃以替李清榮找工作為由，刻意安排李清榮至日本神戶海軍造船廠工作。為擺脫家庭、警察和理子，李清榮同意赴日。李清榮到福田病院拆掉額頭傷口的縫線，邀福田惠子同行，惠子動心，決定冒險。赴日前夕，理子於家政補習班為李清榮餞行，徹夜未歸。

第8章「海上的烽火」：

李清榮和惠子搭新高輪赴日，結識前台灣高等法院院長石原昌盛夫婦和早稻田大學教授小磯谷郎、去日本做少年工的王阿隆。途中，新高輪遭美軍擊沉，石原昌盛夫婦臨死前，把重要腰包委託李清榮將來交給其於沖繩島服役的兒子石原節次。跳海逃生時，李清榮與惠子失散，幸遇船獲救。

第9章「國語家庭」：

福田隆恆找上李清榮父李水土，要其交出女兒惠子，不得要

領。福田祥靖奉命騎車至林家打聽李清榮下落，半途與林秀荷撞車而認識對方，印象良好。高橋英一母親理子獲知李清榮和福田惠子私奔赴日，氣得幾乎昏倒。

第10章「失身」：

李清榮、福田惠子、男童王阿隆、小磯谷郎教授皆獲沖繩那霸海上救難隊救起。王阿隆因隨身攜帶其母王芳枝的家族信物，得以跟舅父救難隊小隊長高吉茂光相認。李清榮遇那霸守軍大隊長石原節次，欲轉交其父前台灣高等法院院長石原昌盛委託之皮包，反被狂暴之石原節次痛毆，福田惠子亦不幸慘遭石原節次強暴得逞。

第11章「逃離魔掌」：

福田惠子失身，痛不欲生，想要尋短，爲小磯谷郎教授和鈴木青松（即「李清榮」）所勸阻，加以王阿隆無意依親留在琉球，於是眾人決議僞裝潛逃，獲救難隊小隊長高吉茂光父子冒險協助，九死一生地逃離沖繩島。

第12章「難念的家經」：

保正李水土爲三子李清榮引誘良家婦女而生氣、擔憂，長子李清福夫婦、次子李清溪夫婦則意見不合，相處欠睦，存在著分家的隱憂。李水土常向清福菸窯的女工阿苗傾吐心事，有意納阿苗爲繼室。阿苗顴高頰削，註定剋夫，前任丈夫張火木、姚守德皆亡，爲養活一家八口，辛苦萬分，然不願改嫁。後來施瑞鱗將

五、六甲溪埔地提供阿苗耕作，李水土則同意出租二甲水田給深具土地意識的阿苗。

第13章「空襲」：

保正李水土遇空襲，身受重傷，林金地長工陳樹根見義勇為，揹李水土至福田病院急救，李水土女兒李清慎因而對陳樹根產生好感。唯公醫福田隆恆以李水土三子李清榮誘拐其女惠子，懷恨在心，乃故意刁難，要求繳交巨額保證金才肯開刀，偏偏李家兄弟視錢如命，一時籌不足保證金，即連林金地出面作保也不被接受，拖延至隔天，導致李水土病情惡化，搶救罔效。

第14章「生與死」：

李水土於老家嚥下最後一口氣，死不瞑目；兒子媳婦卻急於分財產。未久，李家盡棄前嫌，請原本李水土有意續弦的寡婦阿苗，幫忙處理喪事。此章對於喪葬風俗，由燒腳尾銀至入殮封棺的過程，描述十分詳盡。

第15章「衝突」：

李水土喪事期間，林家長工陳樹根前來關心、幫忙，林金地知其心意，主動代他向李家提親，希於百日內結婚，否則得遵循風俗，等候李清慎守孝三年。上野巡查補前來抓私宰，並要求派員出席州知事山道寺尊夫人追悼告別式，由林金地和施瑞鱗代表前往。因州知事官邸係奪自施家，施瑞鱗與山道寺尊心結難解，加以施瑞鱗向山道寺尊直諫應為民興利除弊，山道寺尊惱羞成

怒，將施瑞鱗毆打成傷，混亂中，林金地將施瑞鱗救助脫身。

第2冊「失落的帝國」（第16至26章）

第16章「出殯與出嫁」：

保正李水土出殯，過程描述細膩。李水土么女李清慎自覺無依，同意於百日之內下嫁林家長工陳樹根。李家兄弟清福、清溪鬧家產風波，決議所留之田地二十六甲，老大清福分得六甲菸田；二十甲稻田由老二清溪發落，老三清榮若回來則持分另一半稻田。

第17章「長工娶妻」：

林金地出錢出力，讓長工陳樹根娶李家一貧如洗的么女李清慎為妻。新人婚後回陳樹根老家番仔田。訂婚及結婚的民俗細節，描述詳盡細膩，其中象徵好兆頭的四句聯，令人印象深刻。

第18章「土地是咱的生命」：

施瑞鱗與林金地於清水溪埔的墾地遭日軍強占，做為高射砲陣地，視土地為生命的寡婦阿苗欲入內耕作，被日兵毆傷。林金地出面力爭，爆發衝突，幸為阿苗長子張義鐘相救，免為廣田隊長所殺。林金地找施瑞鱗商討對策，於施宅遇見台灣問題專家彭立民和在黑市占有一片天的富家子弟黃志信，彭、黃二人大談台灣未定位論，主張連署反對台灣歸還中國。

第19章「被強迫的志願兵」：

高吉正熙巡查通知，林孟斌徵集入伍。此乃貞子父親加藤仲賢拆散林孟斌與貞子的調虎離山之計，林家無法不從。入伍前夕，貞子於小漁寮獻身林孟斌，表示此愛不渝，以及等待他退伍重聚的決心。

第20章「疏散」：

一九四四年六月，台灣總督府發布「稠密都市住民疏散要綱」，林家鴨母寮和李清福菝窯都被強徵為疏散用地。林金地不服，跟執行人員發生衝突，遭高吉正熙巡查逮捕，關進派出所。妻女營救無效，幸庄長鄭明智適時解圍，唯林金地被釋放時，已遭肋骨打斷兩根、雙膝脫臼。林家除鴨母寮成為疏散用地，三合院亦遭占用，做為福田救護站。

第21章「鴨母寮」：

受傷的林金地，先後接受葉振堂接骨師和瑞典神父康伯樂治療。疏開到鴨母寮者，多為溪北庄當地日本各行業龍頭及官員。為做好鴨母寮管理工作，林金地商請寡婦阿苗的長子張義鐘負責，順利解決諸多困擾。林金地知阿苗子女眾多，難以維生，乃將已開墾的清水溪埔地讓予阿苗耕作，不予收租，改要求以其收成濟助老庄長，同時請康伯樂神父幫忙醫治一直為瘧疾所苦的施瑞鱗夫婦。

第22章「憂鬱的青春」：

一九四四年六月，日軍在太平洋戰爭中節節敗退，台灣總督府及軍部對人民各方面管制益嚴，民不聊生。林金地傷勢大致復元，已可下田工作。李清溪為償賭債，賤賣十甲地給林金地。加藤貞子隨著疏開，來到林家，巧遇福田祥靖（即蘇俊昌）。貞子、福田祥靖和林秀梅、林秀荷一起探芋，又遇高橋英一和山本永吉（即庄長鄭明智之子鄭俊雄），於是六人同行。高橋英一打聽李清榮下落，未果。高橋喜歡秀梅、福田祥靖和鄭俊雄皆欲追求秀荷，但彼此並不明說。

第23章「日落西山」：

台灣軍參謀長加藤仲賢至溪北地區視察各項戰時措施，順便到鴨母寮檢查。疏開到此的鳳梨株氏會社社長片山重動之子片山忠實，志願參加神風特攻隊，其母傷心欲絕。加藤仲賢於鴨母寮遇女兒貞子，十分訝異。探視林金地時，因加藤先前故意徵集林孟斌赴南洋作戰，林妻美苡怨氣難消，以扁擔打傷加藤。隔天，林秀梅、林秀荷、貞子和福田祥靖、高橋英一、鄭俊雄再次前去探芋，而溪北庄遭美機大轟炸，傷亡慘重，菸窯的李清福、宮崎郡守夫婦、高橋英一母親理子皆斃命。林秀荷等返鴨母寮途中，援救跳傘逃生的美軍飛行員斯密斯·喬治，經林家及康伯樂神父之助，透過教會的對外管道，聯絡美軍救難隊接回斯密斯·喬治。

第24章「內訌與慌亂」：

台灣大空襲後，美軍攻打菲律賓，日軍失利。一九四五年新春，家家有本難唸的經。林金地知秀梅與高橋英一、秀荷與福田祥靖私下交往，堅決表示反對。李清溪接獲預備役徵集令，其土地不甘低價賣予開賭場的「紅目連」，乃同價求售於林家，林金地夫婦慨然應允，並接受李清溪建議，連同原先十一甲土地一起用來種植香蕉。

第25章「寒冷的洞房花燭夜」：

美軍機空襲日益頻繁，林秀荷不顧父親反對，仍偷偷與福田祥靖約會，彼此相愛。未料貞子懷有林孟斌骨肉，已五個月大，此事一旦揭發，貞子將無路可走，便乞求個性溫和善良的福田祥靖冒充孩子的父親，娶她為妻。貞子表示，婚後會盡妻子的責任，而福田祥靖仍可保有去愛別人的權利。福田祥靖心軟，暫時答應與貞子結婚。一直希望能與日本人結為親家的老福田十分高興，林秀荷則感覺被背叛，拒聽解釋，憤而與福田祥靖絕交。

第26章「神風特攻隊」：

日軍敗象益顯，鳳梨株式會社社長片山重勳之子片山忠實志願加入神風特攻隊，與室友小林中彥結訓返家，受張義鐘之託，打聽其於軍中當護士的妹妹素幸之下落。片山分發到飛行十四聯隊，無意間在「特別醫務所」（即「慰安所」）找到改名「花子」的素幸。片山帶她逃跑時，素幸不幸遭當場擊斃。片山為報此仇，竟

駕機衝撞休閒中心，失敗了，室友小林繼之，造成駐地官兵重大傷亡。

　　林金地動員開闢香蕉園，探視施瑞麟時，遇新任防空部隊隊長「岩里政男」中尉，即岩里巡查李金城之子李登輝。施瑞麟肯定岩里政男年輕有為，前途不可限量。施瑞麟雖被日本天皇敕封爵位，他卻選擇於小妾春雀墓前，以額頭撞墓碑而死，其妻阿棉傷心、失智，期待著失聯多年的施東和、施東平兄弟早日歸來。

第3冊「二二八驚魂」（第27至35章）

第27章「改朝換代」：

　　福田祥靖、鄭俊雄、高橋英一皆徵召出征，福田祥靖走後八天，貞子產下一子，命名「蘇敏信」。入伍前，鄭俊雄向林秀荷示愛，苦苦求得秀荷照片，隨身攜帶。未久，日本本土遭原子彈攻擊，宣布無條件投降，貞子父親加藤仲賢自殺身亡。疏散到鴨母寮的人員，紛紛離開。台灣各地呈無政府狀態，社會混亂不安，林金地出任青年隊總隊長，維持當地治安，使地方惡霸黃木連等銷聲匿跡，接著，青年隊納入「三民主義青年團」。終戰後，林金地取回被日本軍方占用的溪埔地，將之讓予寡婦阿苗耕種。片山社長為免鳳梨工場被沒收，事先將之過戶給阿苗長子張義鐘，改由張義鐘擔任社長。來台接收的中國軍隊，其醜陋行徑不堪入目，令台灣民眾大失所望。貞子之母原敬美代找到來台北參加迎接國軍活動的秀荷，請她轉告貞子，回台北面議未來如何打算。

第28章「接收」：

離台赴中國大陸的施瑞麟之子施東和（改名「施望台」），成為來台接收大員，其弟施東平（改名「施世揚」）同行協助。施氏兄弟返溪北庄探視得失憶症的老母阿棉，黃木連和蘇漢標狼狽為奸，積極拉攏施氏兄弟，惡意中傷林金地，謂林金地侵占施家土地和產業，處心積慮挑起施林兩家風波。負責接收工作的施東和，發現州廳和地方都殘破不堪，深感責任沉重。交接後，州知事山道寺尊免職，改由施東和主政，立刻徵用被占為州知事官邸的施宅，命令山道寺尊即刻遷出，山道寺尊孫兒誓死不退，引刀自刎，媳婦典子憤而懸樑，山道寺尊心有不甘，隨即切腹自盡。

第29章「恩將仇報」：

接收工作颳起風暴，民怨不已。施世揚任州廳產業部長，與蘇漢標勾結，公私不分，欲接收張義鐘的鳳梨工場土地，用來興建醫院，並利用特權竄改地籍資料，向林金地強迫索討其父施瑞麟先是相贈實為買賣的十甲地。奉施世揚指示，黃木連教唆手下火燒鴨母寮，逼迫林家就範。事後發現，此係黃木連所為，卻因施氏兄弟介入而不了了之。另一方面，州廳改制為縣，官位眾多，施氏兄弟引進唐山收取回扣之歪風，且內舉不避親，施世揚外戚占滿縣府要職，唯有特立異行的日治時代高等文官黃順昌據理力爭，勉強取得冷門的地政科長一職。而施望台選派聲名狼藉的黃木連出任溪北鄉長，地方為之譁然。

第30章「賭而優則仕」：

原庄長鄭明智將鄉產移交黃木連，無官一身輕。黃木連對林金地的迫害打擊，無所不用其極，或縱火或下毒，令林家防不勝防，黃木連甚至派手下阿前和阿上二兄弟，強暴林秀梅未遂，遭扭送法辦。派出所通知阿前和阿上母親王高芳枝（即「高吉芳子」，沖繩人，嫁新竹客家人王金鐘，即前述至日本當海軍少年工的王木隆之母），她正是高吉正熙巡查找尋多年的堂姊。阿前和阿上表示，將痛改前非、改過自新。未料，黃木連另派手下硬闖派出所，架走阿前和阿上，高吉巡查力阻而重傷致死。王高芳枝決定親送高吉巡查骨灰及其遺孀孤兒返回那霸老家，再回來台灣。高吉巡查後事以及家屬返鄉費用，悉由林金地夫婦幫助之。

第31章「為民喉舌」：

新年期間，鄉長黃木連仍暗中派手下至林家擾亂。被徵召為日本兵的原保正李水土次子李清溪回到溪北，因髮妻紅杏出牆，子女失散，李清溪自責後悔，求助於林金地，並打算向開設賭場的鄉長黃木連報仇。鄭明智來林家拜年，告知政府公布「各級民意代表選舉規則」，議定林妻劉美苡、李清溪、葉振堂（林金地師兄）參選鄉民代表，制衡黃木連，鄭明智、林金地則參選縣參議員，以監督施望台。結果皆獲順利當選，展開為民喉舌的生涯。李清溪、葉振堂更擊敗黃派，當選鄉民代表會正副主席。林金地帶領鄉民至縣府陳情，要求撤換鄉長黃木連，記者廣為報導，林金地聲名大噪。未久，鄭明智和死對頭蘇漢標都更上一層樓，當

選省參議員。

此外，張義鐘鳳梨工場跟顏春明合作經營私菸製造，生意興隆，在選舉中大賺一筆；且與沒有血緣關係的姚美珠超越手足之情，產生愛的情愫。這時，專賣局組織規程公布，開始全面取締私菸私酒。

第32章「復員」：

高橋英一復員回台，遣返日本之前，與林秀梅交換照片留念。阿苗女兒美珠應李清溪之邀，至鄉民代表會擔任記錄員，秘書楊宗哲有意追求之。李清溪與紅杏出牆的妻子徐津香，終於在林金地夫婦居間協助下復合。黃木連打扮妖豔的女兒黃玫芳，千方百計引誘張義鐘。蘇俊昌安全歸來，欲與即將就讀師範學院的林秀荷重修舊好卻遭拒絕，返家後打算與貞子結束虛擬的婚姻關係，只因優柔寡斷，無法狠心開口揭露蘇敏信乃林孟斌骨肉的事實，假如真相大白，貞子必難以立足於世，蘇俊昌乃與貞子同床共眠，成了真正的夫妻。

第33章「官逼民反」：

縣參議會開議，林金地直陳施望台施政五大弊端，贏得「敢言敢說不畏權貴」的美名，當選台灣省「制憲國民大會代表」，遠赴南京集會，見識到國共政黨惡鬥的自私自利，林金地等備感失望，提前返台。時台灣政治腐敗，經濟紛亂，百業蕭條，販賣私菸情形十分普遍，而專賣局查緝員無法無天，致使台北市爆發二二八事件。本章詳細記述二月二十七、二十八日發生之事，唯

部分人與事明顯與史實不符。

第34章「風雨飄搖」：

台灣行政長官陳儀接受省參議會議長黃朝琴等人所提五大訴求，成立「二二八事件處理委員會」，私下卻請求中央派兵支援。然緝菸血案風波擴及全台，勢不可遏，本省外省族群衝突加劇，台灣島驚濤駭浪，人人自危。施望台施世揚兄弟之妻、施世揚妻弟陳可寬受困，皆為心胸寬大的林金地所救，護送至施家祖宅避難。林金地陪同縣參議會議長等出面，獲鄭明智之子鄭俊雄幫助，解決軍方、縣府、地方各武裝隊伍的流血衝突事件，充分展現高度調解能力。於是林金地被縣參議會推選，代表赴台北參加二二八事件處理委員會。林金地和鄭明智看到處理委員會裏面各派系之角力、不同意識型態之對立及內情之複雜，深刻體會到，政治改革的確不易。

當中央派兵抵台，陳儀隨即下令解散「二二八事件處理委員會」以及其他一切「非法團體」，展開捕殺、追緝行動，許多人莫名其妙地犧牲性命。鄭明智亦被逮捕，幸在省參議會議長黃朝琴力保下獲釋。林金地匆匆逃出台北，險些於半途喪命。

第35章「恐怖的年代」：

私菸供應商何通新因出面替私菸事件的阿邁嬸討公道，被冠上「叛亂」、「暴徒」罪名，潛逃到溪北鄉，聽從合夥人張義鐘和顏春明之議，改名「何一山」。由於張義鐘只鍾情於姚美珠，且即將結婚，鄉長黃木連之女黃玫芳轉而與何通新戀愛，二人至鄉

代會找姚美珠時，何通新身分爲鄉代會楊宗哲所悉，誣指何通新是黃玫芳未婚夫，住在黃家，軍警接獲檢舉，連夜趕至黃家抓人，未見何通新人影，乃逮捕黃玫芳。黃玫芳趁入房更衣之際，逃往姚美珠家。張義鐘聞訊趕到製菸工場，告知暫時棲身此處的何通新。

　　另一方面，製菸工場女工彩鳳上了鄉長黃木連之子黃坤泰的當，懷了身孕，黃坤泰卻避不見面。張義鐘和姚美珠成婚前夕，何通新因何一山眞正身分暴露，和黃玫芳一起躲到鄉代會避難，姚美珠第一時間想阻止追來的武裝士兵，不幸當場被擊斃，連檢舉人楊宗哲也中槍而亡。張義鐘獲悉惡耗，一度精神失常，直至被林金地給打醒。清鄉期間，鄉長黃木連和鄉民代表會主席李清溪皆受此案牽連，遭警總帶走。林金地冒險入虎穴，立書保出李清溪。

第4冊「民主怒潮」（第36至43章）

第36章「告別祖國」：

　　爲消弭地方人士不滿官兵胡作非爲的風暴，鄉民代表會出面爲秘書楊宗哲及職員姚美珠舉行追悼會，竟被警總認定爲「非法集會」，勒令解散，雙方爆發激烈衝突，鄉代會副主席葉振堂中槍而亡，其妻高桂蘭傷心逾恆，上吊自盡，遺下二男二女；楊宗哲二位堂兄也因反抗而被捕。楊氏族親趁夜攻擊位於溪北的警總中隊，楊家人和親友都安全退出，還救了另外三位人犯，搶得機關槍，逃至張義鐘的私菸工廠，此時何通新和黃玫芳等亦躲至

菸廠。楊氏族親先行順利脫逃，未久，菸廠被部隊包圍、攻打，工廠付之一炬，張義鐘殺警總副組長邢國鈞，逃亡時，為甫返台的軍人小林文武之突擊隊和鄭俊雄的陸軍義勇軍所救。張義鐘發現，身受重傷的小林文武，正是失聯已久的林金地之子林孟斌。何通新、黃玫芳、顏春明等被捕，押至香蕉園槍斃之前，為擁有戰爭經驗的李清溪所救，然李清溪不幸中彈死亡。

林金地被警總押走，遭指控十大罪狀，關入黑牢刑求逼供；牢中已有鄉長黃木連、醫師廖大崧。新任緝查組長周彪煥中校，看上前來探視的林秀梅，故意對林金地嚴刑拷打，令林秀梅不忍。儘管林金地不同意，林秀梅仍「賣身救父」，答應周彪煥的求婚。在林金地堅持下，黃木連、廖大崧一併被無罪開釋。當林孟斌度過危險期，急著要見日思夜夢的貞子，貞子此時卻已懷了蘇俊昌的骨肉。另一方面，林秀梅瞞著家人，跟周彪煥公證結婚；未久，周彪煥調往南京，林秀梅隨軍同行，告別台灣。

第37章「情歸何處」：

施望台縣長下台，謝又偉繼任，更換溪北鄉長為鄭明智，謝縣長應允親自主持鄉代會正副主席李清溪、葉振堂告別式及公祭。遭受刑求重傷的林金地，堅持先向李清溪、葉振堂上香致意再入院治療。蘇漢標與黃木連串通，令黃木連重施故技，檢舉「公祭」乃林金地、鄭明智等聚眾謀反，被憲兵隊認定是捏造事實，反而對黃木連嚴加看管。公祭如期舉行，呼籲政府停止迫害台灣人，深化台灣人的民主意識和人權觀念。

中央政府提出台灣政經改革計畫，設台灣省政府，魏道明任

省主席。二個月後，林金地經廖外科醫院治療，傷勢大致痊癒，迫不及待地出院。林孟斌終與貞子重逢，林孟斌仍深愛貞子，貞子內心掙扎矛盾，深受感動，不顧一切與林孟斌私奔，途中，貞子告知林孟斌，自己已婚生子，且又懷了蘇俊昌的骨肉，林孟斌不予諒解，趕貞子回蘇家。蘇家為此天翻地覆，後因顧及顏面，加上孩子需要母親照料，何況貞子確實懷有蘇家的骨肉，貞子於是取得蘇家諒見；公公蘇漢標告誡她，須與林孟斌一刀兩斷。林孟斌只好乖乖回大學讀書，只是對貞子依然難以忘懷。

　　一九四九年元月，陳誠接任台灣省主席，實施軍事統治，時經濟不振、社會不安，台灣民眾苦不堪言；接著，吳國楨接任台灣省主席，年底，國民政府遷台。林金地香蕉園遭軍方強占使用，到處陳情而無下文。愛土地如命的寡婦阿苗為阻止軍方惡行，竟遭戰車碾斃，慘不忍睹。

第38章「民主的起步」：

　　一九五○年三月，陳誠出任行政院長，組財經內閣。同年六月，陳儀以陰謀叛亂案遭處決。接著，韓戰爆發，美國介入，使台灣免於被中共併吞。為呼應台灣內部對於民主政治的要求，省政府公布實施地方自治，相關調整過程及配套措施，書中仔細敘述。張義鐘經王紅棗轉告，找到妹妹張素幸和片山忠實遺骨，克服重重關卡取得簽證，親將片山遺骨送往日本，交予其父片山重勳，時片山重勳已是頗具名望的商界聞人。片山重勳帶張義鐘一起到神戶洽公，張義鐘遇見以前事業合夥人何通新、顏春明，而何、顏二人任職的集團老闆鈴木青松，正是保正李水土三子、於

海難中脫險的李清榮。何通新、顏春明、李清榮早在太平洋戰爭期間，即因黑市買賣而在台灣結識。李清榮如今擁有的集團事業，乃源於取得台灣高等法院院長石原昌盛臨終交代之皮包，內有重要鑰匙和保險箱號碼，抵日後，李清榮與石原節次（石原昌盛之子）的太太中村真子發生戀情，藉以報復石原節次之強暴福田惠子，並利用戰亂之際，侵占石原家所有土地和財產，乃至富可敵國，卻將戰後復員業已殘廢的石原節次和妻子全都趕走。老友重逢，鈴木青松將何通新、顏春明留在身邊當助理，與張義鐘合稱「神戶四結義」，同時片山也因此順利向鈴木集團購得建廠土地。迨張義鐘返台，片山重勳派員助其成立「金味農產食品公司」，從事農產品加工事業。

　　未久，台灣舉行第一屆縣長選舉，溪北溪南共有蘇漢標、廖大崧等五人參選，因採取絕對多數制，第一輪各候選人得票皆未過半，乃由第一名的白派廖大崧與第二名的紅派蘇漢標繼續第二輪投票，此時國民黨部介入作票，使蘇漢標當選。蘇漢標果然依約編列預算興建中山堂、變相替國民黨部籌措經費。此章後半對地方選舉黑幕之描述，甚為詳盡。

第39章「誰與爭鋒」：

　　第一屆縣議員選舉方面，雖然執政黨操縱作票，黨外的廖大椿、鄭明智等仍當選十一席之多，組成議會的白派，嚴格監督黨政不分、府會一家的縣政。

　　張義鐘金味食品公司飽受縣長蘇漢標刁難，幸片山重勳對中央政府經貿單位發揮影響力，使該公司順利揭幕開業。片山告

知，鈴木青松已與日本木川造船株氏會社老闆之女木川紀子結婚，並由他擔任男方主婚人；福田惠子則嫁給小磯谷郎教授，其夫現爲東京大學農學院長，惠子另開設東亞家事專科學校，頗有成就，經常接待由台灣出走的異議份子。

金味食品公司生意鼎盛，施世揚利用兄長施望台的黨政關係，向海關官員施壓，故意查扣其出口產品，張義鐘不得不同意施世揚取得該公司產品之歐洲地區經銷權，以換得產品順利通關。而黃玫芳屢屢糾纏張義鐘不成，反誣其強暴，黃木連前去理論，遭張義鐘打傷，黃木連到派出所提告，後由於蘇漢標縣長欲向張義鐘探聽女兒惠子下落，黃木連只好聽從要求，撤銷告訴。

一九五三年西螺大橋通車，張義鐘突接獲召集令，須入伍服役二年。在無適當人選下，林金地妻劉美苡被推上金味食品公司董事長寶座。林金地想到自己的兒子以前當日本兵，現在張義鐘卻當中華民國軍人，物換星移，林金地不禁感慨萬千。

第40章「奴欺主」：

第二屆縣長選舉，紅派蘇漢標政績不佳仍爭取連任，白派推廖大崧代表角逐，未料因蘇漢標送味素，加上國民黨重施作票伎倆，致蘇漢標險勝。唯味素係金味食品公司生產，林金地妻劉美苡任董事長，未注意而把味素大量賣給與蘇漢標沆瀣一氣的施世揚，再暗中轉交給蘇漢標運用，使得林金地遭流言困擾而百口莫辯，爲此與妻子發生誤會、爭執。廖大崧再次敗選，對選舉之黑暗深惡痛絕，交代廖家子孫，不可再參加任何選舉及政治活動。此次味素事件錯不在林金地，卻遭議員王天賜批評，林金地難抑

怒氣，動手打人，結果還是由林金地道歉了事。至於蘇漢標，雖獲連任，卻受制於縣黨部主委上官東亮，任其決定縣府人事，只能做一個傀儡縣長。

另外，金味食品公司日籍總經理清浦健一和技術顧問近衛信太返日，總經理一職改由鄭明智之子鄭俊雄接任。「櫻之屋」的歡送宴上，遇縣長蘇漢標，蘇漢標得知近衛信太是女兒福田惠子丈夫小磯谷郎的大學同學，乃偷偷寫紙條託近衛信太轉交滯日的惠子，以免治安單位查到他和惠子的關係而惹上麻煩。宴席中的女服務生王紅棗，正是張義鐘妹素幸於慰安所的姊妹，亦認識片山忠實，便託近衛信太回日本後，代為至片山忠實靈前祭拜，以表追思。

第41章「錢鼠」：

蘇漢標連任縣長，設法變更都市計畫，圖利自己及合夥人，而小妾銀杏專開後門收錢賣官，眾所周知。銀杏才三十五歲，蘇漢標無法滿足其性需求，遑論傳宗接代，銀杏就由其擔任縣府庶務股長的胞弟潘銀男居中牽線，勾搭上縣府公產管理員陳景崎。

縣黨部主委換人，作風與前任之強悍大不相同，但面善心惡，擅於偽裝。前縣長施望台現任中央黨部副秘書長，其母阿棉子孫滿堂，但年老病危之際，未見恩人死不瞑目，直至林金地夫婦趕到，阿棉由昏迷中醒來，答謝他們多年照顧的恩情之後，與世長辭，令施家上下為之錯愕，因為施家居然是由林金地夫婦來送阿棉最後一程。

屍骨未寒，施家兄弟竟不顧倫理道德與風俗習慣，藉此大撈

其錢，林金地嚴屬批判之。鄭俊雄祭拜阿棉時，被施望台縣長時期秘書王榮成認出，其為二二八事件期間帶領陸軍義勇隊攻打縣府的隊長「山本永吉」，鄭俊雄經檢舉被捕，反覆偵訊，慘遭刑求，但他深知，一旦認罪，必死無疑，乃堅拒在自白書簽名。後來，就讀台北師院的林秀荷代為向外省籍翁姓教授求助，加上鄭明智當選省議員，透過議長黃朝琴，向蔣經國陳情，按「有證據速審速決，無證據放人」原則，鄭俊雄這才由議長黃朝琴作保而獲釋，繼續回金味食品公司上班。

第42章「公館淫窟」：

兩年後，張義鐘返鄉，劉美苡交還金味食品公司董事長職務。片山重勳獲知張義鐘退伍，特派專家池田旭來台協助該公司開發速食麵等新產品。池田旭帶來前任技術顧問近衛信太託其轉交蘇漢標的禮物，禮物中附有一信，為蘇漢標之女福田惠子（即「蘇幸慧」）所寫，報告前來日本至今的經過，包括自己遭石原節次強暴，生下「孽種」，改嫁年長她三十歲且已喪偶的小磯谷郎教授，又生一男一女，因其主持之「東亞家政學院」成立「台灣研究所」，收容二二八事件後逃至日本的台灣菁英，被列入黑名單，無法返台。蘇漢標讀畢，大為震驚，即使貴為一縣之長，亦擔心被女兒連累，竟將信燒燬，片面跟女兒斷絕關係，把惠子友人原敬美代探聽女兒加藤貞子的事情隱瞞起來，不讓媳婦貞子跟娘家取得聯絡，以免發生不利於蘇家之意外。

蘇漢標縣長公館內，小妾銀杏紅杏出牆，色誘縣府公產管理員陳景崎，縣長公館秘書白雅琴發現有異，但在銀杏警告下，不

敢說出真相。後來，銀杏懷孕，謊稱是蘇漢標的骨肉，蘇漢標被
矇騙而不知。銀杏臨盆之前，貞子產下蘇俊昌的女兒敏妮。銀杏
無意間看見陳景崎和白雅琴親密交往，乃設法將陳景崎調去當
兵，隨軍進駐金門，白雅琴亦被人事單位解僱。銀杏生子，命名
蘇來富。陳景崎退伍前，在小金門海邊站崗，遭共軍蛙人夜襲而
橫屍在外。

張義鐘陪同池田旭等至「櫻之屋」餐敘，遇見妹張素幸好友
王紅棗，他發覺自己同時深愛著姚美珠和王紅棗，都想帶給她們
幸福。不過，曾是「慰安婦」、目前在「櫻之屋」工作的王紅棗，
自認嫁給誰便是害了誰，無法克服心障，得到快樂，是以儘管張
義鐘一再求婚，她仍斷然拒絕。

第43章「胭脂虎」：

蘇漢標二任縣長任期屆滿，縣黨部原擬推薦與蘇漢標勾結之
議員趙森永參選，詎料另一紅派大將王天賜向黨中央活動而形勢
逆轉，獲得提名，趙森永心有不甘，違紀參選。白派方面，因連
續兩屆落選的廖大崧早已發誓永久退出政壇，鄭明智、林金地又
無意參選，便由被蘇漢標解職的前縣府地政科長黃順昌披掛上
陣。黃順昌政見以替老百姓討回公道為主軸，讓選民感到窩心，
加上國民黨內部不合，買票失利、作票不成，使得黃順昌鹹魚翻
身，意外當選縣長。黃順昌在交接典禮上，大爆內幕，痛批前任
縣長一無建樹、黨政不分，讓老百姓得知政治的黑暗面，同時也
提出多項施政要點，贏得眾人的認同。

原本行醫的蘇漢標卸下縣長職務，計劃興建綜合醫院。小妾

銀杏生子後，趾高氣揚，不把元配招弟看在眼裡，日本媳婦貞子則對招弟深感同情，擔心招弟一時想不開。銀杏變本加厲，視招弟的隨身婢阿綢爲眼中釘。阿綢終於被多疑的銀杏趕出蘇家，懸樑自盡。

　　黃順昌就任第三屆縣長，凡蘇漢標提拔者皆予降調，餘則全部留任，但縣長卻因公館內的大小老婆糾紛不斷而焦頭爛額，苦不堪言。縣府找來一位女工友蕭櫻桃，處理公館生活細節，減少大小老婆之間的紛爭。可是某夜黃順昌喝醉，誤將蕭櫻桃當成小老婆，占有了她的身體，鬧得不可收拾，公館的三個女人大動干戈，打成一團。爲免家醜外揚，令黃順昌丟官，就把蕭櫻桃留下來當三夫人。黃順昌任期過半，依然在脂粉陣中打滾，逃脫不了三個女人的糾纏，無法專心施政，以致縣政乏善可陳。

第5冊「台灣風雷」（第44至55章）

第44章「有情世界」：

　　林秀荷自師範學院畢業，與室友章婉玲一起分發縣內中山初中任教。秀荷邀章婉玲同住林家，有意撮合章婉玲和林孟斌，唯林金地極度反對兒子娶外省女人爲妻。在金味食品公司擔任總經理的鄭俊雄，主動向林秀荷眞情告白，打算自立門戶，開設農機工廠，林秀荷也同意鄭俊雄的求婚。林孟斌大學昆蟲系畢業，進農林廳擔任技士；媒人婆阿利積極替張義鐘作媒；被追緝的何通新、顏春明改名返台，在鈴木青松資助下，開設機車工廠。

第45章「福禍相連」：

一九五七年底，鄭俊雄和林秀荷完婚，鄭明智跟林金地由農校同學變成親家。只是鄭俊雄弟俊孝服役，調去金門前線，鄭家上下心情沉重。隔年，鄭俊雄農機工廠破土的第三天，金門爆發八二三砲戰，鄭俊孝和林金地師兄葉振堂之子葉佩恩中尉皆殉職，鄭明智哀傷之餘，以省議員身分至金門將二人骨灰帶回台灣，並於議會提案從優撫卹陣亡官兵家屬。

第46章「情癡」：

章婉玲欣賞林孟斌，林孟斌卻猶對貞子念念不忘，大年初一去見貞子，貞子明白拒絕，林孟斌不得不相信，現實已無法改變。張義鐘異父異母弟姚大旺亦任教於中山初中，暗戀章婉玲。張義鐘走出姚美珠死亡的陰影，向王紅棗求婚，唯王紅棗還是因自己曾是慰安婦而拒絕接受張義鐘的感情。鄭明智尋求省議員連任，邀林金地出馬爭取縣長寶座，並且兩人聯合競選。

第47章「斗笠派」：

縣長、省議員改選，國民黨及地方紅白派全面主宰，所推薦人選皆各有私心。林金地本無意參選，最後為了縣民福祉，忍無可忍之下，在最後一刻登記參選，造成轟動，以戴笠荷鋤的「赤腳做田人」為宣傳主軸，形成「斗笠派」，雖遭國民黨和地方派系全力夾殺，然對手買票失靈，林金地出乎預料的殺出重圍，當選第四屆縣長；親家鄭明智也高票連任省議員。此章對台灣地方選

舉黑幕，有深入詳細的描寫。

第48章「做田縣長」：

林金地上任，服務團隊用人唯才，挑戰黨國不分體制，強勢收回國民黨占用的中山堂，停止支付原先編列縣府預算內的黨部補助，更進一步向軍方挑戰，要求交還任意侵占的公私有土地，以維人民權益。經向蔣經國陳情，軍方果然放棄林家香蕉園，林金地隨即將此地贈送張義鐘，做為開設速食麵工廠之用。

鄭俊雄辭去金味食品公司總經理職務，於縣府開發之工業區設立農機工廠；林孟斌則由省政府回鄉繼任金味食品公司總經理。

林金地落實施政，興水利，建文化中心，開路造橋，與時間競賽。他身為台灣省唯一黨外執政者，深受黨外民意代表所推崇。

第49章「冤獄」：

林金地當了兩年半縣長，打拚做事，卻因執政黨整肅政治異議者，於是禍從天降，林金地以通匪叛國、內亂外患罪被警總押走訊問，隨即遭停職處分。林金地由警總人員口中得知，女兒林秀梅育有二女，在大陸被當成國民黨間諜，生活十分困苦。雖遭酷刑逼供，林金地身受重傷而堅忍不屈，但無意識之下，被迫在自白書及口供上按捺指印，移送軍事法庭，以內亂外患罪被判處死刑，引起國內外媒體大幅報導。幸因二次大戰期間，為林家所救的美國飛行員斯密斯‧喬治已是眾議員，他與國會同僚聞訊來

台，向執政當局施壓，林金地獲改判無期徒刑、褫奪公權終身，並以重病為由，准予保外就醫，時為一九六三年農曆元宵節，此後，警總便衣人員二十四小時全天候監視林家。

第50章「沖喜」：

林金地保外就醫，為了沖喜，驅除霉運，義子張義鐘娶省議員白克勤女兒白雅琴為妻，隔天金味食品公司速食麵工廠舉行開工典禮，邀請林金地主持。另一方面，何通新改名沈長慶、顏春明改名魏火木，在桃園合力開設神風機車製造公司，事業有成，二人選擇同一天，低調地分別與黃玫芳、客家小姐賴滿妹完婚。唯有林孟斌念念不忘加藤貞子，無意與外省女教師章婉玲進一步交往；張義鐘異父異母弟姚大旺則暗戀同事章婉玲，章婉玲明白告知，自己愛的人是林孟斌。又，章婉玲父母希望女兒調回台北任教，她反過來替同事葉佩葵（林金地師兄葉振堂之女）製造與姚大旺相處的機會。

林孟斌被推銷購買愛國獎券一聯，很幸運地中了第一特獎新台幣二十五萬元，原打算以此基金興建農藥廠，林金地卻獨排眾議，認為此乃不義之財，只適合用來救濟貧民。父命難違，林孟斌只好將獎金以「無名氏」名義，捐給縣府社會科，縣府查明後，據以成立「林金地救濟金專戶」，長期幫助需要幫助的人。

林金地於第四屆縣長任內，以莫須有罪名遭停職處分，他誓言，下一屆縣長選舉，林家絕不缺席，務必討回失去的名譽。

第51章「巾幗鬚眉」：

章婉玲喜歡林孟斌，遲遲不回台北與青梅竹馬的秦修明結婚，其父章安齊、母馬玉黛趕到溪北鄉，怪罪林家，章安齊與林金地大吵一架，章婉玲依然堅持留下靜思二天再說，未隨父母回去。未料，章婉玲要求林孟斌陪她回台北，強烈表示跟定林孟斌一輩子，結果二人索性到法院辦理公證結婚，唯不被章家承認；回到溪北鄉，亦險些被憤怒的林金地打死。既然木已成舟，加上林妻劉美苡不斷緩頰，林金地只得退讓，勉強接納，選定日子補辦喜宴，同時也公開宣示林家絕不退出選舉的決心，讓支持者吃了定心丸。

因林金地褫奪公權終身，喪失選舉資格，乃改推妻子劉美苡「代夫出征」，參加第五屆縣長選舉，竟異軍突起，擊敗國民黨支持的紅派以及脫黨競選的白派候選人，於是本縣有了第一位女縣長和一位地下縣長。此次選舉有一插曲，即紅派候選人白克勤為張義鐘岳父，張義鐘卻堅決支持劉美苡，使得妻子白雅琴鬧離婚，後由總經理林孟斌代董事長張義鐘接回已經懷孕的白雅琴，二人才得以恢復正常生活。姚大旺和葉佩葵先前利用下班時間，替劉美苡助選拉票，二人滋生愛苗，於選後結婚，由新任縣長劉美苡證婚，轟動全校。白家為償還選債，將清水溪邊約六公頃土地，便宜賣給林孟斌，解決了林孟斌一直找不到興建農藥廠用地的問題。

劉美苡縣政推展順利，深獲民心，林金地亦謹守本分，讓人無話可說。未料縣府補助前縣長黃順昌成立養豬協會，黃順昌偕賴文翡赴日接洽生意，卻轉往中國大陸，投靠中共政權。未久，台大彭明敏等發表「台灣人民自救宣言」遭到判刑，林金地出面

向政府抗議，再度被捕入獄，眾人營救無效，入獄二年，但林金地堅持台灣人自立自強的理念絲毫不變。林孟斌專注於農藥廠的經營，妻章婉玲從旁協助，二人感情尚佳，惜未傳出懷孕的消息。

第52章「風雷驚夢」：

林金地長女林秀梅隨晉升上校的周彪煥到南京，周彪煥率軍投共，成為共軍紅人，林秀梅亦出任女高校長，育有周曉青、周曉君二女。文化大革命期間，周彪煥和林秀梅遭長女周曉青檢舉為特務、資產階級黑幫份子，致周彪煥下放勞改，不知去向；林秀梅也下放勞動改造營，苦不堪言，還慘遭幹部強暴，痛不欲生。後來，日本組成文革新聞考察團來到南京，成員之一的朝日新聞總主筆高橋英一為林秀梅舊識，對林秀梅心存愛意，救助林秀梅脫困，因狂熱的紅衛兵女兒周曉青密告，以致高橋英一不幸遭共軍擊斃，林秀梅則於驚險中隨考察團非法入境日本，此事件轟動全日本。林秀梅暫時被收容於福田惠子開設的東京「東亞家政學院」，二人在台灣的父親是死對頭，雙方的女兒在日本卻成為好朋友。

李清榮（鈴木青松）跟高橋英一是青年時代的好友，在高橋老父拜託下，李清榮設法打聽、營救，方知高橋英一已死，被偷偷埋葬，成了無頭公案。福田惠子因其子為石原節次骨肉，鈴木青松則是侵占石原家產致富，是以惠子有意向鈴木追討財產，但石原節次已亡故，鈴木侵占石原家產之事，死無對證矣。林秀梅因父親為「叛亂份子」，自己又曾是「匪幹」，身分十分敏感，台灣

方面拒發護照，她只好留在「東亞家政學院」教書。其時，鈴木青松無意間找到二哥李清溪之女「錦紅」，她被送來日本，從事歌舞表演，鈴木大力相助，將之栽培為明星；錦紅回台巡迴演唱，與母徐津香團圓，順道將林秀梅近況告知林金地夫婦。

　　一九六八年舉行第六屆縣長和第四屆省議員選舉，紅派蘇漢標推荐兒子蘇俊昌，讓國民黨徵召競選縣長寶座，林金地則派林孟斌出馬角逐，沒想到貞子告訴林孟斌，蘇敏信為其親生骨肉。為免蘇敏信傷心，以及回報蘇俊昌的有情有義，林孟斌不顧家人反對，逕自撤銷候選人登記，放棄競選。林金地大怒，取得鄭俊雄同意後，陣前換將，改派女兒林秀荷出馬。至於章婉玲，懷孕八個月，得知丈夫與貞子舊情綿綿，甚至還留下一子，她憤而回娘家，搞得林家雞犬不寧。

第53章「奇蹟」：

　　林秀荷臨時披掛上陣，充滿戰鬥意志，鄭家以媳婦選縣長為主，公公選省議員為輔，有方法有步驟。林秀荷於政見會批評、指責蘇俊昌，蘇俊昌不予正面衝突。林秀荷得到婦女票支持，加上林金地遭冤獄坐牢，得到不少同情票，結果林秀荷以極大差距當選第六屆縣長，鄭明智亦以最高票當選省議員。落選的蘇俊昌，回福田綜合醫院任院長，已掌控蘇家財產的銀杏，拒付選舉債，與蘇漢標爭執不下，銀杏索性道出蘇來富並非蘇漢標親生子的秘密，蘇漢標氣得一病不起，結束起起伏伏的一生。林家方面亦鬧糾紛，章婉玲生子林敦澤，帶回娘家，遲遲不歸，劉美苡下決心，去台北將孫子帶回溪北鄉，章婉玲堅持留在娘家，說半年

後再打算。

張義鐘金味食品公司擴大生產「吉祥速食麵」，邀請錦紅（藝名「豔紅」）代言，產品供不應求。張義鐘請錦紅母親徐津香任公司協理；鄭俊雄農機廠雇用李清溪（妻徐津香）子李進益爲副總經理，徐津香可謂苦盡甘來。

一九六九年中央政府舉行台灣增額中央民意代表選舉，減輕外界對「萬年國會」之批評。林金地保外就醫，卻又無端被抓回坐牢，在美國官方及議會關切下，一九七〇年二月初獲釋，鄉民們在「自由橋」橋頭熱烈歡迎老縣長歸來，黨外人士紛紛前來致意，絡繹不絕。林金地受聘爲縣府首席顧問，老當益壯，雄心勃勃。

一九七〇年台視開播，布袋戲「雲州大儒俠」撫慰多少台灣人心，林金地認爲，「史豔文」展現了他所主張的公理正義，可惜不到一年，政府當局即以政治因素將該節目予以腰斬。一九七一年中華民國退出聯合國，變成國際孤兒。接著，日本承認中共，台灣發起抵制日貨，然林金地認爲，不採用日本機器與零件，台灣等於走上絕路，他預言，各國爲了私利，貪圖大陸市場，將來勢必一一跟台灣斷交。值此多事之秋，蔣經國出任行政院長，謝東閔爲台灣省主席，政府推動「十大建設」與「小康計畫」，林金地深知，台灣的自立唯有靠台灣人的自強和努力。紛擾一段時間，台灣恢復辦理選舉，林秀荷蟬連第七屆縣長，鄭明智連任省議員。

章婉玲在台北跟青梅竹馬的秦修明交往、懷孕，林孟斌乃與章婉玲離婚，扶養兒子林敦澤，將之栽培成人。這時，葉振堂么

女葉佩安因設計產品廣告，與林孟斌接觸，雙雙墜入情網，雖然年紀相差十五歲，仍在眾人祝福之下，締結連理，生育一子，名林敦仁。另，長孫林敦澤與祖父林金地感情佳，二人常半夜起來收看少棒比賽，替中華隊加油，一起為贏得勝利而歡呼。

因業務迅速發展，林孟斌的農藥公司、葉佩安的廣告公司、張義鐘的食品公司、鄭俊雄的農機廠、何通新的機車製造廠等，皆至台北設置營業據點。六十餘歲的林金地夫婦，恢復農民身分，繼續留在家鄉耕田、生活。

蘇敏信赴日留學，取得東京大學政治學博士學位，在東大任教，於朝日新聞發表反映台灣人心聲的投書，引起福田惠子注意而取得連絡。見到林秀梅，蘇敏信隱約懷疑自己的身世。

一九七五年四月蔣介石病逝，林秀荷認為蔣介石是獨裁者，深受其害的林金地卻怨生不怨死，寬容以對，主張瞻望遺容及路祭皆應尊重民眾自由意願。

林秀荷二屆縣長任期屆滿，改為參加省議員選舉，林金地則有意要林孟斌出馬競選第八屆縣長。

第54章「乍暖還寒」：

為延續林家政治生命，林金地推林孟斌代表競選縣長，林孟斌百般不願，卻已無藉口推辭。此次，蘇俊昌子蘇敏信博士自日本偕妻子近衛秋子返台，其妻正是張義鐘金味食品公司前顧問近衛信太之女。在姑母福田惠子鼓勵下，為印證理論與實務，蘇敏信徵得蘇俊昌同意，及向銀杏借到競選經費，積極登記參選。此次競選，林孟斌確認蘇敏信為其親生骨肉，暗中相助，使得蘇敏

信擊敗林孟斌和國民黨支持的白派候選人，高票當選縣長。林金地認為林孟斌是扶不起的阿斗，大為震怒。所幸林秀荷選上省議員，接下公公鄭明智的棒子。蘇敏信當選後偕妻女向老縣長林金地請益，暢談之下，因彼此政治理念接近，十分投緣，林金地反而欣慰於蘇敏信有機會實踐民主理念。劉美苡約略知道敏信十之八九為林家後代，暗自歡喜。

一九七八年，劉美苡下田採收蘿蔔，至魚池清洗時，不幸滑落魚池而溺斃，林金地痛失愛妻，十分自責。蘇敏信前來祭拜，改口稱劉美苡為「阿嬤」。林秀荷找來年過半百的阿惜，幫忙照顧不肯離開老家、情願獨居的父親。林金地有空就下田種菜，有客人來則聊天、泡茶，日子過得悠遊自在。鄭明智退休後，為心臟病所苦。林金地激勵鄭明智，存在即力量，放棄就什麼都沒有了；他談起日治以來的台灣政治，認為台灣人自己要組黨，政黨之間公平競爭，才是台灣民主政治的希望所寄。

一九七九年，美麗島雜誌社成立，林金地與黃信介為舊識，其與鄭明智皆列名雜誌社社務委員，林秀荷省議員服務處則兼設雜誌社分社，大力支持民主自由的政治主張。同年十二月，爆發美麗島事件，林秀荷、姚大旺、蘇來富、葉佩葵等皆因參與遊行活動而遭逮捕，連未到現場的林金地亦然。後林金地由於未出現在蒐證鏡頭裡，以不起訴處分釋放；眾人則被高院判處一至二年不等的有期徒刑，僅林秀荷獲緩刑三年。本章，對美麗島事件的過程及影響，有頗深入的評述。

第55章「舞台」：

鄭明智身體欠佳，得知親家林金地、媳婦林秀荷被捕，憂心如焚，驅車趕往霧峰，請省議會議長設法營救，不慎車禍身亡。

一九八四年二月，蔣經國、李登輝當選第六屆總統、副總統。一九八六年九月二十八日，全國黨外選舉後援會在台北召開，集中黨外力量，對抗國民黨，這也是林金地一貫的政治主張，他以七十八高齡前往參加，大受歡迎。會中林金地一再發言，希望藉此一鼓作氣，成立反對黨。此一提議引起共鳴，當天果然正式成立「民主進步黨」。國民黨從此覺醒，隔年宣布解嚴。一九八八年，蔣經國病逝，李登輝繼任總統，台灣人當總統的美夢成真，時林金地七十九歲矣，但他感到非常欣慰。

隨著政治黑名單的廢除，林秀梅在鈴木青松協助下，取得台灣護照、簽證，終於回到鴨母寮與家人團聚。過完年，林金地八十歲，依然閒不住，照常下田工作，不聽晚輩勸阻。後來為了不讓晚輩操心，林金地不得不清閒下來，沒事就到媽祖廟走動、下棋、聊天、談選舉經，也不忘去探視超過一百高齡的康伯樂神父和八十餘歲的馬利亞修女，他們住台灣比住自己的家鄉還久，都算是如假包換的台灣人了。

蘇敏信縣長期滿下任，林金地推薦葉佩颯（原為劉美故縣長時期的主任秘書，葉佩安之兄），順利當選縣長。葉縣長呈報康伯樂神父和馬利亞修女愛台灣的事蹟，獲總統府公開褒揚。一九八九年十二月，台灣舉行中央和地方公職人員選舉，已由派系互鬥，進入政黨政治的公平競爭，民進黨大有斬獲，葉佩颯孚人望，連任縣長，林秀荷也當選增額立法委員，林金地的「斗笠派」依然擁有舉足輕重的地位。

　　葉佩颯、林秀荷當選後，張義鐘等暗中策劃林金地八十一歲生日宴。當天，林金地勉爲其難地穿西裝打領帶。宴會盛況空前，連李登輝總統、黃信介都前來祝賀，盛讚林金地爲眞正的台灣人。林金地表示，唯有總統直接民選，台灣人才算眞正當家作主。是日，眾晚輩輪番前來敬酒。在蘇俊昌和貞子鼓勵、同意之下，蘇敏信公開稱呼林金地「阿公」。林金地獲知蘇敏信身世眞相，感到寬慰。義子張義鐘則改口喊林金地「阿爸」，讓他十分高興。以前經常來林家鬧事的阿前阿上兄弟，向寬宏大量的林金地磕頭道謝，林金地勉勵他們，將功贖罪，一起爲台灣前途打拚。施世揚亦代表父親施瑞鱗、母親阿棉、哥哥施望台，向林金地多年來的幫忙與照顧，深致感謝之意。生日宴所收禮金，林金地交代全數捐給縣府救濟專戶。張義鐘等更將林金地土地換成股票賣得的錢，加上張義鐘、鄭俊雄、沈長慶、魏火木的捐款，合計三億元，成立「林金地文教基金會」，由蘇敏信出任基金會董事長，培育人才，貢獻社會。

　　一九九〇年，李登輝當選第八任總統，但林金地要親眼看到總統直接民選才感滿足。一九九六年，林金地八十八歲，外孫鄭達能當選縣長，女兒林秀荷續任立法委員，同年台灣總統直接民選，李登輝當選第九任總統，林金地知道，這是李登輝硬拚出來的成果。二〇〇〇年，第十任總統選舉，林金地九十二歲，老而彌堅，身手勇健，不輸年輕人，他不斷鼓吹，一定要由台灣人來做總統才合情合理。當政權輪替，來自南台灣的陳水扁成爲總統，林金地看到台灣人的希望，感到欣慰。

　　二〇〇一年農曆清明前，林金地心臟病突發，死在以前妻子

劉美苡挑重擔失足滑落池塘溺斃之處，唯坊間對其死因眾說紛紜。無論如何，林金地最終死在自己的土地上，享壽九十三歲，安心走完人生最後的旅程，也劃下圓滿的句點。李前總統登輝特趕來弔唁，向遺屬致意。作者藉前來祭拜的蘇敏信之口，道出林金地的一生，以及對台灣未來前途的期待。

　　時蘇俊昌已因肝癌病故，年逾七旬的林孟斌對貞子尚未忘情，有意接貞子來林家同住，貞子以不可對不起蘇俊昌為由，加以拒絕。林金地出殯之日，雖未發訃聞，但自動前來參加告別式者眾，場面備極哀榮。至於貞子，竟如孝女般，「哭路頭」而來，表達對林金地待以寬恕、容忍和愛護的衷心感謝。林金地如今子孫滿堂，個個事業有成，當含笑九泉，永遠不會感到寂寞。

國家圖書館出版品預行編目資料

台灣大河小說家作品論 / 歐宗智著；-- 初版. -- 台北市：
前衛, 2007[民96]
272面；15x21公分
ISBN 978-957-801-531-9（平裝）

1. 台灣小說 - 評論

850.32572   96007747

台灣大河小說家作品論

著　　者　歐宗智
責任編輯　黃嘉瑜
美術編輯　方野創意 周奇霖
出 版 者　前衛出版社
　　　　　11261台北市關渡立功街79巷9號1樓
　　　　　Tel: 02-28978119 Fax: 02-28930462
　　　　　郵政劃撥：05625551
　　　　　E-mail: a4791@ms15.hinet.net
　　　　　http://www.avanguard.com.tw
出版總監　林文欽
法律顧問　南國春秋法律事務所 林峰正律師
出版日期　2007年06月初版第一刷
總 經 銷　紅螞蟻圖書有限公司
　　　　　台北市內湖舊宗路二段121巷28號4樓
　　　　　Tel: 02-27953656 Fax: 02-27954100
©Avanguard Publishing House 2007
Printed in Taiwan ISBN 978-957-801-531-9
定　　價　新台幣300元